初恋の君に、永遠を捧げる

一途な公爵は運命を超えて最愛を貫く

桜しんり

illustration 小島きいち

Ruhuna

Contents

Character
ローズ・マリア・
ワイアット
ローレンスの許嫁。
リリィの存在を知り、
計略をめぐらせる。
ローレンス・リデル・
ヴァレリー
リルバーン公国の公爵子息。
爵位の重責を理解しながらも
リリィの純真さに惹かれていき…。
リリィ・マルガレーテ・
ブランシュ
元男爵令嬢だが、没落し
平民となった。純粋な心を持つ、
家族思いの少女。

初恋の君に、永遠を捧げる

一途な公爵は運命を超えて最愛を貫く

Hatsukoi no kimi ni
Eien o Sasageru

プロローグ

時々、最後の逢瀬《おうせ》を夢に見る。

一番はじめに現れるのは、覆《おお》い被《かぶ》さってきた彼の向こうに瞬く、数多《あまた》の星屑《ほしくず》だ。

次に、夏の草木の匂い。

それから、初めて男性を受け入れた痛みと、それを掻《か》き消《け》すほどの幸せが込み上げて、夢が始まる。

「あ、っ、あ……あ……」

泣いているような自分の声に、ローレンスの、ふ、ふっと息を吐く音。

横たわった木製のベンチが、彼の動きにあわせてギシギシと軋《きし》む。

出会った頃とは違う、逞《たくま》しい身体《からだ》。

精悍《せいかん》で涼やかな瞳が、リリィの変化を何一つ見逃すまいと見下ろしてくる。

――これは、夢の中だから……。

――もう、悲しみを感じる必要はないのよ……。

――それに、この瞬間だけは、本当に愛されてるって、感じられたんだもの……。

そう唱える間にも、夢に溺れた身体は、生々しい感触に侵されている。

「リリィは……僕と結婚して……僕だけの、お姫様になるんだよ」

お腹《なか》の奥深くまで苛《さいな》まれるたび、悲しみと喜びに攫《さら》われて、膣《ちつ》がきゅう、と収縮する。

お互い、初めてだった。

焦《じ》らしたり、緩急をつけたり、そんな技術は何もない。

たどたどしく身体を繋《つな》げただけのものだったけれど、ローレンスは手探りで、一生懸命、リリィの喜ぶところを突き上げてくれた。

だから――悲しみに胸が締め付けられるのは、この日を最後に彼からの連絡が途絶えて、二度と会えないからだ。

――でも……しょうがないわ。

――ローレンスは将来、大国の領主様になる人で。

――これは、女性の扱いを学ぶための……子供を作るための、練習だったんだもの。

「リリィ……大好き、だよ……絶対に、迎えにくるから……」

夢の中の彼は、何度も何度も愛を伝えて、リリィの悲しみを拭ってくれた。

でも、彼が愛を囁《ささや》くたび、恋心が、星屑のように砕けていく。

地位も財産も人脈も、何も持たない自分が彼に選ばれるわけがないと、わかっていた。

だから、泣くことはない。

――だって、ローレンスが望んでくれるなら。彼の役に立てるなら。それでよかったの。

「嬉《うれ》しい……まってるわ、いつまでも……ずっと……」

たとえ夢でも、この時だけは彼の愛を信じたくて、精一杯微笑《ほほえ》み返す。

「僕には一生、リリィだけだ……リリィしかいらない」

彼は偽りの愛が伝わったことに満足したのか、キスをしてくれた。

静かで、厳かで——本気の愛を信じそうになるキスだ。

いつだって、ローレンスは柔和で、優しくて、温かくて。

陽《ひ》だまりみたいで、大好きだった。

少しずつ速度が上がり、汗ばんだ肌がぶつかりあい、愛液が飛び散って、ローレンスのシャツにしがみつく。

本能的な動きで激しく腰を打ちつけられて——でも彼は達する寸前に引き抜いて、愛情の証《あかし》を外に吐き出した。

本当に愛しているなら、結婚の約束が本物なら、そんな必要はないのに。

その上、彼は慌ただしくリリィの中に指を入れ、念入りに掻き出す動きをして、心底安堵《あんど》したように言った。

「大丈夫。中には出してないから、子供はできないはず……」

涙で、星屑がぐにゃりと夜空に溶ける。

——おねがい……。

――夢の中でくらいは、そんな悲しいこと、言わないで……。
――ただの練習台だったって、わかっているから。
夢の中でそう言ったのか、魘《うな》されてそう呻《うめ》いたのかはわからない。
熱い滴がこめかみを伝う感触で目が覚めた。
息が震えて、動悸《どうき》がしている。
涙を拭って寝返りを打つと、集合住宅の備え付けのベッドが小さく軋んだ。
「……大丈夫よ。もう私は……新しい人生を歩むって決めたんだもの」
まだ、夜は明けない。
星屑も、大好きな彼も、暗く沈んだ部屋の中では何も見えない。
息苦しさから逃げるように、もう一度目を閉じる。
今度は、一番幸せだった日々を夢見ようとした。
七年前の夏。
まだ何も知らなかった、幼い日々を。

第一章　一年目――キスと初恋

「やっぱり、心配だわ……」

リリィは、真夏の日差しに目を細めながら、溜息《ためいき》を吐《つ》いた。

「話を聞いている限り、僕はそんなに心配することはないと思うけどなぁ」

同じベンチに座った少年――ローレンスが、爽やかな風に栗色《くりいろ》の前髪を揺らして答える。

目の前には、夏を盛りに、色とりどりの花々が生い茂っていた。

一見自然のまま疎《まば》らに生息しているようだが、実際は熟練の庭師によって、色の配置やバランスが計算し尽くされている。

どこを切り取っても絵になる風景で、リリィはこの庭が大好きだった。

「どうしてそう思うの？　お姉ちゃん、今朝も腰を庇《かば》うようにして、声が枯れてたのよ」

「だって新婚で、結婚相手の男性は、優しい人なんだろう？」

「そうだけど……。毎晩、二人きりの寝室から、お姉ちゃんの泣き声や悲鳴が聞こえてくるの。時々、『嫌、待って』って叫んで……ガタガタって、ベッドが音を立てて。助けなくちゃって思うけど、私、怖くて……」

二人の目の前を、黄色い蝶《ちょう》がひらひらと横切ってゆく。それを視線で追いながら、リリィはまた溜息を吐き、少し癖のある長い赤毛をくるくると指に巻き付けた。

「それでいいと思う。入っていくのは、無粋ってやつだよ」

ローレンスが、気取った素振りで肩を竦《すく》める。

彼は十四歳で、リリィより二つ年上だ。

でも成長が遅いのか、身長はほんのわずかにリリィより高い程度だ。だからリリィは、時々彼が大人ぶってみせるのが少しおかしい。

「なあに、それ？　ぶすいって？」

髪から指を離して隣のローレンスを見ると、彼は満足げに頷《うなず》いた。

「野暮《やぼ》ってこと」

「やぼ……？　ローレンスって、いろんな言葉を知ってるのねえ」

感心すると、彼は「そりゃあ、僕のほうが年上だからね」と、当然のことを自慢げに言う。

「それに、嫌だって沢山の本を読まされて覚えるだろ。リリィの家庭教師はうるさく言わない？あれを読め、これを読めって」

「……家庭教師？」

「リリィも今、勉強を抜け出して、うちにきたんだろう？」

気まずくなって、庭の方へ視線を逸《そ》らした。勉強なんて姉にしか教わったことがないし、それも簡単な読み書きだけだ。今も抜け出してきたのではなくて、夕食の食材を買い出しに行く途中だった。

ローレンスは出会った時から、リリィを貴族の令嬢だと勘違いしている。だから今更、『春まで貧民街で暮らしてたけど、お姉ちゃんが帝国一の騎士総長様と結婚してから、この高級住宅街にあるお屋敷で豊かな生活を送れるようになったの』

だなんて、言い出せなかった。

風にふわりと揺れたハチミツ色のワンピースも、義理の兄が買い与えてくれた上等なもので、だからローレンスが身分を勘違いするのは当然だ。

「……そうよ。勉強って、疲れちゃって大変」

リリィは、少し後ろめたい気持ちで話を合わせる。

「僕もあんまり好きじゃないけど、将来国を治めるためには必要なことだから、仕方ないね」

「そ、そうね、……」

この手の話になると、早く別の話題になることを祈りながら、曖昧に相槌《あいづち》を打つしかない。

ローレンスの父親は地方の領主で、一人息子の彼は跡取りらしい。

でも貧しい世界で生きてきたリリィは、地名や爵位を聞いても、彼の父親がどのくらい偉い人なのか、自分とローレンスとの身分差が一体どの程度のものなのか、いまいちよくわからなかった。

そんなリリィが、上流階級のローレンスと知り合って他愛《たわい》ない話を交わしはじめたのは、ひと月ほど前のことだ。

夕食の食材を買いに出たリリィは、初夏の日差しを避けて、日陰の多い高級住宅街の裏道を通ることにした。その時、彼の暮らす屋敷の裏庭の横を通りかかって、色とりどりの花が咲き乱れる光景に一目惚《ひとめぼ》れしたのだ。

それから、買い出しのたびに裏道を通り、石垣の上からこっそりと中を覗《のぞ》いては草花を愛《め》でて、感嘆の溜息を吐いていた。

不衛生で病の蔓延《まんえん》する貧民街にはなかった、平和で心休まる光景だ。

通い詰めるほど、庭園の中の小路を歩いてみたい気持ちが強くなり、少し崩れた石垣の隙間から侵入する誘惑に負けそうになった時――オリーブの茂みに隠れつつ近付いてきたローレンスに、

『君、毎日うちを覗きにきているけれど、どこの子？』

と声をかけられたのだ。

どうやら連日、二階の窓から見られていたらしい。

通報されて捕まったら、城で騎士勤めをしている義理の兄に迷惑をかけてしまう。逃げようかと思ったが、十二歳のリリィは、どうしても庭への憧れに勝てなかった。

必死に弁明し、少しでいいから中を見せてほしいとお願いすると、彼はしばし考えた末、

『確かに、こんなに手入れされていて綺麗《きれい》なのに人を招くこともないから……もったいないよね』

と微笑んで、屋敷の主である父親には内緒で裏門を開け、庭を案内してくれたのだ。

以来、買い出しの途中で、たびたび庭を訪ねるようになった。

貧民街は治安が悪くて気軽に外出できず、父の看病に明け暮れていたから、初めてできた友達が

嬉しくて。今では庭以上に、ローレンスとのお喋《しゃべ》りが楽しみになっている。

「僕は、勉強も家庭教師も嫌いだけど、ダンスの練習は好きだな」

「え……ダンス？　ローレンス、踊れるの？」

「嗜《たしな》む程度だけどね。リリィは苦手？」

「う、うん……全然できないわ」

視線を庭に逸らす。実際は、見たことすらなかった。

「じゃあ、練習を頑張らなくちゃね。社交界にデビューしたら、上手《うま》く踊れる女性の方が、人気があるんじゃないかと思うし」

「しゃこうかい……」

どうしよう、わからない話ばかりだ。ぼろが出る前に、退散した方がいいかもしれない。

「女性は、みんなあれを夢見てるらしいけど、僕にはよくわからないなあ」

「そう、そうね。私も、楽しみ、……」

「それなら、リリィが社交界へ出る時、僕が一番に声をかけて、踊ってあげてもいいけど……」

榛《はしばみ》色の瞳が、ちらりと顔を覗き込んでくる。何か、特別な意味のあることなのかもしれない。

リリィが城に呼ばれるはずはないけれど、ローレンスがそう言ってくれるなら、一応練習だけでもしておいた方がいい気がした。

「そ……そう？　じゃあ、お願いしようかしら」

「ほんとに？　いいの？　ご両親が決めている相手がいるんじゃない？」

「お母様は、……」

――私を産んですぐ死んじゃったから、顔も知らないの。

――お父様も病気で寝たきりだから、十一歳年上のお姉ちゃんが親代わりで……。

はじめは素性を打ち明けるつもりでいたのに、仲良くなるほど嫌われるのが怖くなって、今では何を聞かれても、『秘密よ』と強引に隠し通していた。

そしてリリィが隠しごとをするほど、ローレンスは余計に興味をそそられた様子で、『じゃあどの子か、いつか当ててみせるよ』と嬉しそうにしてくれる。

それで少し、彼のことを好きになった。

貧民街では騙《だま》されることを恐れて疑いあうのが日常だったから、まっすぐに信じてくれるだけで、とてもいい人に思えたのだ。

「……わたし、そろそろ帰らないと」

「え、もう？」

ローレンスとならいつまでも話していたいけれど、これ以上わからない話題が続いて生い立ちが明るみになってしまうのは、絶対に嫌だ。

ベンチから立ち上がると、太腿《ふともも》裏のスカートがじっとりと汗で湿っていて、ぱたぱたとはたいた。

それを見たローレンスが、驚いたように瞬く。

「……リリィは、本当に変わってるよね」

「え？　どうして？」

「男の前で、そんなこと……。それに、平気で、普通に喋るし、」

「そんなことって？　私、喋り方、変？」

「ううん、いいんだ。だって僕、リリィのそういうところが、……」

ローレンスが口ごもった時、遠くの草木の陰に庭師の姿が見えた。

「あ、見つかっちゃうわ。ばれたら大変。ローレンス、またね。今日も入れてくれてありがとう」

リリィは小さくお辞儀をして、裏道に面した崩れた石垣へ向かう。そこなら裏口を開かなくても、身体を横にして、ぎりぎり出入りすることができるのだ。

「ねえ、待って！」

ローレンスが追いかけてきて、石垣の間からまっすぐ見つめてきた。

「明日、竜の爪痕を見に行かない？」

「竜の？」

「うん。ハースの丘に伝説の竜が降りて、今の皇妃様を連れてきたって話、知らない？　飛び去った時に付いた爪痕が、二年経《た》った今も残ってるって」

「知ってるわ。有名だもの。……でもどうして？　帝都の外に出るなんて危ないわ」

「すぐそこだし、観光地になってるだろう？　道も整備されてるらしいから平気だよ。僕、まだ行ったことがないんだ。リリィは見てみたくない？」

「……いいわよ、考えとく」

誘ってくれたことが嬉しかったけれど、何となく態度に出すのが恥ずかしくて、再び背を向けて歩き出す。

「明日、三時課の鐘が鳴る頃に、西の城門前で待ってる！」

「わかったわ、行けたらね」

そう言って彼と別れ、買い出しのために商業区に出た。

最近、ローレンスと話す時間が少しずつ長引いて、姉のティアナに帰りが遅いことを心配されはじめている。でもなんとなく、彼のことは秘密にしておきたかった。

——明日、黙って都の外に出たって知られたら、怒られるかしら？

正直、リリィは竜の爪痕に、あまり興味がない。

噂《うわさ》で聞いた限りでは、なんということはない、丘の頂上の岩場がかすかに爪の形にえぐれているだけらしい。本当に竜の爪痕か怪しいものだ。

でもそれがローレンスからの誘いとなると、どうしてかわくわくした。

リリィは屋敷へ戻りながら、明日、姉のティアナになんと説明をして家を空けるか考えた。

翌日も快晴だった。

リリィは毎日朝晩、姉夫妻と三人で食卓を囲む。朝はリリィが、夜はティアナが料理と配膳の担当だ。

朝食が一段落して、リリィは姉に、

「お昼から、ドプナーさんのところに行ってくるわ」

と嘘《うそ》をついた。

ドプナーというのは、ティアナとリリィが何度かお世話になった、高級ドレスメーカー店の女店主だ。年配の彼女を母親のように慕っているリリィは、時々用もなく店を訪ねて長居をすることがある。それを利用したのだ。

姉は全く疑わなかった。少しの罪悪感を抱えつつ食後の紅茶を飲んでいると、斜向《はすむ》かいに座ったエーギルにじっと見下ろされて、リリィは身構えた。

義理の兄だ。嫌いではない。

大きな屋敷で不自由なく暮らせて、父の病気が少しずつ良くなっているのは彼のおかげで、感謝している。彫像の如く整った面立ちは表情に乏しくて、何を考えているのかわかりにくいけれど、以前、奴隷商人に攫われた姉を助けてくれたことから、見た目ほど怖い人ではないということも知っている。

でもだからこそ、どうして毎晩姉の嫌がることをして、泣かせているのかわからない。あんな取り乱した姉の声は聞いたことがないし、なのに昔よりずっと幸せそうだ。

「リリィ。ティアナと話しあって決めたんだが、やはり使用人を何人か雇おうと思う。この大きな屋敷を二人で管理するのは大変だろう？　それに、君はまだ子供だ。家庭教師から色々と学んだ方がいい」

「……家庭教師？」

昨日、ローレンスも言っていた言葉だ。

でもそれは上流階級の世界のことであって、自分には縁がないと思っていた。

戸惑っていると、ティアナが微笑みかけてきた。姉妹は同じ赤毛をしている。でも姉の髪の毛はまっすぐで、少しウェーブのかかっているリリィは、いつもそれが羨ましい。

「私が時々、文字や綴《つづ》りを教えてあげたでしょう？　ああやって、もっといろんなことを教えてもらえるの。慣れないだろうから、無理に一日中勉強しろなんて言わないわ。興味のあることを学ぶだけでも十分だから。少し考えてみて」

リリィは頷いた。使用人や家庭教師の存在で、生活がどう変化するのかはよくわからない。でもそれは、少しだけローレンスに近付くことのような気がする。

――今日ローレンスに会ったら、家庭教師から学ぶのってどんな感じなのか、それとなく聞いてみようかしら？

——勉強を嫌がっていたし、相当大変なことなのかもしれないわ……。

城へ出向くエーギルを姉と見送って食卓を片付けた後、リリィはピクニック気分で、こっそりおやつ用のサンドイッチを作って、籠形のバスケットに詰め込んだ。

——ローレンス、美味《おい》しいって言ってくれるかしら？

気に入らなかったら、それはそれでいいと思うのに、なぜか彼の反応を想像してしまう。

なんとなく服装も気になって、一番お気に入りの、ラピスラズリ色のワンピースに着替え直した。首まわりが出ているパフスリーブで、少し大人っぽいものだ。それに深い青のおかげで、肌がいつもより白く見える。鏡を覗き込むと、あまり好きではない青灰色の瞳も、いつもより青みが強く輝いている気がした。

最後にもう一度髪を梳《と》かし、姿見で何度も全身を確認してから屋敷を出た。

三時課の鐘が鳴るより前に着いたにもかかわらず、城門の下にはローレンスの姿があった。

彼はいつも通り、仕立てのよいシャツとズボン姿で、荷物も特になさそうだ。

なんだか張り切って準備をしてきた自分が恥ずかしくなって、でも彼と目が合うと、自然と笑顔がこぼれた。

「ごめんなさい、待たせちゃって」

「僕が早く着いただけだよ。お互い、上手く屋敷を抜け出せてよかった。今日の服……とっても似合ってるね」

「そ、そうかしら？」

リリィは、何も意識していないように、肩に落ちた髪を耳にかける。

「……それは何？」

ローレンスが、腕にかけた籠を指差す。

「おやつに、サンドイッチを作ってきたの」

「え……。作った？　リリィが？」

ローレンスは目を丸くして訝《いぶか》しんだ。喜んでくれると思ったのに。

「……そうよ。途中でお腹が空《す》くかと思って。でも、そんなに遠くないのかしら？　必要なかった？」

「いや、嬉しいよ。でも……リリィ、調理場に立つの？　包丁を持って？」

「そりゃあ、そうよ」

「もしかして、今日は、その……特別に？」

「特別？　毎朝よ。夕食も手伝ったりするの」

ローレンスは言葉を失って、まじまじとリリィを見つめてきた。

「危なくない？　手を怪我《けが》したらどうするの？　調理人がいるだろう？　仕事を奪うのはよくないと思うな」

「調理人……？」

これまで、自分のことは自分でするのが当たり前だったリリィは、ぽかんと口を開けた。遅れて、上流階級の人にとってはそれが普通なのかと気付く。

やっぱり、家の話は危険だ。彼に、平民であることが露見してしまう。どう話を変えようか口ごもると、ローレンスが慌てて取り繕った。

「えっと、ごめん、責めたんじゃないよ。サンドイッチ、嬉しいな。僕の分もある？」

リリィはこっくりと頷いた。

ローレンスの、こういうところが好きだ。

彼は常に穏やかで、リリィの気持ちを察してくれる。栗色の髪が大好きなのも、そんな言動とぴったりの、上品で柔らかな色だからだ。

「……行きましょ」

ローレンスに喜んでもらいたくて作ったんだもの、と恥ずかしいことを言いそうになって、リリィは城門の外に向かって歩き出した。

帝都の外に出るのは、記憶にある限り、初めてのことだ。

リリィが生まれた時、父は田舎《いなか》の村を治める、末席の男爵だったらしい。

けれど妻に先立たれたショックで病に倒れ、弱った心につけ込まれて詐欺に遭い、領地の経営が破綻して、爵位を返上する羽目になった。それから仕事を求めて、帝都でひっそりと新しい暮らしを始めたと聞いている。

全てリリィが物心つく前の話だから、地方を出て帝都まで馬車で旅をしたことは、全く覚えていなかった。

「……すごい。ずーっと遠くまで見渡せるわ」

城門を潜《くぐ》り抜《ぬ》けて、目の前に広大な緑の大地が広がっているのを目にした瞬間、今更〝慣れた街を出る〟という実感が湧いて、なんだか怖くなってくる。

「うん。お城や都は、敵の侵略に備えて、開けた場所や高地が選ばれるからね。この跳ね橋も、襲撃を防ぐためのものなんだよ」

ローレンスはいつも通り大人ぶって物知り顔で教えてくれたけれど、『敵』という言葉で、更に怖くなった。

まっすぐ続く街道には、荷馬車や旅人、商人、巡礼者が行き交っている。道を逸れなければ、危険なことはないはずだ。

理屈ではわかっているのに、籠を持つ手に汗が滲《にじ》んで、無意識にローレンスの隣にぴったりと寄り添う形になっていた。

歩くたび、スカートの裾が彼に触れる。肩がぶつかる。

もし何かあったら、彼は守ってくれるだろうか。

この夏出会ったばかりの、しかも、男の人。

貧民街に住んでいた頃、姉からは口酸っぱく、

『知らない人と話したらダメ、ついて行ってはダメよ。二人きりになったら、何をされるかわから

ないんだから』

と言われていた。

ついこの間までそれを肝に銘じていたのに、今の屋敷に引っ越してからはあまりに平和で、綺麗さっぱり忘れていた。

——そういえば私、ローレンスのこと、名前と住んでいる場所以外、何も知らないわ。

——それでもこうして一緒にいるのは、私のことをしつこく聞いたりしない、紳士的な人だからで……。

——でもお姉ちゃんは、『優しく見える人ほど、何を考えてるかわからない』って言ってた。

——もし彼こそ、避けるべき、人攫いだったら……？

ちら、と見上げると、視線に気付いたローレンスと目が合った。

顔が、とてもとても近い。

当然だ、自分から近寄っていたのだから。

柔らかそうな髪の毛。

ずっと見つめていたくなる、榛色の大きな瞳。

身長はそう変わらないけれど、よく見れば、確かに二歳分、彼の方が少し大人っぽい気がする。

心を脅すように、心臓がどくどく動きはじめた。

知っていたはずの彼が、知らない景色の中で、急に別人に見えてきて——リリィはすすす、とローレンスから距離を取った。

「リリィ？」

名前を呼ばれて、びく、と肩が揺れてしまう。

「どうしたんだい、くっついたり、急に離れたり……それに顔が赤いみたいだけど、」

――どうしよう、胸が変。

――きっと怖いことがある兆しだわ。

――帰ろう、帰った方がいい、今ならまだ……。

リリィは立ち止まり、さりげなく背後を振り向いた。もし彼が人攫いでも、全力で城門まで走れば、門番の兵士に助けを求められるだろう。そう思ったのを見破ったのか――ローレンスが、手を握ってきた。

「っ……!?」

振り向くと、少し気まずそうに目を逸らされた。

今まで見たことのない顔。

知らない、男の人。

「わ、わ、わたし、やっぱり、帰……」

「街の外が、怖い？　僕も従者なしで出るのは初めてだから、少し緊張してるけど……」

ローレンスの手に、わずかに力がこもった。痛くはないし、どこかに連れ去ろうとしているようでもない。むしろ、守られているような気がする。

「ほら、あの丘だよ。すぐそこだろ？」

ローレンスは街道の脇にある小高い丘を指差した。想像していたより、だいぶ近い。サンドイッチなんて、必要なさそうなくらい。

「リリィのことは、僕が守るから」

透き通った榛色の瞳が、優しく見下ろしてきた。栗色の髪は日差しを受けて、いつもより色素が薄く見える。

「ま、守るって、……」

なぜだか、顔が熱くなってくる。落ち着かないけれど、嫌な感じはしない。触れあった手の温かさは心地よくて、離したくないくらいだ。

「僕じゃ、頼りないって思うよね。僕がもっと大人だったら……もう少し、リリィも、僕のこと、……」

「……ローレンス？」

——どうしたのかしら。いつも笑顔なのに……。

寂しげに俯《うつむ》く姿が心配になって、不安より、彼を励ましたい気持ちが湧いてきた。

「頼りないなんて、思ってないわ。ただ、家から離れるのが初めてだから……不安になっただけ。それだけよ」

「やめておく？　僕、リリィに無理はさせたくない」

「ううん。想像してたより近そうだし、大丈夫」

微笑みあった。

それで、今まで以上に心が近付いた気がした。

ローレンスもそう思ったのかもしれない。その証拠に、目的の丘に辿《たど》り着くまで、彼はぎゅっと手を握ったままでいてくれた。

丘の麓に辿り着くと、遠目に見た時よりも急な斜面に感じられた。

大きな岩石混じりの硬い地面は、階段の形に整備されていて、大きくうねりながら丘の上まで続いている。

「疲れていない？　その籠、僕が持つよ」

大して重くはないけれど、ローレンスの気遣いに甘えて差し出した。

心臓には、まだ妙な違和感がある。でも、もうそれを恐怖だとは思わなかった。

手を握りあったまま、階段を登っていく。夏の日差しもあって、竜の爪痕に辿り着いた時、二人の額には汗が滲み、軽く息が切れていた。

まばらに観光客がいる。でも肝心の爪痕は、自分の身長ほどの大きさにこそ驚いたけれど、ただ岩が削れているだけで、長々と観察するものではない気がした。

ローレンスも、ぐるりと爪痕を見て満足したようで、

「少し座って休もうか」

と言って、眺めの良い岩場の陰に腰掛ける。

「帝都って、離れて見ると、あんなに綺麗なのね、」

「うん、なんだか、すごく小さく見える」

小高い場所から遠目に見る都は、ほっと溜息が出るくらい美しかった。無数の赤い屋根が密集する中央に、皇帝の力を象徴する古城が聳《そび》えている。そのはるか上空を、鳶《とび》らしき鳥が悠々と飛んでいた。

「ローレンスのお屋敷は、どのあたりかしら」

「えっと……あの教会の鐘楼が商業区の中心だから、そこから――」

しばらく、見覚えのある屋根や建物を指差しあって、発見を楽しんだ。

あの中に、貧しかった頃の暮らしも、今の豊かな暮らしも、まだ見知らぬ世界も、沢山の人の人生がぎゅっと詰まっていると思うと、なんだか切なくなる。

ひとしきり風景を楽しんだ後、リリィは籠からサンドイッチを出した。張り切って作りすぎた気がしたけれど、広大な街を眺めながら、あっという間に二人で食べ切ってしまう。

「これ、本当にリリィが作ったの？　うちの料理人より美味しいよ」

「お姉ちゃんが教えてくれたのよ」

「え？　お姉さんも料理をするの？　ご主人は、よく許すね」

「だから時々、喧嘩《けんか》してるわ。『使用人を雇って、全部任せろ』って。でも今朝の話だと、とうとう人を雇うことになったみたい」

「だろうね。リリィだけじゃなくて、お姉さんも少し変わってる」

「……お姉ちゃんは変じゃないもん。そんなふうに言わないで」

「ごめん、悪い意味で言ったんじゃないよ」

「……うん。でも……やっぱり、心配だわ。あの声……」

「寝室の？」

こく、とリリィは頷く。

「ローレンス、原因を知ってるんでしょう？　昨日、そんな口ぶりだったわ」

「……うん、まあ、なんとなく……」

「ねえ、教えて？　他に聞ける人がいないの。お姉ちゃん、どうしてあんなに……」

「リリィには、まだ早いよ」

「何よそれ、二つしか違わないじゃない。背だって、私とそんなに変わらないし」

「そうだけど……」

ローレンスは歯切れ悪く言って、遠くを見たまま黙ってしまった。それから。

「ねえ、リリィは許嫁《いいなずけ》がいる？」

「いいなずけ？」

話を逸らされた気がする。それにまた耳慣れない言葉だ。知り合ったばかりの頃はたいして気にしなかった隔たりが、今はなぜだか寂しい。

「誰とも、結婚を約束してないの？」

「結婚……？　どうして？　そんなずっと先のこと、わからないじゃない」

「そう、そうだね……ほんとに。ほんと、そうだ」

「そうよ、考えても意味ないわ。それなら、幸せなことを数えた方がいいと思う」

「例えば？　リリィにはそんなに幸せなことがあるの？」

「もちろん、いっぱいあるわよ！　毎日お腹いっぱい美味しいものを食べられるし、綺麗なお洋服が着られるし、お部屋も広くて、清潔なベッドで寝られて、安心して外を散歩できるし、道だって汚れてないし、それから、……」

大きな目を、更に見開いて見つめられていることに気付いて、リリィは唇を止めた。何かおかしなことを言っただろうかと考えたけれど、誰もが幸せに思うことのはずだ。

ローレンスは、「それから？」と促した。嫌われてしまうのが怖くて、

「……別に。それだけよ」

と視線を逸らす。

「全然、『それだけ』じゃないと思う。僕だって物心ついた時から、そういったことに感謝しながら祈りを唱えてるけど……感謝すべきだって教えられたからそうしてるだけで、本心から思えたこ

となんて、一度もない気がするんだ」

今度はリリィが目を丸くする番だった。ローレンスは、今しがたリリィがしたように視線を逸らす。

「どうして……？　美味しいものが食べられて、嬉しくないの？　サンドイッチを喜んでくれたのも、嘘？」

「まさか、違うよ！　サンドイッチは本当に美味しかった。今までの食事の中で――そう、一番幸せだった」

リリィは頬《ほお》を膨らませた。そんな大げさに言われたら、逆に嘘みたいだ。

「一番は言いすぎよ」

「本当だってば。……とにかく、何が言いたいかっていうと、毎日お腹いっぱい食べられるのが当たり前で、特別な幸せを感じたことは、なかったってこと」

「じゃあ、今は？」

「今？」

「私は今、綺麗な景色を眺めて、ローレンスとお話できて幸せだけど……ローレンスは、ちがう？」

ローレンスはぱちぱちと目を瞬かせて、リリィを見た。

消えそうな声で「ううん、幸せだ」と頷く。

それから二人とも、しばらく無言で景色を眺めた。風が、座っている冷たい岩肌が心地いい。

――怖がって帰らなくてよかったわ。

ローレンスはちゃんと、リリィが知っている通りの人だ。

初めてできた友達。

なんでも話せて、きっと彼もリリィを、大切に思ってくれている。

「ねえ、ローレンス。明日からは、毎日お庭に通ってもいい？　少しでもいいから、会いたいわ」

『もちろん』と言ってくれると思ったのに、視線を感じて振り向くと、どうしてか悲しげな顔をしていた。

「……ごめんなさい。毎日はさすがに迷惑よね。今だって、勉強の邪魔をしちゃってるのに」

項垂《うなだ》れると、地面についていた手を、上から包まれた。

「ローレンス……？」

大好きな榛色の瞳が、影の中で暗くなっている。なんだか怖くなって手を引こうとすると、きつく握られた。

「あ……」

真剣な眼差《まなざ》し。目尻の優しい形はそのままなのに、いつもと何かが違う。

「リリィ、僕、明日、国に帰るんだ」

「え……？」

ぐら、と視界が傾《かし》いだ気がした。

「前に言っただろ。僕の父は、オルグレン地方にあるリルバーン公国の領主だって。国を治めてるんだよ」

「それは、……聞いたけど、」

「だから、国に戻らないといけない。毎年この時期は、城に各地の領主が集まって長期の会議があるから、父と一緒に一時的に滞在してるだけなんだ。一昨日会議が終わったから、あの屋敷は使用人に管理を任せて……また来年まで、来ることはないと思う」

「ら、来年？　そんな……どこなの？　リルバーン公国って。遠い？」

あの屋敷に住んでいるのだとばかり思っていたリリィは、青褪《あおざ》めた。

ローレンスが眉を寄せ、ふ、と口元を緩ませる。

「大きな国なんだけどなぁ。まだ子供だから、リリィは知らないんだね」

握った手の甲を親指で撫《な》でられて、リリィは初めて自分の無知を恥ずかしく思った。

「子供扱いしないで……っ」

なんだか泣きそうだ。

友達だと思っていたのは自分だけのような気がしてくる。

ローレンスにとっては小さな子供を可愛《かわい》がるのと同じで、短い滞在中の暇潰しだったのかもしれない。

お気に入りのワンピースに着替えたりサンドイッチを作ったりしたことが恥ずかしくなってき

て、リリィはそっぽを向いて潤んだ目を隠した。

「だって、子供だよ。会議があったことだって、地理だって……リリィは何も知らないんだもの」

ローレンスの、どこか楽しげな柔らかい声。親しみを感じていたそれが、今は心をじくじくと痛めつけてくる。

「どうしてもっと早く教えてくれなかったの、帰っちゃうって、」

声に涙が交じると本当に子供のようで嫌なのに、どうしても喉に熱いものが込み上げた。

すん、と何度も鼻を啜《すす》る。

ローレンスは遠くに霞《かす》む城を見て、またリリィを見て、たっぷり時間を取って——でも、全く答えになっていないことを言った。

「リリィ、……ちょっとだけ、触っていい？」

「……？　なに？　……さわる？」

わからなくて、彼の心を知りたくて、涙の滲んだ目尻を擦《こす》って見つめる。

「今日が最後だから、触らせて」

なんだか腹が立ってきた。

さっきからちぐはぐなことを言うばかりだ。

姉のことも、彼が住んでいる場所のことも、帰ってしまうことも、何も教えてくれずに、ただ年上ぶっている。

「もう、手に触ってるでしょ。頭でも撫でて、もっと子供扱いするつもり？」

「違うよ。子供はしないこと。……大人がすること、」

「え……？」

大人という言葉に誘惑されたリリィは、やっぱりまだ子供だったのかもしれない。

しばらく、見つめあった。

不意に、手を引き寄せられて。

ローレンスの顔が近付いてきて——唇が触れあっていた。

目の前で彼が瞼《まぶた》を閉じている。

リリィは、固まったまま動けない。

数秒、その形が続いて——彼が離れた。

風が、優しく二人の身体を掠《かす》めてゆく。

「……ローレンス……？」

ただ唇が触れあっただけなのに、声が掠れている。

——なんで？

——これって、どういう意味？

——キスって、だって。

再び、じわっと目尻に涙が滲んだ。

混乱して、恥ずかしくて、何もわからなくて。

でも、全然嫌じゃなくて。身体が熱くて。

「お姉さんが毎晩何をされてるか知りたいって、リリィが言ったんだよ」

「え……？」

「結婚したら皆、こうする。お姉さんだって、きっとしてる」

「で、でも……」

知りたいのは、姉が深夜、義兄に泣かされながらも幸せそうにしている原因だ。それと今の触れあいと、一体何が関係しているのか、さっぱりわからない。

「リリィは子供じゃないんだろ」

真剣な顔に気圧《けお》されて、返事に詰まった。

ずっと、早く大人になりたいと願ってきた。自分が子供で、働けないせいで、姉ばかり苦労しているのが心苦しくて。

もちろん今は、急いで働かなくてはならない理由はないけれど、〝非力な子供〟である劣等感と罪悪感は根深く残っている。

でも今は、それを差し置いても、ローレンスが教えてくれることなら、何でも知りたくて。

「……そ、そうよ。子供じゃ、ない……」

「じゃあ、大人のするキスは？　知ってる？」

暗に、『知らないよね、リリィは子供だもん』と言われている。

心臓が千切れそうなくらい勢いよく脈打って、一向に鎮まらない。

「そ、それ……は……」

わからなくて、でもまた子供だと言われたくなくてもごもごしていると、今度はローレンスの方が、緊張した面持ちで遠くの景色へ目を逸らした。そうしながらも、ぎゅっときつく手を握ってきて。

「今度は、大人のキスを教えてあげるから。だから……来年もこうして、僕と一緒に過ごしてくれる？」

「おとなの……」

先のことなんてわからない、今の幸せが大事だと言ったばかりなのに。

リリィは誘惑されるように、こくりと頷いていた。

途端に、ローレンスの緊迫した表情が和らぐ。

「よかった。それまで、今みたいなこと、誰ともしちゃダメだよ。僕以外とは、絶対……絶対ダメだから」

「し……しないわ。こんな変なことするの、ローレンスだけよ」

「だといいけど。リリィは……普段、社交場《サロン》で会う女の子とは違って、すごく特別に見えるから。取られちゃうかもって、心配なんだ」

「そんなこと……」

もしかしたら、貴族ではないと気付かれつつあるのかもしれない、と怖くなって話を逸らす。

「ねえ、でも……本当にお姉ちゃんのことと関係あるの？　別にキスじゃ、泣いたりしないわ」

「……そうだね。でも、リリィは子供だから、まだ秘密」

ローレンスだって子供なのに、なんだか悔しかったけれど、それ以上しつこくは聞けなかった。

「……次、いつくるの？」

「夏なのは確かだけど、細かい予定は、会議次第だから……」

「じゃあ、私、毎日庭を覗きにいくわ」

「手紙を出すよ。だから、住んでいる場所か、家名を教えて。もう秘密にしなくたっていいだろう？」

「それは……」

リリィ・マルガレーテ・ブランシュ。

それがリリィの姓名《フルネーム》だ。

でも長年、姉から『あまり家名は口にしないでね。特に貴族社会に精通している人の前では。お父様を馬鹿にされるのは嫌でしょう？』と言われてきた。

ローレンスは、父の過去を馬鹿にしたり、身分の違いを気にする人ではないと思いたいけれど、自信がない。

なぜなら、貴族が通い詰める高級店の並ぶ通りで、『貧民街が一掃されれば、帝都全体の治安がもっと良くなるのに』と嫌悪する声を何度も聞いてきた。

「ごめん、言いたくないならいいんだ。まだ知り合ったばかりで……僕だって、話してない自分のこと、いっぱいあるし。でもいつか、教えてほしい」

やっぱり、ローレンスは優しい。

顔が熱くなるのを感じつつこくりと頷くと、彼の顔がまた近付いてきて――ちゅっと頬にキスをされた。

「っ……！」

「ふふ、リリィ、敏感だ」

「い、いきなり、するからでしょっ！」

「だって顔が真っ赤で、可愛いんだもの」

ローレンスの手が、風で乱れた髪に触れる。

「ほら、耳まで、」

髪をすくって、耳にかけられて、そのまま掠めるように耳の縁に触られた。

ぞくっと知らない痺《しび》れが走って、変な声が出そうになる。

「ねえ……来年まで、会えないから……もう一回、いい？」

「え……」

答える前に、もう一度――今度は唇に口付けてきた。

でも、やっぱり嫌じゃなくて。

それどころか――。

「リリィ、目、閉じて……」

囁かれる直前に、そうしていた。

間近に、ローレンスの呼吸を感じる。

乾いた唇がじっと触れあって、今まで知らなかった、彼の匂いと体温が、じんわりと身体の中に染み込んでくる。

キスの下で、もう一方の手も握られた。

「……もう少し、顎、上げて。息、していいんだよ」

もう一度口付けられて、鼻先が擦れあう。

少し離れて、もう一度。

何十回と小鳥が啄《ついば》むようなキスを続けられると、次第に頭がぽーっとして、ローレンスでいっぱいになる。

風が吹いて、空の籠が転がった。

近くには、まだ観光客がいるだろう。

でも二人は、大きな岩陰にすっぽりとおさまっている。

全身がふわふわと落ち着かない心地になってきた頃、ローレンスはとうとう離れていった。

何度も軽く触れあわせただけなのに、微《かす》かに息が弾んで、視界が潤んでいる。

「明日も明後日も、毎日こうしたいな。もっと可愛いリリィを、見られるように……」

ぎゅ、と宝物のように抱きしめられて、初めて知る家族以外のぬくもりに、また顔が熱くなる。

「約束、忘れないで。僕とだけだよ？　キスも、手を繋ぐのも」

念を押されて頷く。それでも不安なのか、今度は背中を抱かれたまま口付けられた。

それから、手を繋いで帰った。

来た時とは違って、あっという間の道のりだった。

別れがあまりに悲しくて、彼の屋敷の裏庭の前で「寂しいわ」と言ったら、「僕もだよ」と返して、またキスをしてくれた。

今すぐにでも大人のキスを教えてほしくなって、見つめてせがんでみたけれど、今度は長い抱擁が返ってきただけだった。

翌朝、リリィは朝食の片付けが終わってすぐ、ローレンスの屋敷の裏庭を覗きに行った。

けれど、庭にも屋敷の窓の中にも彼の姿はなくて、本当に会えないのだという実感がじわじわと湧いてきて。

彼と出会う前なら、お腹いっぱい食べられるだけで幸せだと思えていたのに、涙を堪《こら》えられなかった。

それから毎日裏道を散歩して、庭を覗き、遠くの彼に想《おも》いを馳《は》せた。

姉夫婦に提案されていた家庭教師を自らも希望して、沢山のことを学ぼうと努力した。
ローレンスと似た日常を送って、少しでも彼を感じて、彼に近付きたかった。
それに知識が増えれば、年下扱いされなくなるかもしれない。
次に会う時は、今よりも彼と対等でありたかった。

第二章　二年目――性の目覚め

翌年の夏。

日差しの強いその日も、リリィはいつものようにローレンスの屋敷の裏庭を覗き込んだ。

綻びはじめた花の香りに、昨年の思い出が過《よぎ》って胸が疼《うず》いた時。

庭の奥の方に、知らない男性の後ろ姿を見つけた。

屋敷の使用人だろうか。この一年で何度も見かけた、老年の庭師と話しているようだ。

――でも、使用人にしては服装が整ってるわ。それに……。

背伸びをして、じっと石垣の上から覗き込む。男が半分振り向いた横顔を見て、リリィは息を止めた。

毎年夏に会議があると言っていたから、そろそろ会えるだろうと期待していた。

なのに――すぐにローレンスだと認められなかった。

あんなに、背は高くなかった。

撫で肩だったし、顔はもう少し丸みを帯びていたし、髪型も違う。

ふわふわと目元で遊んでいた前髪は、大人のように少し後ろへ流していて、その上、大好きだった栗色の髪の毛はいくぶん暗く、黒髪に近くなっている。

つまり一つ一つの特徴を取り上げると、完全に別人だった。

なのに、全身から醸す柔和な雰囲気や、微かに笑みを湛《たた》えた優しい目尻だけは前のままで、ローレンスだとわかってしまう。

――でも、私の好きな、会いたかった彼じゃない。

――あんな大人の男のひとじゃないわ……。

妙な動悸がしはじめて、石垣に爪を立てる。

リリィは相変わらず、背伸びをしないと庭の中が見えない。もしくは、崩れた石垣の隙間から覗き込むか。つまり身長は、去年からあまり伸びていない。

――ローレンスは変わったのに。

――私は、子供のまま……。

――私は毎日この庭に通ってローレンスを想ってたけど、ローレンスは自分の国に帰って、私のことなんて忘れてしまったかも……。

取り残された心地で呆然《ぼうぜん》と見つめていると、彼が視線に気付いた。

「あ……、……」

真正面から見た彼は、顔の彫りが深くて。

横顔以上に、知らない男性に見えた。

逃げ出したくなったけれど、緊張で足が竦んで動かない。彼は瞳の曇りを拭き取るように二度瞬いて――満面の笑みを浮かべた。

やっぱり笑顔だけは記憶のままだった。

彼は庭師に向き直って短く言葉を交わすと、裏口から出てきてリリィにまっすぐ駆け寄り、力強く抱き竦めてきた。

「きゃ、っ……！」

「リリィ、会いたかった……！　よかった、本当によかった、君がここを訪ねてこなかったらどうしようって――忘れられてるんじゃないかって、この一年、不安で仕方なかったんだ」

強く抱きしめられると、踵《かかと》が浮いてしまうくらい大きな身体。

それから、知らない香り。

何より、声が別人のように低くて怖い。

でも伝わってくる彼の体温だけは、前と同じだとわかった。温かさなんて、種類の違いはないはずなのに。

「わ、忘れる、なんて、そんなわけ、……」

頭上でふふっと笑う吐息も、やっぱり記憶の中の彼そのもので――違和感が、少しずつ消えていく。

「リリィ？　どうしたの？　……嬉しくない？」

ローレンスの腕から力が緩んで、やっと足が地面についた。

「う……ううん、なんだか……ローレンス、全然、違うから」

「違う？　そう？　そうかな？　少しは、大人っぽくなったってこと？」

じっと顔を覗き込まれる。少しどころじゃない。完全に置いてけぼりだ。熱くなった顔を逸らして、こく、こく、と頷く。

「ああ、変わらないなあ、リリィは恥ずかしかったり困ったりすると、いつもそうやって、無言で頷いたよね」

「そんなこと、……」

対等になりたくてこの一年頑張ってきたリリィにとっては、成長していないと言われているみたいで複雑だ。

「僕も毎日リリィを思い出して……こうして、触りたくなってた」

「ま、毎日？」

「当然だろ。一日だって忘れたことはないよ」

同じ思いで日々を過ごしていたとわかって、顔が更に熱くなる。

「ねえ、少し外を散歩しない？　今は庭師が仕事をしてくれているから……中に入ったら、親に君と遊んでることがバレちゃう」

異論などあるはずがない。そのまま、屋敷の立ち並ぶ裏道を散歩した。

暑い日だから、皆外出を避けているのだろう。人通りはなく、狭い道の両側は高い生垣が続いていて、まるで世界に二人きりのようだ。

——今度は大人のキスを教えてくれるって言ってたけど……。

再会と同じくらい、ローレンスに教えてもらうことを楽しみにしていた。でも、いざとなると酷《ひど》く緊張してきて。

「お姉さんを心配してたけど、元気にしている？」

「うん。あのね、お姉ちゃん、子供ができたのよ！　春に生まれたばかりなの」

「ああ、それは素晴らしいね。おめでとう。リリィのお姉さんも、きっと素敵な方だろうし……可愛い子なんだろうな」

——それは、私のことも素敵だと思ってくれてるってことかしら。

ちらりとローレンスの横顔を覗いてみる。でも彼は、

「いいなあ、子供かぁ。男の子？　女の子？」

と目を輝かせているだけで、心の中までは読めなかった。

——もしかして、子供が好きだから、私のことも子供扱いしてくるのかしら。

そんな想像にがっかりして、正面に視線を戻す。

「男の子よ。すっごく可愛いの。それに、妊娠してから、深夜にお姉ちゃんの泣いてる声も聞こえなくなったし。今は安心して眠れるわ」

「……そう。そうだろうね、」

相変わらず、姉夫婦の寝室でのことを知っている口ぶりなのに、教えてくれる気配はない。

「このまま、同じことが起きないといいけど……」

ローレンスは答えなかった。気休めでも『そうだね』と言ってほしかったけれど、沈黙が返ってきただけだった。

緑の生垣と木漏れ日が、どこまでも続いている。

このあたりに住む人々は、重要な政務に携わる貴族や、経済に影響を持つ富豪が多く、権威を誇示しあうかの如く立派な屋敷ばかりだ。

少し行くと、屋敷と屋敷の生け垣の間に、小さな池と、緑の生い茂った藤棚が見えた。

「あんな場所あったかなぁ」

ローレンスが不思議そうにしている。近付いていくと、池の周囲にいくつかのベンチがあった。その中の一つ、藤棚の下のベンチで大人の男女が抱きあっていて、二人は思わず足を止めた。

向こうはこちらに気付かず、キスに夢中になっている。

リリィは、ローレンスとのキスを思い出して、かーっと顔を熱くした。

でも、目の前の光景は、知っているのとは全く違う。

顔を傾けて、唇がよじれるほど押し付けあって、舌を絡めあっていて。

――もしかして、あれが……教えてくれるって言ってた、大人のキス?

――あれを、するの？　ローレンスと？　あんな……。

固唾《かたず》を呑《の》んで遠目に見ていると、キスをしながらも、男性の手が女性の服を脱がせはじめて、胸の膨らみを鷲掴《わしづか》みにした。かと思うと、今度は慌ただしくスカートを捲《まく》り上《あ》げ、脚の間に手を入れて、動かしている。女性は嫌がるどころか、両腕で男の首を引き寄せた。

——何……なに？　なにをしてるの……？

この一年、何度もローレンスとのキスを思い出していたし、続きを教えてくれるという約束を心待ちにしていたのに、頭が真っ白になった。

隣のローレンスも、しばらく無言で立ち尽くして——突然手を握られて、ひっと悲鳴を上げそうになる。

ローレンスは手を引いて、音を立てないように、来た道を戻りはじめた。

去年も握った手だ。でも、記憶と違う。

前はリリィとそう変わらない大きさでもっと柔らかかったのに、今は大きくてごつごつしていて、同じ相手ではないみたいだ。どうしたらこんなに変化してしまうのか知りたいけれど、会えなかった時間はもう取り戻せない。

——あれが……大人のすること、なのかしら……。

リリィはずっと、踏み出し続けている自分の爪先を見ていた。目的のない散歩ではあったけれど、お互いその先に、約束したキスの続きを意識していた気がする。そのくせ、もし目が合ったら何かが起きそうで、少し怖くて。

ローレンスは何も喋らない。

沈黙が続くほど、何を言えばいいのかわからなくなってくる。

――どうしよう。やっと、やっと会えたのに。

――このまま、触れるだけのキスもなし？

――すぐにまた、国に戻っちゃったりしない？

大事な質問なのに、どれも言葉にできないまま、屋敷に着いてしまう。

ローレンスは手を繋いだまま立ち止まると、真剣な顔で見下ろしてきた。

「リリィ、明日も会える？」

リリィは、少し間を開けて――深く頷いた。それで、ローレンスの言った通りだと気付いた。恥ずかしいと、無言で頷いてしまう癖があるらしい。

「じゃあ、明日、さっきのところに行こう」

「え、……」

それって。そういう意味だろうか。

さっき見た男女と同じことをする？

抱きあって、大人のキスを？

それに、キスだけではなくて――。

「もちろん、あんなことは……しないよ。でもキスは、約束してたから。嫌なら、また、散歩だけしてもいいし、」

ローレンスが微笑んだ。安心させようとしてくれているとわかって、ほっと胸を撫で下ろす。

――そうよ。ローレンスはこういう人だから。

――だから、会いたくてたまらなかったのよ……。

リリィは、「いいわよ、行きましょ」と大したことないように、精一杯澄まして答えた。

そうやって強がらないと、あまりにも恥ずかしくて、頷くことすらできそうになかったから。


翌日、手を繋いで昨日と同じ場所へ向かった。

歩いている間、リリィは、ローレンスの暮らしている地域について質問を続けることで、緊張を誤魔化《ごまか》した。そしてローレンスは、何を聞いても笑顔で答えてくれた。

「オルグレン地方って、地図で見るととっても広いけど、ローレンスのお父さんは、どのあたりを治めているの？」

「ほぼ全部だよ。あと、もう少し南の方も、」

予想だにしない答えに目を丸くすると、ローレンスは自慢げに微笑んだ。

この一年、家庭教師には基礎からゆっくり教わって、最近やっと地理を習いはじめ、オルグレンは帝国の領邦の中でも、ひときわ大きな地域だと知ったばかりだ。歴史上の国境や領主の変遷は激しく複雑なため、まだ全てが頭に入っていなかった。

ローレンスは、領地で採れる農作物や郷土料理の美味しさ、季節ごとの景色の移ろいについて、沢山のことを教えてくれた。

「いつか僕が国中を案内するよ。そうそう、城の中庭がすごく綺麗で広いんだ。リリィは絶対気に入るよ。バルコニーから見える夕日も、去年一緒に登った丘みたいな感じで、城下町の向こうの山脈まで見渡せて……」

そうやって話すうち、彼の背の高さや声の低さにも慣れて、昨日ほどは気にならなくなっていく。

――やっぱり、昨日も感じた通りよ。

――背が伸びて、髪の色が変わって、声が低くなっちゃっただけで……ローレンスは、何も変わってないんだわ。

少しずつ緊張が解けてきたのに、彼は昨日の池に着いて並んでベンチに座るなり、すぐさまリリィを抱きしめてきた。

「やっとリリィに触れる……。本当は昨日も、散歩なんてしないで、ずっとこうしてたかった……」

と、自分の国について語ったのとは少し違う甘い声で囁かれて、全身がぞくっと震えた。

一年間この時を待ちわびていたのに、いざとなると気後れして、さりげなく押し返す。

「ね、ねえ。ローレンスの声、どうしてそんなに低くなっちゃったの？」

「声？　ああ……。見て、僕の喉。出っ張ってるだろ。男は、大人になると、声が低くなるんだよ」

ローレンスは軽く顎を上げて、自分の喉元を指差した。そこは確かに小さく隆起している。リリィの喉に、そんな膨らみはない。

「どうして？」

「うーん、どうしてだろうね。……もしかして、前の声の方が、好きだった？」

悲しい顔をされると、そうだとも言えない。

それに、好き嫌いというより、知らない間に変化していることが、置いていかれたようで切なかっただけだ。

「ううん、そんなこと……」

「ほんと？　よかった」

「あっ……」

抱きしめられて、もうこれ以上、誤魔化したり、キスを先延ばしにはできないと覚悟した。

ローレンスの視線が、唇に注がれる。

鼻先がくっついて、唇が一瞬に触れあった。もう一度、今度はちゅっと吸い付かれる。

それから、初めて顔を傾けながら口付けられた。

それは、昨日ここで見た男女のやり方と同じで――ローレンスが顔を傾けるほど、自然とキスが深くなっていって。

「ん、っ……！」

唇がよれて、粘膜が触れあってしまいそうで、反射的に身体がこわばった。

肩に触れている手のひらから緊張が伝わったのか、ローレンスが唇を離して、困ったように見つめてくる。

「……リリィ……？　去年、約束したことだよ。大人がすること」

「っ……」

唇に吐息が掠めただけで、どうしてか、ふるりと震えてしまう。その反応もまた、抱き寄せた手のひらで拾われて、ローレンスが眉尻を下げた。

「また一年会えなくなるから……。去年よりもリリィのことを知って、覚えておきたい。でも……もしリリィが嫌なら、一緒にいられるだけで幸せだから」

ローレンスが、大きな手のひらで頬や耳を撫でながら、表情を翳《かげ》らせる。

「っ……私だって……同じ気持ちよ。ただちょっと、緊張して……」

ローレンスの目元が、優しく綻ぶ。

「よかった。じゃあ、緊張が解けるまで、いっぱいしよう。リリィに会えなかった一年分と、これから会えない分……」

再びローレンスの顔が近付いてきて、口付けられた。

今度ははじめから顔を傾けて、唇を吸われて、同時に指先で耳を弄《いじ》られる。

「ん、っ……」

「……忘れちゃった？　目、閉じるんだよ」

「っ……、わ、わかってるわ」

「ほんと？　僕とのキス、何度も思い出してくれてた？」

「ふぁ、っ……」

ローレンスは囁く合間にも、指先で耳を撫でて、ちゅ、ちゅ、と唇の端を啄んでくる。

それから再び、唇がよじれるほど押し付けられて、とうとう舌が内側に侵入してきた。

「ん、っ……！」

捉えどころのない舌が触れあって、ぞくぞくっと背中に痺れが駆け抜ける。

彼の舌は、リリィの中を隅々まで舐《な》めて確かめてきた。奥に縮こまっていた舌を擽《くすぐ》られて、思わず息を止める。

「っふ、っ……、っ……！」

ローレンスに誘われるまま舌を擦りあわせてみると、全身がふわふわと熱くなって、なんだか胸やお腹の奥が落ち着かず、むず痒《がゆ》くなってくる。

甘くて柔らかくて、この、名前のわからない心地の先をもっと知りたいと思う。なのに息苦しさが限界を迎えて、リリィは唇を逸らし、空気を貪るようにむせてしまった。

「っ……、ごめん、大丈夫？　つい、……」

けほ、けほ、と何度か咳《せ》き込む。そうして酸欠が解消されても、恥ずかしくて、背けた顔を元に戻せない。

「リリィ、顔が真っ赤だ、可愛い……」

「っ……」

ローレンスの手が、頬に触れる。

「ほら、耳まで」

「ひぁ、っ……！」

髪をすくって、耳にかけられて、そのまま耳の縁に触られると変な声が漏れてしまった。

「可愛い声……。僕、ちゃんと気持ちよくできてた？」

「ぁ、あ……」

耳元にキスしながら囁かれると、いよいよ全身の疼きが増して、くらくらと目眩《めまい》がしてくる。

「それともまだ、下手だった……かな？」

頭を撫でられたけれど、不思議と、子供扱いされている気はしなかった。

「わ、わからない、わ。こんなの……初めて、だもの」

「うん、……僕も。こんなことするのも……したいと思ったのも、リリィが、初めて……」

「ほ、ほんと？」

「そうだよ、ほら」

ローレンスはリリィの手を、自分の胸に押し当てた。

「わかる？　すごく……すっごく、緊張してる」

そこは、リリィと同じくらい——いや、それ以上に力強く、早く鼓動を刻んでいて、リリィは何度も頷いた。

わかったから、手を離してほしい。

彼の身体につられて、自分も更におかしくなってしまいそうだ。

そのくせ、ローレンスは平然と喋っているように見える。

「今度は……もっと長いキス、しよう」

答える前に、唇を割られていた。すぐに舌が入ってきて、さっきより慣れた動きで、口の中を這《は》っていく。

いつからか、ローレンスの白いシャツを、ぎゅっと握りしめていた。高級な生地に違いないのに、汗が滲んで、きっと、湿ってくしゃくしゃにしてしまっている。

「ちゃんと、鼻で息、吸って」

「っは、……、でも、ん、……っ！」

一瞬唇が離れて、囁かれた。でもまたすぐに、更に深く潜り込んできて。

有無を言わさず口付けてくるのは全くローレンスらしくないのに、穏やかな舌の動きは彼の優しい性格そのもので、少しずつ緊張が解けてくる。

「ん、ふ、っ……ぅ、っ……」

そのまま、どのくらい続けていただろう。

ローレンスが唇を吸い、舌を動かすたび、ちゅく、と濡《ぬ》れた音がしはじめる。

混じりあった唾液が口の端から溢《あふ》れると、やっと離れてくれた。

「っは……、できた？　まだ、苦しい？」

ぴったりと額や鼻を合わせたまま、唇を何度も何度も、ちゅ、と音を立てて啄まれる。

「むずかしい、けど、……へい、き、……わたしだって、もう、子供じゃないもの、」

「でも、涙が……」

言われて気付いた。目の前のローレンスが歪《ゆが》んで見える。

彼は目尻を唇で拭って、視界を直してくれた。

「ほんとに、平気……だから」

——だけど、ちがう。平気じゃない。

——だって、なんだか……。

身体が、お腹の下が、熱くてたまらない。

ローレンスを感じているだけで、幸せで全身が痺れて、もっとしてほしくなる。

——さっきまで、あんなに緊張してたのに。

——唇が離れてると、寂しいなんて……。

ローレンスの吐息が濡れた唇にあたって、彼の舌が欲しくてたまらなくて、リリィは涙目になった。

　誰かの舌が口の中に欲しいだなんて不気味なことを思ったのは初めてだ。

「僕、もっともっとリリィを知りたい。来年まで僕を覚えていてもらえるように、沢山喜ばせてあげたい……」

ローレンスの切ない笑みに、すぐにまた長い別れがくることを思い出して、リリィはたまらず、初めて自分から、ちゅっと軽く口付けた。

「……私も。私もよ。もっとローレンスのこと、知りたい……」

ローレンスの長い腕が背中に絡んで、抱きしめてくれる。

少し姿勢が変わって気付いた。下着が濡れている感触がある。ベンチに座った時は、そんなふうにはなっていなかったはずだ。

「今日はそろそろ、帰らないと。明日も会える？　またここで、一緒に過ごしたい」

リリィは顔を真っ赤にしながら頷いた。

それから二人は、手を繋いで来た道を戻った。

ローレンスは、「幸せだね」と言ってくれた。

リリィもそうだ。だから、それ以上会話は必要なかった。

でも、夢見心地でいられたのは、屋敷の自分の部屋に辿り着くまでだった。

ワンピースの裾をめくって、濡れて嫌な感じのする下腹部をそっと覗いてみると、下着が血で赤く染まっていて、頭が真っ白になった。

——なんで？　お姉ちゃんに内緒で、ローレンスに会って、あんなことしたから？　罰が当たったの？

脚の間を何度拭っても血が止まらない。

酷い病気だったらどうしよう、と震えながら姉のティアナに泣きつくと、姉は「まあ」と目を丸くして、

「よかった……！　これでリリィも大人の女性の仲間入りね」

と抱きしめてくれた。

「大人の？」

ずっと求めていた言葉に、リリィは目を瞬く。

「そうよ。とりあえず、下着を洗いましょう。それから……」

浴室で身体を清めた後、姉は順番に教えてくれた。

これは子供を産むための準備で病気ではないこと、数日すれば治まること、この先も定期的にくるということ。そして最後に、

「本当は、事前に教えてあげなくちゃって思ってたの。でもお姉ちゃん、今までお腹いっぱい食べさせてあげられなくて、ずっと栄養不足だったでしょう？　そのせいで月のものがこなかったら、

どうしようと思って……怖くて、言えなかったの。ごめんね……」

と、涙を流して謝られた。

自然な現象だとわかって安堵すると同時に、〝大人の女性〟という言葉が、ローレンスに追いつけたようで嬉しくて。

だから翌日、またローレンスとこっそり会って、手を繋いでベンチへ行く途中で、

「昨日、初めて〝月のもの〟がきたの、私もう、ほんとに大人なのよ」

と自慢した。

ローレンスは驚き、顔を赤らめて「おめでとう」と祝いながら、

「具合は悪くない？　お腹が痛いとか、疲れてるとか……大丈夫？」

と気遣って、一緒に過ごす間、ずっと肩を抱き寄せたり、腰やお腹を撫でてくれた。

キスをして、お喋りをして、またキスをして、抱きしめあう。

〝幸せ〟という言葉の意味を、リリィは考え直した。

今日までは、お腹いっぱい食べて、安全な場所で眠れることが、リリィの〝幸せ〟だった。

でも今はもっと幸せだ。

ローレンスといると、〝完璧な幸せ〟になる。

恥ずかしくてローレンスには言えなかったけれど、月のものが終わっても、抱きしめあってキスを繰り返しているだけでお腹の下が疼いて、下着が透明なべたべたした体液で濡れてしまうように

なった。

けれどもう、怯《おび》えることはなかった。ローレンスが引き起こしてくれることなら、なんだって正しいと思えたから。

ローレンスは帰国前日の別れ際、

「来年は、キスより、もう少し、大人になれることをしよう」

と約束してくれた。それから、

「迷惑じゃなければ、自分の屋敷に君宛ての手紙を送るから、庭師から受け取ってほしい。リリィと友達だってこと、彼にだけは打ち明けたんだ。もしも返事をしてもいいって思ったら、彼に渡して」

と言って、国へ戻った後、すぐに手紙を送ってくれた。

それから頻繁に、日常の些細《ささい》な出来事を伝えあうようになった。

頭の中は、常にローレンスのことでいっぱいだった。

というのも、姉は出産後から子育てにかかりきりで、そのために使用人が更に増え、日々やりがいを感じていた掃除や料理などの手伝いは、全て必要なくなってしまったのだ。

毎日することといえば、勉強と、ローレンスへの手紙を書くことばかり。

触れあいやキスを思い出すたび、不意に身体が熱くなり、食事や勉強中にまで夢見心地になってしまう。

と同時に、早く大人になって姉の助けになりたいと思っていたのに、父の看病や家事をしていた子供の頃の方がまだ役に立てていた気がして、衣食住に困っていた頃とは違う辛《つら》さに襲われることもあった。

――私、こんなに与えてもらっているのに、何の役にも立ってないわ……。

家事の代わりに勉強を頑張ってはみたけれど、同年代の貴族の子供たちが学んでいる内容に追いつくこともできず、無力感ばかりが増して、ますますローレンスに想いを馳せる時間が増えていく。

だから、家庭教師の口から彼の国――リルバーン公国の名前が出た時も、領主がどんな人物か、熱心に質問していた。

落ち込んだ様子のリリィを案じていた教師は質問を喜んで、詳しく教えてくれた。

教師によると、現領主であるローレンスの父親は、五爵の中で一番秀でた公爵の地位を与えられ、彼の一族は代々数百年にわたり、広大な土地を治め続けているらしい。

家庭教師は、次期領主がローレンスであることや、彼が一人息子であること、更にはリリィが知らなかった、〝ローレンス・リデル・ヴァレリー〟というフルネームまで知っていて、目を丸くした。

ローレンスのことを聞けたのが嬉しくて、なぜそんなことまで知っているのか、会ったことがあるのかと聞くと、姉よりいくぶんか年上の教師は、優しく微笑んだ。

「ヴァレリー公爵家といえば、領地の広さもさることながら、帝国内で指折りの資産家として有名です。議会での権限も強く、帝国全土に影響力を持っているんですよ」

それは、リリィの知っているローレンスの姿とは、どうにもそぐわない内容だった。

確かに彼の身なりはいつも整っていたけれど、華美な装飾とは無縁で、特別お金を持っているようには見えなかった。

喋り方だって気さくで、時々大人ぶってみせることはありつつも、身分を誇示して偉そうにされたことなんて一度もない。

知っていたはずのローレンスが、突然遠い世界の人に感じられて戸惑っていると、家庭教師は更に続けた。

「噂によれば、継嗣のローレンス様は、お若いながらもとても優秀な方だそうで。すでに許嫁がいらっしゃるのに、年頃のご息女を持つ上流階級の方々は、ヴァレリー家に嫁がせようと躍起になっているんだとか」

今度こそ、理解ができなかった。

――ローレンスに、許嫁？

そんなこと、あるわけがない。

手紙のはじめと終わりには、いつもリリィが大好きだと書いてある。

嘘をつく人じゃないし、もし他に大切な人がいるなら、隠さず話してくれるはずだ。

――でも、そういえば……。

丘で初めてキスをする前、リリィに許嫁がいるか気にしていた。

そして、『僕だって、話してない自分のこと、いっぱいあるし』とも言っていた。

教師は、ヴァレリー家が現在の広大な領土と、確固たる地位を得るに至った、何百年も前の戦争について語りはじめたけれど、もう何も頭に入ってこなかった。

彼女の語るローレンスは、きっと別人だ、と思う。

——お金持ちで、優秀？

送られてくる手紙には、リリィが理解できない難しいことなんて、一つも書いていない。

細《ささ》やかな日常が綴られているだけで、政治的な内容も、彼の背負っている将来の話も、一切出てこない。

——先生の言ったことは、全部、ただの噂よ……。

だって彼女は、ローレンスに一度も会ったことがない。

一方リリィは、彼がどんなふうに喋るか、どんなふうに抱きしめてきて、どんなキスをしてくれるかまで、全部知っている。

でも、不安は際限なく高まっていった。

『まだ子供だから、リリィは知らないんだね』

そう言っていたことを思い出すと、手紙で確認する勇気はなかった。

返信にはいつも通り、季節の移ろいや、可愛い甥《おい》っ子《こ》のこと、手紙を仲介してくれる老年の庭師と少し仲良くなったことなど、彼が楽しく想像してくれる日常ばかりを書き連ねた。

ローレンスを疑いたくなかった。

何度も届けてくれる『大好き』という言葉を——日を追うごとに恋しくなる、彼の唇の優しい感触を信じたかった。

第三章　三年目――子作りの方法

不安を抱えたまま、再び夏が訪れた。

手紙で帝都に到着する日を聞いてはいたものの、その日が近付いてくると、待ちきれずに毎日裏庭を訪ねるようになった。そしてローレンスは、予定より数日早く姿を現した。

リリィはもう、石垣から庭を覗くのに背伸びする必要はなくなっていたけれど、彼はそれ以上に背が伸びて、更に別人になっていた。変化した姿を見るのは二度目だけれど、慣れるものではなくて、やっぱり置いていかれたようで少し悲しい。

でもそれ以上に気になったのは、ローレンスの隣に佇《たたず》む女性だ。

どうやら彼が庭を案内している様子で、二人は微笑みあって草花を愛でている。

――綺麗な人……。

――ローレンスと、同じ年くらいかしら？

――それに、すごく大人びてるわ。

どうしてか、ずきずきと胸が痛む。

目映《まばゆ》いブロンドに、服も装飾品も化粧も、完璧で隙がない。怖いくらいの美しさだ。

ローレンスも、見たことのないフォーマルな装いで、ぴんと背筋を正している。微笑み方も、リリィといる時の、ふにゃっとした、こちらまで気の抜けてしまいそうな甘い笑みと違って、口角をわずかに上げるだけの上品なものだ。

彼は女性の一挙手一投足に気を配って、絶対によそ見をせず、一切リリィの方を——石垣の方を見なかった。去年も一昨年も、リリィが覗き込んだ時は、すぐに気付いてくれたのに。

女性がローレンスの手を握って、内緒話か、キスのように耳元に顔を寄せたのを見て——リリィはしゃがみ込んで、石垣に隠れた。

心臓がばくばくと音を立てている。

一年ぶりに彼を見ることができて嬉しいからだと思おうとする。

なのに胸の痛みは耐えがたいほどで、ぎゅっと両手で心臓のあたりを押さえた。

『まだ子供だから、リリィは知らないんだね』

嫌な言葉を思い出す。

彼にキスを教えてもらって、勉強して、月のものがきて、背も伸びて。

やっと少しローレンスに追いついたつもりだったのに、やっぱり何も変わっていない気がしてくる。

その日は話しかけることができず、胸の痛みを堪え、滲む涙を拭いながら家に戻った。

ベッドの下に隠してある手紙の束を取り出して、一番最近届いたものを読み返す。ちゃんと、最後に『大好きだよ』と書いてある。それに、『会える日が待ち遠しい、早く抱きしめたい』とも。

でも、帝都に着くと書かれた日は少し先だ。

だからリリィは、それまで裏庭に行くのをやめた。また同じ光景を見るのが怖かったし、彼が自分に伝えてくれたことだけを信じようとした。

約束の日、恐る恐る裏庭を覗くと、女性の姿は見当たらず、彼は一人で庭のベンチに佇んでいて、去年と同じように、目が合うなり駆け寄って抱きしめてくれた。

「会いたかったよ」と何度も顔にキスをされて、それはリリィの知っている大好きなローレンスそのものだった。

女性のことは聞けなかった。もし聞いたら、お互い傷ついてしまう気がして怖かったのだ。

「ねえ、背、ずいぶん伸びただろ？　僕、少しは格好よくなった？」

彼の輪郭から子供らしい丸みは完全に消え去り、眉も鼻筋も直線的で、男らしく成長している。リリィが惹《ひ》かれたのは彼の穏やかさなのに、今の精悍な面立ちからはいまいち想像できない。なのに親しみを覚える柔和な喋り方はそのままで、去年感じた以上にギャップがあった。

でも一番気になったのは、容貌の変化ではなかった。

いつもと同じだと思った笑顔に、どことなく疲労が滲んでいる気がする。寝不足なのか、目の下はわずかに翳っていた。

——手紙では、特に変わりはないみたいだったけど、何かあったのかしら……。

心配に思ったけれど、見つめあっているのが恥ずかしくて、ふいと顔を逸らす。

「背は伸びたけど……。ローレンスはローレンスよ。変わらないわ」

見た目なんてどうでもいい、会えただけで嬉しいと伝えたかっただけなのに、ローレンスは眉を寄せて首を傾けた。

「そっか……、早く素敵な紳士になって、リリィが自慢できる存在になりたいんだけど……この髪型、好みじゃない？　香水、去年の方がよかった？　リリィはどういう男性が好き？」

「……香水をつけてるの？」

「うん、今年はゼラニウムとマンダリンをあわせた香りが流行《はや》ってるんだって。リリィに汗くさいって思われるの、嫌だなと思って」

去年匂いが違うと感じたのも、もしかしたらそのせいだったのかもしれない。

今日はお気に入りのワンピースを着てきたものの、ローレンスほど身嗜《みだしな》みを気遣えていない自分が恥ずかしくなる。そもそも、香水がどこで売っているものなのかもわからない。

「もしかして……去年、私、汗くさかった？　今もにおう？」

「まさか！　僕好きだよ、リリィの匂い」

か一っと顔が熱くなって、「そ、そう……」と俯く。

「ねえ、ローレンスも、何もつけてない方がいいわ」

「え……でも」

「私も、……ローレンスの匂いが、好きなの。……変かしら」

照りつける日差しのせいだろうか。さっき以上に、顔が熱い。

「……そっか。じゃあリリィの前ではやめる」

「それに、服も髪型も……ローレンスなら、なんだっていいわ。そんな、気取ってなくたって。いつものローレンスがいい……」

上から視線を感じて、気まずく顔を背けたままでいると、長い腕がまた背中に回されて、踵が浮いていた。

「っ……！　急に、どうしたの？　苦しいわ」

「本当に、大好きだよ……。リリィだけだ。僕のことを、ちゃんと……」

気のせいだろうか、声が震えている気がして突き放せない。人が通りかかるかもしれないのに。

「……？　ローレンス？」

「……ごめん。そんなふうに言ってもらえたのは、初めてだったから。つい嬉しくて」

数日前にローレンスと親しげにしていた女性を思い出して、つきんと胸が痛んだけれど、それは一瞬のことだった。

「リリィと一緒にいるだけで……自分らしくしていられて、すごく、ほっとする」

彼は、珍しく深い溜息を吐いた。

こうして話していると、自分はローレンスにとって、特別な存在だと思える。

物心ついた時から貧しさに耐える生活が当然で、そもそも欲張った考えのないリリィは、今この瞬間、彼が向きあってくれているという事実だけで、十分に幸せを感じられた。

ローレンスは抱擁を解くと、気を取り直したように微笑んで、

「今日は庭師がいないんだ。だからさ、あそこ、」

と、裏庭の奥を視線で示した。

「庭の奥に、小屋があるのを覚えてる？　庭の手入れをする道具が置いてあって、庭師の休憩室にもなってる。あそこなら、絶対誰も来ないから」

せっかくなら、久々に庭の中を少し散歩したかった。でも、ローレンスはやはり疲れた様子に見えて、素直に従う。

庭小屋は、屋敷の陰になる場所に立っているけれど、閉め切っていたせいか蒸し暑い。肥料のにおいがして、とても清潔とは言えないけれど、貧民街のぼろ屋に慣れたリリィにとっては、整然と用具が並び、しっかりした壁と屋根があるだけで十分立派に思われた。庭師が一日のほとんどをここで過ごすためか、テーブルに大きなベンチ、冬用の火鉢など、生活に必要な道具も一通り置いてある。

外の井戸から水差しに水を汲《く》んできたローレンスは、

「昔は、勉強が嫌になると、よくここに逃げ込んでたんだ。屋敷は狭くて逃げ場がないから」

と言いながら、コップに水を注いでリリィに差し出した。

「狭いって……」

隣に立つ四階建ての屋敷は、リリィが今暮らしている屋敷と同じか、それ以上の大きさだ。この高級住宅街の中でもひときわ大きく、存在感を放っているのに。

「ローレンスが普段住んでいるお屋敷は、もっと広いの？」

ベンチの隣に座ったローレンスが、目を丸くしてリリィを見た。

「僕が住んでるのは、リルバーンの首都にあるお城だよ。エヴァーツ城っていう……聞いたことがない？」

リリィは、無知と、対等に話せない自分を恥じて俯いた。歴史の授業で教わった気がするけれど、明確に思い出せない。通常は十歳前から習うことを次々に教わっているから、覚えることがあまりに多くて、追いつかないのだ。

でもローレンスは馬鹿にしたりせず、

「正確には元城塞なんだけど。大昔の戦争が終わった後、何度も居住用に増改築したから、中は迷路みたいなんだ」

と優しく教えてくれた。

「……私、だめね。毎日頑張ってるんだけど、全然勉強が進まないの」

「いいんだよ。リリィにはリリィのいいところがあるんだから」

「いいところなんて……。私、何もできないわ……」

ローレンスと手紙を送りあう喜びがあったから、得意の家事を取り上げられても、誰の役にも立っていない現実から目を逸らしていられた。

にわかに〝何もない自分〟への不安が押し寄せて、その感情は再び、ローレンスと仲良くしていた女性の姿を引きずり出してくる。

――あの女性は、誰？

――あの人にも、抱きしめたり、キスしたりしてるの？

不安に流されて、聞いてしまいそうになった時、

「ねえ、リリィ。僕はとっても癒やされてるよ。こうして君と話してるだけで」

救いを差し伸べるように、ローレンスが囁いた。

「……ほんとに？」

受け取ったコップをテーブルに置いて、リリィは隣を見る。

彼もまたリリィに向きあって、手を握ってきた。それからリリィの向こう側を――窓の外を見る。

屋内だからか、その目には、さっき以上に疲労が見えた。

「……実はね、去年の秋から、……」

そこまで言って、ローレンスは言葉を止めてしばらく逡巡《しゅんじゅん》すると、おもむろにリリィを抱きしめた――というより、ほとんど寄りかかられて、危うく後ろに倒れるところだった。

「……ごめん、なんか、リリィと会ったら、気が抜けちゃった……」

大人の、低い声が震えている。

リリィはおずおずと背中に手を回して、そっと撫でた。大きな身体だからなのか、甥っ子が泣いている時よりずっと可哀想《かわいそう》に思えて胸が痛む。

「ローレンス……何かあったの？」

彼はしばらく答えず、ただリリィを抱きしめていた。

何度か静かに深呼吸をして、涙の滲んだ声で、途切れ途切れに言う。

「母の具合が悪くて。もともと病弱だったんだけど……あと持って、数年かもって……。父も、それを聞いてから調子がよくないんだ。だから、少しずつ政務を手伝っているんだけど、難しいことばっかりでさ。それで、リリィからの手紙が……リリィに会えることが、ずっと支えになってたから」

年上を気取っていた彼らしくない、弱々しい姿だった。

リリィは自分の境遇を――母の死をきっかけに病に倒れた父を重ねて胸を痛めた。ローレンスは癒やしを求めるように、更にきつく抱き竦めてくる。

「……ああ、言っちゃった。格好悪いよね。もう、十六なのに、……」

「そんなことないわ。どうして手紙で教えてくれなかったの？　私、何も知らずに、馬鹿みたいな返事ばっかり書いてたわ」

「心配をかけたくなかったし、いつも通りの手紙が嬉しかったから」

「でも……、お母様は？　大丈夫？　今はどんな様子なの？」

「寝込んでいるから、今年は国に残ってるんだ。僕も、母のそばにいようか迷ったけど……」

ローレンスは抱擁を解くと、まっすぐにリリィを見た。

「……会いたかったから」

濡れた目尻に気を取られていると、乾いた大きな手のひらが、頬に伸びてくる。

「今年を逃して、また一年会えないなんて、堪えられない……」

去年、キス以上の約束をしてくれて以来、ずっとこの瞬間を待ち侘《わ》びていたから——そして何より、彼を癒やしてあげたかったから、躊躇《ためら》いはなかった。

リリィはローレンスの頬に手を添えて、自分から唇を重ねて目を閉じる。

全身がじわりと熱くなって、生き返る心地がした。

ローレンスに触れることでしか得られない幸せがある。

彼も同じように感じてくれていることを願いながら、長い間、唇を軽く触れあわせて、抱き寄せられるまま身を委ねる。

「リリィ……いっぱい撫でて、可愛がっていい？」

迷うことなく頷いた。

また一年会えないのがどれだけ辛いか、この瞬間がどれだけ貴重か、今は身に染みてわかっているから。

そして、ローレンスが与えてくれることは、全て幸せに繋がっていると思えたから。恥じらって、躊躇う時間すらもったいない。

「あ、っ……！」

耳から首筋、はだけた肩に吸い付いてくるローレンスは、可愛がるというよりも、甘えて、必死に癒やしを得ようとしているようだった。

鼻先を擦りつけてキスをされると犬にじゃれつかれているみたいで、乱れつつある黒髪を、繰り返し指で梳かしてあげる。

ローレンスの両手が前へと滑って、胸部をゆっくりと撫でられた。

「っ……あ……」

びくっと身体をこわばらせると、ローレンスが首を傾けて、顔を見つめてくる。その目は疲れきって、自分を求めてくれているのがわかって。

「怖い？　嫌？」

全く緊張がないといったら嘘だ。

去年見かけた男女の姿から、キスの先は、身体を触るものらしいと知ってはいても、胸や脚の間を触るなんて、わけがわからない。

でもローレンスのしてくれることはいつだって、はじめは緊張するけれど、すごく幸せになれる。だからリリィは、なんとか微笑んだ。

「う、ううん。ぜんぜん、平気よ……」

ローレンスの目尻が綻んだ。と同時に、大きな手がまた胸に伸びてくる。

「服の上から、優しく撫でるだけだから」

「っ……！」

ベビーブルーのワンピースが、ローレンスの手の中でくしゃりと皺《しわ》を作った。

まだ成熟しきっていない起伏を確かめるように、鎖骨から腹部へ、そして脇の下へと大きく手を動かして撫でてくる。手のひらに絡んだ服が、幾度も縒《よ》れた。

「っ……、なんで、胸ばっかり……する、の……？」

「会えない間に、リリィも、大人になったんだなって……。去年より、ここ、膨らんだよね？　前は、もっとまっすぐだった」

ローレンスは、リリィの青灰色の瞳を射貫《いぬ》いて、答えを要求してくる。

「っ……しら、ない、……」

「ほんと？　自分で、わからない？」

「そんな、き、気にして、ないもの……」

もちろん、恥ずかしくて言えなかっただけだ。本当はわかっている。

食生活が豊かになったおかげなのか、心持ち肉付きがよくなった気がするし、胸やお尻も、少しずつ女性らしい膨らみを帯びはじめていた。

「本当かなぁ」

「あっ……!?」

ローレンスはリリィの身体を抱き寄せると、自分の膝の上に座らせて、後ろから優しく腹部を抱きしめてきた。

「ふふ、やっぱり、僕の方が大人だ。リリィは小さくて、僕の身体にすっぽり収まっちゃうもの」

「私だって、去年よりは背が伸びて……っん……！　おなか、くすぐったい……」

「じゃあもう一回、こっち……」

ローレンスは後ろから覗き込んで大人のキスをしながら、両手を滑らせて、再び胸の膨らみを包み込んでくる。

「っ……！」

キスに集中していると、優しく胸を撫でていた手が、次第に膨らみをほぐすように揉《も》み込んできた。

胸の麓から先の方へ絞られると、嫌でも乳首を意識してしまう。その上、そこが服と擦れるたび、なぜかお腹の下まで疼きが広がってきた。

「っん、は……ぁあ……」

キスが離れて、唾液が短く糸を引く。

初めて手を繋いだ時、ローレンスの手はリリィと同じくらいの大きさで、指も丸くてまっすぐだった。なのに今は長くて骨張っていて、自分の胸や身体が小さく見えるほど大きい。

「ほら、やっぱり、成長してるよ。リリィの身体もちゃんと、大人の女性になりはじめてる」

「っん……ん……」

喋りながらも、ローレンスは何度も膨らみに指を沈めて、愛撫《あいぶ》し続けている。

キスで唇を塞がれているわけでもないのに、どうしてか、息が乱れていく。なぜかローレンスの呼吸もまた、少しせわしなくなっていた。

「っぁ……、あんまり、強く、しないで……」

涙目でローレンスを振り向くと、彼は慌てて指先の力を抜いた。

「ごめん、加減が……まだ、わからなくて。もっと優しく触るね、」

「ううん、謝らないで。ほんとは……ローレンスの言った通りよ。最近胸が大きくなってきて……少し腫れて、痛いの」

「それ、僕と一緒だ。僕も最近、脚のあちこちが痛くて」

「痛い？　どうして？」

大丈夫なのかしら、と不安になって、もう一度ローレンスを振り向く。

「医者に言ったら、背が伸びて、大人になってる証だって」

「ま、まだ伸びるの？　私もこれから、もっと伸びるかしら。ローレンスに追いつける？」

「リリィは女の子だろ。その代わりに、だから……ここが……大人の形に、なってきてる」

「ふぁ、っ……」

ローレンスの十指が、胸を下から掬《すく》い上げて、鎖骨まで撫で上げてきた。再び胸の下へ向かって、丘の上を何度も上下に行き来する。

擽るような軽さだから、痛くはない。でも手が滑るたび、五本の指が立て続けに乳首を弾いて、ぴり、と痺れてしまう。

「リリィ……？　ここ、硬くなってるの？」

「あっ！」

指先が突起を探し出して、きゅ、と服の上から摘《つま》もうとしてくる。

小さなそれは服の上からは捉えがたいらしく、何度も失敗し、そのたび指先で摩擦されてしまう。

「ゃ、ぁ、っ……！　あ……！」

「リリィの声、記憶より、ずっとずっと可愛い……」

摘むことを諦めたのか、ローレンスは服の上から小刻みに乳首だけを擦りはじめた。そんなふうにされたら、更に硬くなってしまう。擽ったさと知らない違和感に身悶《みもだ》えたものの、彼の手は止まらなかった。

「あ、っ……へん、よ……ローレンス、ゆび、そこばっかり、したら……っ」

しつこく指で擦られ続けている胸の先が、酷く腫れ上がってくる。

その上、耳元や首筋に何度もキスをされると全身に甘い痺れが走って、ローレンスの膝に乗ったせいで浮いた爪先が、びく、びくっと跳ねてしまう。

「すごく硬くなってる……自分でわかる？」

「あ……あっ⁉」

ローレンスが、ワンピースをぴったり押さえると、何度も服の上から擦られたそこは、夏向きの薄い生地を押し上げるほど尖《とが》っていた。

胸の疼きが下腹部に広がって、キスをした時以上に下着の中が濡れて、おかしくなっている。

「やっと摘めそう……小さくて可愛い」

「ふぁ、ぁあ……！」

今度こそ指でしっかりと捉えられて、圧迫され、捻られ、爪でかりかりと擦られ、子供が新しいおもちゃでも見つけたかのようにいろんな触り方を試されて、更に充血させられていく。

「あうっ……ひ、ひっかいちゃ、だめ……」

「だめ？　でも……痛いだけじゃない、よね？　僕、上手くできてる？　気持ちいい？」

そう聞かれてやっと、今の感覚は『気持ちいい』という言葉が一番しっくりくるのだと気付いた。

またキスをされて、でもずっと乳首に触れて硬い芯を弄ばれたままでは、舌に応える余裕はなくて。

「ん、っ……んんっ……！」

息があがって、変な声が漏れてしまうのが恥ずかしくてたまらない。小屋に籠もった熱気で、肌はじっとりと汗ばんでいる。

「リリィ、すごいよ、まだ硬くなってくる……気持ちよくなってくれて、嬉しい。もっと可愛いところ、見せて。離れてる間も、忘れないように」

「ひ、ぁ……いや、っ……やぁあ……」

太い指先で、器用に胸の先だけを擦られる。次第に頭の中がふわふわして、何も考えられなくなってきた。

自然と溢れる声はだらしなくて、泣いているようで――それは昔、寝室から聞こえてきた姉の声にそっくりだった。

――もしかして……お姉ちゃんは……こういうこと、してたの……？

――だって今、すごく幸せなのに。泣いてるみたいな声で、思わず、『嫌』って……。

「リリィ、可愛い……可愛いよ……」

いつからか、ローレンスの呼吸も病気のように早い。彼の腰と重なった臀部《でんぶ》に硬い違和感が食い込んでいたけれど、気付く余裕はなかった。

「っひぁ、あ……！」

ちゅ、と耳元にキスをされただけで、全身に震えが走る。その反応がまた彼を喜ばせたらしく、跡が残りそうなほど強く吸われて、ぎゅうっと乳首をきつく摘まれる。

「あ、あ、あー……！」

びく、びくっと腰が跳ねて、下着の中で、とろりと熱い体液が溢れる感触があった。

ローレンスは、目尻に滲んだ涙を勘違いしたらしい。

「ああ……ごめんね、泣かないで。少し触るだけのつもりだったのに、リリィが可愛いすぎて……」

会えない間に成熟しはじめた身体はあっという間に快楽を覚えて、ローレンスが手を止めた時には、もっと擦って、とねだりたくなっていた。

「あ、っ、ん、……」

ローレンスは名残惜しそうにぎゅっと抱きしめて、首筋に何度も何度もキスをしてくれる。

お腹の奥の疼きが酷くて、下着は、月のものが来た時のように濡れている。ワンピースやローレンスのズボンにまで染みていないか不安になるほどだ。

「顔が、とろんとしてる。そんなに気持ちよかった？」

リリィは、余韻に睫毛《まつげ》を震わせながら、こくりと頷いた。

「ローレンスが……触ってくれると、すごく幸せで、嬉しい……」

「僕も。リリィに触って、ぎゅーってしてるだけで、幸せだ」

ローレンスは、ひくついて収まらないお腹を撫でると、耳元で囁いてくる。

「リリィ、知ってる？　男と女は、ここで繋がって、赤ちゃんを作るんだって」

「繋がるって……？　おなか？」

臍《へそ》の下に、ローレンスの指が軽く食い込んできた。

奥の腫れぼったさが悪化するのが怖くて膝をあわせてみたけれど、意識するほど熱く痺れていく。

「そうだよ、お腹の下。赤ちゃんが出てくるところ」

「……なんで、そんなことしってるの？」

思わず、振り返っていた。

「この間、どうやって世継ぎを残すか、教わったから」

「よつ、ぎ？」

「そう。子供を残すのは……大事な〝務め〟だもの。リリィはまだ教わってないんだね。女の子だからかな」

ローレンスはもう、『年下だから』と馬鹿にしたりはしなかった。でも、それよりも気になるのは。

「つとめ、って……ローレンスは、世継ぎを残すのが、お仕事なの？　そんなの変だわ。赤ちゃんは、愛しあったらできるものでしょう？」

首筋にキスを繰り返していたローレンスが、切なく眉を寄せた。

「僕も、そうだったらいいと思うけど……。女の人のお腹の中に、男の種を入れれば……愛しあってなくても、できるんだって」

「男の人の……何？　入れる？　そうしたら、好きじゃなくても、赤ちゃんができるの？」

「うん。好きじゃなくても、そうすれば、できる」

「でも……そんなのダメよ。変だわ。好きじゃない人との赤ちゃんなんて」

ローレンスは曖昧に微笑んだ。何か大切なことを誤魔化されているような気がして、怖くなってくる。

「そうだね。いつか、リリィとの子供が欲しいな……男の子でも女の子でも、きっと、とってもいい子が生まれてくる」

リリィは顔を赤らめた。『私も』と言いかけて、ローレンスが息苦しそうに、額に汗をかいていることに気付く。

「ローレンス？　大丈夫？　具合が悪いの？」

「これは……リリィが、可愛いから……」

可愛いから苦しいなんて、おかしな理屈だ。

熱でもあるのかしら、と思って額に手をあてようとすると、ローレンスは顎を引いて、リリィの手から逃げた。

「っ……いや……今日は、ここまでにしておこうか」

「……どうして？　まだ、続き、……」

だって、前に見た男女は、胸を触った後、スカートの中に手を入れていた。

「うん、でも、……だめだ、やっぱり……」

後ろから、力いっぱい抱きしめられる。どこか、自分に言い聞かせているようでもあって、これ以上をせがむのは躊躇われた。

「じゃあ……また、明日来るわ」

去年と同じく、夏の間はいつでも会えるのだと思っていた。

なのにローレンスは、どこか余所余所《よそよそ》しくリリィを膝の上から下ろして隣に座らせると、気まずい様子で距離を空け、顔を逸らす。

「……ごめん。毎日会うのは、無理かもしれない」

「え……？」

「今年は、お客さんを招いているから……明日は、観光に同行する約束をしてるんだ」

リリィはぼんやりとローレンスを見つめた。

綺麗な女性が、頭を過った。

「それに、父の仕事を見て覚えるために、何度か城へ上がることになっていて……」

「ローレンスが、お城に？　あの中に入れるの？」

リリィにとって、城は遠くから見上げて眺めるもので、おとぎ話と同じくらい別世界のものだ。

「そうだよ。考えたくもないけど……万が一父に何かあった時、すぐ代理を務められるように、そばで仕事を見ておきなさいって言われてね」

「そう……そうよね、それは大事なことだわ」

ローレンスを困らせることだけはしたくなくて、精一杯、理解のある大人らしく頷いた。

沢山胸を撫でられたせいで、肩からずり下がったワンピースを整える。

肥料のにおいが、鼻先を掠めた。ローレンスの後ろに、剥《む》き出しの古い木造の壁や梁《はり》が、ぼやけて見える。

「だから……会える時は、石垣の上に、リリィが気に入っていた青い花を置いておくよ。その時は裏口の鍵を開けておくから、この小屋に来て」

少し乱れた赤毛を撫で付けてくれて、心を通わせるように微笑みあったけれど、初めて自分の髪の色が、ローレンスと不釣りあいな気がした。

だって彼の隣は、眩《まぶ》しいくらいのブロンドが似合っていた。

もしかしたら、髪色だけではないかもしれない。

肌の白さも、女性らしい胸も、知性的な眼差しも、仕草も——何より身分も、あの女性の方が相応《ふさわ》しい気がする。

「ありがとう……。お花が置いてあるかどうか、毎日見にくるわ」

「もしリリィの家を教えてくれたら、僕が迎えに行けるんだけど」

「それは……」

嘘は、月日が経つほど重くのしかかってくるものらしい。

出会った頃以上に、怖くて真実を言えなくなっている自分がいた。

重ねた月日の分、強くローレンスを信じているし、突然嫌われることはないと思う。

でも、偽り続けてきたことは裏切りだ。今更打ち明けて、傷つけないわけがない。

リリィの動揺を察して、ローレンスが微笑んだ。

「ごめん、言ってみただけ。僕が当ててみせるって言ったしね。リリィとの約束は、全部覚えてるんだから」

リリィは曖昧に微笑み返して、慎重に立ち上がった。一瞬ふらついて、でもローレンスがすぐに腰を支えてくれる。

スカートをぱたぱたとはたいて汗を乾かそうとすると、ローレンスは出会った頃と同じように、一瞬面食らって——でもすぐに微笑んで、

「ねえ、本当に大好きだよ」

と抱きしめてくれた。

裏道まで見送るのを躊躇っているのを感じて、小屋の中でローレンスと別れ、一人で庭を出た。屋敷を見上げると、三階の窓際に立っている女性と、まっすぐ目が合った。

ローレンスと微笑みあっていた人だ。

冷たい目で、リリィを見下ろしている。

怖いのに、視線を逸らせない。

近くに誰かいるのか、彼女は流麗な仕草で口元を隠して、何か喋ったようだった。視線が逸れた隙に、逃げるように帰路につく。

でも、走ることはしなかった。

まだ身体にはローレンスが愛してくれた感触が残っていて、幸せなそれを、掻き消したくはな

かったから。
結局その年、青い花が置いてある日は、ほんの数日しかなかった。

第四章　五年目――ローレンスと許嫁

翌年の夏も、ローレンスは更に疲弊した様子で、なかなか会えなかった。

その分彼は、リリィがぐったりして立ち上がるのが大変なくらい身体を撫でて愛してくれたけれど、そうやって尽くしてくれるほど――彼への想いが高まるほど、また一年会えない憂鬱が込み上げた。

それでも、秋が訪れ、再び熱心に手紙を送りあっているうちは、まだよかった。

雪がちらつきはじめた年の瀬に、突然連絡が途絶えたのだ。

疲れ切った顔を思い出し、日に日に不安が高まっていく中、ようやく手紙が届いた。


僕の国に来てほしい。会って話したいことがある。


いつもの『大好きだよ』すらない、短い手紙だ。

酷い不幸に見舞われたのではないかと恐ろしくなって、その日は、心配のあまり食事が喉を通らなかった。

異変に気付いた姉に問われ、リリィは思い切って、

「少し、一人で旅行してみたいの」

と頼み込んだ。今までそんな無茶《むちゃ》なお願いをしたことはない。貧しかった頃望んだことといえば、せいぜい、大好きなクリームパイを食べたい、とねだるくらいだった。それも、滅多《めった》に叶《かな》わない望みではあったけれど。

姉夫婦は驚きをあらわに顔を見合わせて、行きたい場所や理由を聞いてきた。

もちろん、ローレンスのことは言えなかった。

一体どう説明すればいいのかわからないし、理解を得られるとも思えない。男の人に会いに行くための旅なんて絶対に許してくれないだろうし、何より、今は子育てで手一杯な姉に、余計な心配をかけたくなかった。

「一度も帝都から出たことがないし、勉強するうちに、他の国が見てみたくなって」

と、もっともらしく言うと、姉は翌日の朝食の席で、

「子供がいるから一緒に行くことはできないけれど、使用人を連れていくなら」

と許可してくれた。

すぐにでも帝都を発《た》ちたかったけれど、もともと貧民街の住人だったせいか、通行証の発行に時間がかかり、出立は年が明けてからになった。

雪のちらつく日、荷物を積み込んだ馬車の前で、姉はいつになく真剣な面持ちでリリィの手を握った。

「離れてしまうのは心配だけど、今まで、リリィが自分から何かしたいって言ったこと、なかったでしょう？　だから、とっても嬉しかったわ。それに……伝えようか、ずっと迷っていたんだけれど、旅先の国には、お父様が治めていた村が――あなたが生まれたお屋敷があるのよ」

今まで父と姉は、リリィが生まれる前のことをほとんど話さなかった。だからリリィも聞かないようにしていた。

知っているのは、父は小さな領地を持つ貴族だったということくらいで、自分とは何の関係もない、遠い昔話としか思っていなかった。

「お父様の領地は……あなたの生まれたフリーゼ村は、隣国を治めるヴァレリー家に買収されたの。だから、当時とはずいぶん変わってるかもしれないけど……」

姉はそこで言葉を切って俯いた。きっと、辛い記憶なのだろう。

でもリリィは、唐突に出てきたローレンスの家名に動揺して、気遣う余裕がなかった。

「御者に場所を伝えてあるから、私たちが生まれたお屋敷を見てくるといいわ。帰ったら話を聞かせてね。お父様も私も、楽しみにしてるから」

それから姉は「気をつけてね」と抱きしめて、何度もキスをして送り出してくれた。

姉から聞いた話が、世間的にどういう意味を持ち、ローレンスとの関係の上でどう捉えればいいことなのか、リリィにはわからなかった。

何にしても、今のところローレンスに過去を打ち明ける勇気はないし、大事なのは過去ではなくて、ローレンスが困っていないか、酷い目に遭っていないかということだけだ。

地方都市や宿場町で夜を越しつつ、南西へ移動した。車窓から見える景色は全てが新鮮なのに、ローレンスへの心配が頭を占めていて、何にも興味を惹かれない。

南下して、寒さが心持ちやわらいできた七日目に、ようやくオルグレン地方に足を踏み入れることができた。そこからリルバーン公国の首都に辿り着くまで、更に二日かかった。

ローレンスの暮らす都は、冬でも陰りの少ない、温暖な土地だった。

都市を囲う周壁がない分、帝都ほど建築物が密集しておらず、どの道も幅広い。人がぶつかりあいながら慌ただしく行き交う帝都と違って、ゆったりとした時間が流れており、住人の顔は穏やかだ。

正午過ぎに宿を取り、三階の客室の窓から外を眺めると、遠くに目的の城が見えた。

元要塞で堅牢《けんろう》な石壁に守られたエヴァーツ城は、帝都に聳える城と遜色ない存在感で、急激にローレンスに会いに行くのが怖くなってきた。

あんな立派な城にローレンスが住んでいるなんて、にわかには信じ難い。

将来、この広大な公国を治める彼が、ただ貴族の娘らしい格好をしているというだけで、隠しごとばかりの自分を好きになるなんて、ありえない気がしてくる。

それでも、このまま引き返すこともまた考えられない。

リリィは、旅に同伴してくれた顔なじみの使用人に、

「少し散歩してくるわ。一人になりたいの、外の空気を吸うだけだから」

と言い残して宿を出た。

帝都同様、小高い場所に造営された城は、街のどこからでも見えたから、道に迷うことはなかった。

近付くほど荘厳な佇まいに圧倒されて、自分が訪ねたところで、追い返されるか、不審者として捕らえられてしまうのではないかという気がしてくる。

――でも、ローレンスが来てほしいって言ってくれたんだもの。勇気を出さなくちゃ……。

ぎゅ、と外套《がいとう》の襟元を引き寄せる。石造りの巨大な城門が近付いてくると、緊張で膝が震えはじめた。

門の横で直立している兵士に名乗って、ローレンスに用がある旨を伝える。

自分でも聞き取りにくいくらい声が震えていたのに、兵士は納得したように頷くと、あっさりと中へ通してくれた。門番の詰め所らしき小屋の前で待たされて、リリィは城を見上げながら、『きっとローレンスが話を通しておいてくれたんだわ』と胸を撫で下ろす。

ほどなくお仕着せを着た侍女が現れ、城に隣接した居館の応接間に案内されて、またしばらく待たされた。

見たこともない絢爛《けんらん》な内装に圧倒されつつ、大きなソファーにこわごわと腰を下ろす。

彼はなかなか現れなかった。

また少し不安になってきた時、ようやく背後でドアが開く音がした。

「ローレンス！」

勢いよく立ち上がって振り向いた――が、そこにいたのは、綺羅《きら》びやかなドレスに身を包んだ、一人の女性だった。

「本当にローレンス様に呼ばれたと思うなんて、図々《ずうずう》しい女ね」

「あ、あなたは……」

間違いない。一昨年の夏、ローレンスと一緒に談笑していた――屋敷の中から、リリィを冷たく見下ろしてきた女性だ。

眩《まばゆ》いブロンドに、広い襟ぐりから覗く白い肌。

胸部から腰にかけての、女性らしい流線。エメラルドのような瞳。

どれも、リリィにはないものだ。

「でも、よかったわ。その傲慢さがあるから、貧民のあなたが、一国の主となる人を訪ねるだなんて大それたことをして、こうしてお話できるんですもの」

彼女はつかつかと靴を鳴らして部屋に入り、リリィの向かいに悠然と座った。リリィは呆然と立ち尽くして、美しい女性を見下ろす。

「あの……、どうして……？　ローレンスは……」

「次期公爵様を呼び捨てにするだなんて――ローレンス様は今、とてもお疲れでいらっしゃるの。

あなたのことなんて、気に留める余裕はないわ。でも心配なさらないで。私が毎日慰めて差し上げてるから」

リリィは、ソファーに腰を落とした。座ったというより、膝から力が抜けて、立っていられなかった。

一体、何を言われているのか――何が起きているのか、さっぱりわからない。

「ああ……名乗り遅れましたわ、私、ローレンス様とは幼い頃からの知り合いで、ローズ・マリア・ワイアットと申します。ヴァレリー家の方々とは、代々お付き合いをさせていただいておりますの」

ワイアット――つい最近、勉強中に目にした名前だ。確か、リルバーン公国に隣接した土地を治める公爵家だった気がする。

リリィがおずおずと名乗ろうとすると、「存じておりますわ」と遮られた。

「あの、ローレンス、疲れてるって……何かあったの？　来てほしいって、手紙が届いたの」

「まだ気付かないの？　あの手紙は、私が出したのよ。彼の筆跡を真似《まね》て作らせたの。あなたが送ってきた、この国へ来るという手紙も、彼が見る前に処分させてもらったわ」

リリィは言葉を失って、しばらく、彼女の真っ白な首元を見つめ続けた。渇いた喉を鳴らして、やっと出た言葉は、酷く掠れていた。

「――どうして、そんなこと、」

「あなたがあんまりにも可哀想だから、ローレンス様が隠していらっしゃることを、教えて差し上げようと思って」

「隠しごと……？　ローレンスは、そんなことしないわ、」

「本当に何もご存じないの？　ローレンス様も、残酷な方ね」

呼吸が浅くなって、座っているのにくらくらしてくる。

リリィは知っている。汚物を見るようなその目を。

貧民街で暮らしていた頃は、賑《にぎ》やかな街の中心に出ると、髪や服の汚れた貧しい人間だからというだけで、誰からもそんな視線を、時には罵声を浴びせられた。

「そういえば、あなたの家柄を少し調べさせていただいたのだけれど。あなたの姉も、負けず劣らず太々《ふてぶて》しいのね。帝国の騎士総長様を籠絡して、贅沢《ぜいたく》できる身分を手に入れるだなんて。……でも、あなたはそうはいかないわ」

「……ろうらく……？　お姉ちゃんは、贅沢なんて、……」

呆《あき》れたように息を吐いて、女は胸元に落ちたブロンドを指に巻き付けた。

「そうかしら？　まあいいわ。とにかく、あなたに伝えておかなくちゃと思ったのは——私が、ローレンス様の許嫁だってことなの」

女性の、エメラルドの瞳をじっと見つめた。長い睫毛に縁取られた瞼が瞬くたびに、きらきらと輝いている。

「……何を、言ってるの？」

許嫁——その言葉は知っている。

出会った頃、ローレンスに聞かれたことだから。

でも、もしかしたら意味を取り違えていたのかもしれない。

「そんなの……そんなの、嘘。昔、ローレンスと許嫁の話をしたことがあるけど……何も言ってなかったわ。もしいたら、あの時、教えてくれたはずだもの」

突然現れた女性の言葉を信じる理由などない。

何度も会って、優しくしてくれたローレンスだけを信じるべきだ。

なのに、一昨年の夏——庭で彼女に微笑んでいた彼が、何度も頭の中で再生される。

「私だって、ローレンス様があなたを庭小屋に連れ込んでいるのを見るまで、そんな大胆なことをなさる方だなんて思いもしなかったし、信じたくなかったわ」

彼女は、おっとりと横に視線を流して、物憂げに溜息を吐く。

「ローレンスはいつも、私のこと、大好きって言ってくれるの。手紙でだって、毎回欠かさず」

「まあ……そうでしょうね。身体が目的なんだから、何だって言うに決まってるでしょう？」

「……？　何？　からだ……？」

再び、長い溜息が聞こえた。

「はっきり言ってあげるわね。あなたは、ローレンス様のおもちゃなの。許嫁の私のために、あなたを使って、女性の身体を勉強してるのよ」

リリィは意味がわからず、小さく首を横に振った。

「おもちゃって……どういうこと？　私たち、ただお互いを好きなだけよ。いつか、私との子供も欲しいって……」

「子供なんて、またずいぶんとロマンチックな騙し方ね」

女が、口元に手を当ててくすくすと笑った。

上品なはずのその仕草は、どこかわざとらしい。彼女はそのまま、右手の甲をかざして見せてきた。白く細い薬指に、青い石の嵌《は》め込まれた金の指輪が光っている。

「これ、素敵でしょう？　先日、ローレンス様がくださったの。ヴァレリー家の事情で結婚が先送りになったから、そのお詫《わ》びにって。この間、誕生日にドレスをくださったばかりなのに。本当にお優しい方よね……。お義父《とう》様も、私がヴァレリー家の一員になる日を楽しみにしてくださっているわ」

女性は、リリィの反応を窺《うかが》うように、にっこりと微笑んだ。

「あなたはどうなの？　このお城に来たのは……初めてよね？　それなら、帝都のお屋敷の中に招かれたことはある？　ご両親を紹介してくださったり、贈り物を受け取ったことは？」

リリィは、ローレンスがいてくれるだけで十分だ。

そもそも、目の前にあるもの以上のことを望むという発想がない。

それでも、馬鹿にされていることだけはわかったから、一番大切な思い出を話した。

「私は……丘に連れてってもらったわ。景色が、とっても綺麗なの。それで……」

手を繋いで、守るよと言ってくれて。

一緒にサンドイッチを食べて、微笑みあった。

でも、女性は退屈そうに鼻を鳴らすと、

「それが何なの？」

と、心底わからない様子で肩を竦めた。

「ローレンス様も趣味が悪いわね。こんな、まともに教育も受けていない子で遊ぶなんて――あなたも少しは頭を使ったら？　本当に愛していたら、あんな汚い庭小屋に招くわけがないでしょう？」

「それは……、……」

「ほんと、野蛮で不潔。あなたに相応しい場所を選んだんでしょうけど、正直、ローレンス様の気が知れないわ。もっとましな女なんて、いくらでもいるでしょうに」

愛しあうのに、場所なんて関係ないはずだ。

なのに彼女の言葉の一つ一つに翻弄されて、少しずつローレンスを疑いはじめている自分が怖くてたまらない。

出会ってから五年が経っているけれど、実際にローレンスと過ごした日々は、ほんのわずかだ。

時間にしたら、たった数日程度。

それでも、リリィは必死にローレンスを――自分を弁護しようとした。

「あの場所は……ただ、隠れるためで……。勝手に知らない人を庭に入れたら、親に怒られるからって、」

「やっぱりあなた、身分を黙って、彼に貴族の娘だと信じ込ませてるのね」

リリィは目を見開いた。どうして、ローレンスにすら伝えていないことを彼女が知っているのだろう。

「言ったでしょ、調べさせたって。去年の夏、あなたの後をつけさせたの。名前は、リリィ・マルガレーテ・ブランシュ……だったかしら？　父親は元男爵のようだけど、貧しい地区で育ったんでしょう？　私、全然わからないわ。どうしてそれで、ローレンス様に選ばれると思えたの？」

俯いて、外套を握りしめる。

姉はいつも、『お金や見た目で人間の価値が決まるわけじゃないのよ』と教えてくれた。

でもリリィは初めて、自分の身分を恥ずかしいと思ってしまった。そして、そんな自分をまた恥じた。

「……わたし、選ばれたんじゃないわ。お互い、選びあったの……」

「だから――物わかりの悪い子ね。言ったでしょう？　身体のためよ。彼が『愛されてる』って思わせてくれてるの」

頬が熱くて、涙が溢れていることに気付く。

彼女の言っていることは、全部、信じる必要のない嘘だと思うのに。

女性は——ローズは、心底哀れんで、慰めるように優しく続ける。

「もう。泣かれたら、虐《いじ》めてるみたいじゃない。大丈夫よ、ローレンス様から離れろって話じゃないの。あなたの過去も、平民だってことも黙っててあげるわ。だから——きちんと尽くして差し上げて。彼を満足させてあげてほしいの。難しいことじゃないわ。これまで通り、彼が求めてきたら、従えばいいだけ」

ローレンスの許嫁は、肩にかかった長いブロンドを背中に払う。

何を言われているのか、さっぱりわからない。

もう、瞬くのがやっとだった。

「あなたで練習してるおかげで、彼のキス、そんなに下手じゃないけど……私、ああいったコミュニケーションが好きじゃないのよね。他に好きな男性もいるし」

「……、……ローレンスと、……キス……してるの？」

ローズは鋭い眦《まなじり》でリリィを睨《にら》んだ。

「当然でしょう？　将来を約束してるんだもの」

何度涙を拭っても止まらない。

知っていたはずのローレンスが、どんどん遠ざかっていく。

でも——ここまで知った上で振り返ってみると、自分でも気付かないふりをしていただけのような気がした。

なぜなら一昨年の夏、ローズが彼の耳元にキスをするように顔を近付けているのを見ていたのだから。

「……他に好きな人がいるのに……ローレンスを好きじゃないのに、キスするの？」

「やだ、勘違いしないで。ローレンス様のことも好きよ。豊かな生活のために、名家との繋がりは必須だもの。それに私たちの結婚は、ヴァレリー家とワイアット家……いえ、両国の繁栄に繋がるわ」

濡れた視界で、ぼんやりと、人形の如く美しい女性を見つめた。

彼女はもう十分すぎるほど贅沢をしているように見える。

ドレスも、耳や首元に光る宝石も、ローレンスに贈られたと言っていた指輪も、一つでも売りに出せば、一生働かずに生活ができそうだ。

──でも、たとえ貧しくても……私は、大好きな人と暮らした方が幸せだわ……。

「結婚するのも、世継ぎを残すのも私。あなたに分け与える財産はないわ。だから……」

ローズは突然声を低くして、ぴしゃりと言い放った。

「子供だけは作らないで。身籠ったらすぐに堕《お》ろしなさい」

犬猫みたいに生み増やして集《たか》られたら、たまらないもの──赤く色付いた薄い唇が、恐ろしい言葉を吐き出す。

とても綺麗な人なのに、気分が悪くなってくる。もう帰りたい。これ以上聞きたくない。なのに立ち上がれない。ソファーが柔らかすぎるせいだろうか。それとも、身体が岩の如く重く沈んでいるせいか。

リリィは乾いた唇を開いた。

何か言おうとして、でも言葉を忘れてしまって、もう一度息を吸う。それでやっと、消えかかった声が出た。

「……、私、……財産なんて……」

もう、息すらうまく吸えない。

どうしてそんな怖いことを言うのか聞きたかったけれど、視界が狭くなっていて、倒れ込まないようにするだけで精一杯だった。それを嘲笑《あざわら》うかのように、ローズは一方的に捲し立てる。

「財産だけじゃないわ。平民との間に私生児を作ったなんて噂が広まったら、ローレンス様は一生、領民に汚点を囁かれて、揶揄《やゆ》されるのよ。彼を苦しめたくないでしょ？　私は子供の頃から、彼の背負っているものの大きさを知っているの。あなたよりずっと、彼や、この国のことを考えてるわ」

白く細い指の間で、青い石が光っている。

ローレンスを信じたいのに、心を強く持てない。

項垂れたままソファーに手をつき、なんとか立ち上がった。よろめきながらドアへ向かう。

「あら、これからお茶が運ばれてくるのに、よろしいの？」

朗らかな声で問われて、さようならと言う気力もなかった。ドアノブに手をかけると、止《とど》めを刺すように、女性は言った。

「そういえば——あなたの父親が借金を背負って苦境に陥ったフリーゼ村は、リルバーン公国が領地ごと買い取って救ったのよ。あなたは土地を捨てた領主の娘として、さぞ村人から恨まれているでしょうねぇ。もしローレンス様がそこまで知った上であなたを選んだなら納得だわ。何かあっても、弱みを握っていれば安全だもの」

リリィはゆっくりと振り向いた。また、涙が頬を伝った。何か言おうとした。自分はどう言われても、どんな扱いを受けても構わない。ただ父を庇わなくてはと思った。でも、どうしても声が出てこない。

「親の恩を、あなたが身体で返してると考えたら、素晴らしいことだと思うわ。せいぜいおもちゃとして彼に飽きられないよう、努力してちょうだい」

その後、どうやって宿に帰ったのか覚えていない。

ただ、広大な大都市を見渡しながら、ローレンスと自分の違いに、圧倒されていた。

姉は、身分違いの結婚をしている。だから、こんなにも大それたことだなんて、思いもしなかった。

ローレンスの生い立ちや運命を知らないまま、今が幸せなら十分だなんて暢気《のんき》な考えでいたことが、情けなくてたまらない。

彼の過去も将来もよく知っていて、彼がどうあるべきか考えているローズの方がずっと、正しいことを言っている気がした。

——使用人を雇って、家事の必要がなくなってから、わかってたのに。

——私は、他に何もできないって。

——勉強も、誰かの役に立つことも。

今ある全ては姉が結婚したおかげで、自分で得たものではない。

もちろん、父と姉は、今までと変わらずリリィを愛してくれる。

でも家から一歩外へ出たら、リリィの居場所はない。

貧民街に戻っても今の格好で溶け込むことは難しいだろうし、かといって、上流階級の集まる社交の場に呼ばれることもありえない。

なのに、どうしてローレンスだけが、〝何者でもない私〟のまま認めてくれているだなんて思っていたのだろう。

本当はローレンスに会って、許嫁などいないと——彼女の言ったことは嘘だと否定してほしかったけれど、もう一度城を訪ねる勇気はなかった。

偽の手紙を信じ、姉や義兄に嘘をつき、旅費を負担してもらってまでローレンスに会いにきたことが恥ずかしくて、リリィは翌朝、逃げるように首都を去った。

ローズに言われた言葉が引っかかって気が進まなかったけれど、姉との約束を果たすため、生まれ故郷のフリーゼ村に立ち寄った。

二日かけて辿り着いた集落は、どこまでも牧草地が続く長閑《のどか》な土地だった。丘陵が多く、陽光による陰影の移ろいが美しい。リリィは訪れてすぐ、この村を気に入った。

屋敷の場所を村人に尋ねると、現領主、つまりローレンスの父によって取り壊されたことがわかって、リリィ自身に思い出は何もないのに、酷く悲しくなった。父と姉が知ったらどんなにショックを受けるだろうと思うと、今度は帝都に戻ることすら億劫《おっくう》になって、しばらく村に滞在することにした。

旅人が珍しいのだろう。村人たちはリリィを歓待してくれた。

けれど母に似ているらしい赤毛のせいなのか、それとも宿帳に書いたファーストネームが憶測を呼んだのか、ある日、宿の食堂で村人に取り囲まれ、

「もしや、前領主様のお嬢様では」

と訝しむように尋ねられて――ローズの言う通り、父が村を見捨てたと恨まれているのかもしれないと怖くなって、慌てて誤魔化し、帝都に逃げ帰った。

笑顔で出迎えてくれた姉に屋敷のことを伝えると、暗く顔を俯けて、「お父様には黙っていましょう。体調に障るといけないから」と約束させられ、故郷についてそれ以上聞かれることはなかった。

それからリリィは、ローレンスのことも手紙のことも――可能な限り、ローズのことも考えないようにした。

けれど春が訪れて暖かくなりはじめた頃、万が一手紙が届いていたらと気になって、久方ぶりに

ローレンスの屋敷の庭師を訪ねた。

老人は、一通の手紙を預かってくれていた。

持ち帰って恐る恐る開封すると、ローレンスらしくない、少し乱れた字が並んでいた。


長い間手紙を送れなくてごめんね。

実は、少し前に母が亡くなったんだ。父も更に体調が悪化してしまって、今は一時的に、僕が父の代理を務めている。初めてのことばかりなものだから、手紙を書く時間すら取れなかったんだ。どうか許してほしい。

心配はしないで。母のことはまだ気持ちの整理がつかないけれど、時間が解決してくれるものだって、親しい人たちが教えてくれるんだ。

素晴らしい家臣に恵まれて、僕は本当に幸せだと思う。なにより、こんな時でも幸せに気付くことができるのは――リリィ、君が、今あるもので十分だって教えてくれたおかげなんだ。

最近、君からの手紙が途絶えてとても寂しい。僕も送れていないのに、わがままだね。でも、君の日常を聞きたいな。甥っ子のこととか、お姉さんのこと、勉強のことなんかをね。

それから、伝えるのが辛いから、書かずにおこうか迷ったけれど……。

もしかしたら、今年の夏は会えないかもしれない。

父の病状次第で、帝都での会議を欠席する可能性が出てきたんだ。僕が代理で参加することも検討しているけれど、母のことがあったばかりだから……正直、今は父のもとを離れたくない。もし代理で行くとなっても、連日の会議で、会う時間を作れるかどうか……。

本当は、全部放り出して、君のもとに行きたい。でも僕はそろそろ、本当に大人にならなくちゃいけないみたいだ。もうすぐ十八歳になるからね。

いつか役目を果たす日がくるとわかっていたし、毎日そのために勉強をしてきた。けれど、予想していたよりずっと早かった。……とっても、怖いよ。僕の気持ちなんて関係なく、毎日決断ばかり迫られるんだ。君がそばにいてくれたら、どんなに……。

だめだね、今は弱音しか出てこないみたいだ。このくらいにしておこう。

大好きだよ。僕のリリィ。

辛いことがあるほど、君への気持ちだけが真実だってわかるんだ。

また君と、あの丘に行きたい。サンドイッチが食べたいな。最近、よく夢に見るんだ。初めて話しかけた日のことなんかをね。あの日、君は白いワンピースを着ていて、天使みたいだと思ったんだよ。

夢の中に来てほしい。君を思いきり抱きしめたい。

何度も何度も読み返し、心と身体に染み込ませた。

書かれたことだけを信じたいのに――出会った時の服や、あの丘でのことは、自分と彼しか知らないのに、本当に彼が書いたものか、疑いたくなってしまう自分がいる。

彼が落ち込んでいないか心配しつつも、いつもの『大好きだよ』の一言がどこか乾いて見えて、涙が溢れた。

それからまた、手紙のやりとりが始まった。

今までは日常の話ばかりだった彼の手紙には、少しずつ政治に対する懊悩《おうのう》や憤り、大人に対する幻滅の言葉が増えて、手紙の間隔は開いていった。

結局その年、ローレンスは帝都に来なかった。

脳裏にはいつも、彼を慰めているローズの姿が——キスや、それ以上のことをしている二人の姿が浮かんでいた。

リリィは、余計な考えを振り払うように、今まで以上に勉強に打ち込んだ。

一心不乱に取り組んだ成果か、秋が訪れて、ようやく学んでいることの全体が掴《つか》めてきた頃——漠然と、姉夫婦の屋敷を出ることを考えはじめた。

義兄の世話になってこの屋敷にいる間は、食事も服も寝る場所も全て用意されて、毎日ただ勉強をして、ひたすらローレンスからの手紙を待っているだけで——そうやって誰かに守られている限り、永遠に大人になれない気がしたのだ。

そしていつか、本当にローレンスが『国に来てほしい』と望んでくれたら、いつでも行ける分くらいは、自分のお金が欲しかった。

リリィは悩んだ末、姉に相談し、時々客として遊びに行っていた仕立て屋の店主、ドプナーのもとで見習いとして働かせてもらうことになった。

貧しかった頃は古着を繕っていたし、少しなら役に立てるだろうと思っていたけれど、実際は全く勝手が違った。裁縫の技術を一から教わり、布の仕入れや経理、接客や清掃まで、沢山の仕事があった。

早く一人前になりたいと焦りつつ、根気強く頑張ることができたのは、ローレンスも同じ瞬間、慣れない仕事に苦労しているだろうと思うだけで勇気をもらえたからだ。

リリィは手紙に仕事のことは書かなかった。

貴族の令嬢は街で働いたりはしないだろうから、身分を悟られて、なんの挨拶もないまま連絡が途絶えてしまうことだけは避けたかったのだ。

でも二年間ローレンスと会わずにいたおかげで、わかったことがある。

もし全てがローズの言った通りだったとしても、ローレンスを愛する気持ちは変わらないということだ。

それを確信してから、リリィはずいぶんと気が楽になった。

もしかしたら、自分の手紙は何の慰めにもなっていないのかもしれないし、彼からの返事が本物か、本心かどうかすらわからない。確かめる術はない。

それでも、自分の内に生まれる彼への愛が本物なら——自分の気持ちに嘘がなければ、それでいいと思えた。

勉強して、働いて、社会に貢献した分の給金を得る。

その繰り返しの中で、少しずつ自信が持てるようになり、リリィはやっと、

――どんな事実を知ることになってもいい。

――次にローレンスと会った時こそ、自分の生い立ちを打ち明けよう。

そう決意することができた。

◆◆◆

ローレンスは、ヴァレリー家で唯一、直系の跡継ぎとして、十七年前に誕生した。

中年に差しかかってから子供を授かった両親に惜しみなく愛情を注がれ、生まれてこの方、何一つ不自由をしたことがない。

加えて彼の運の良かったところは、生来の素直さと思いやりを備えていたことだ。

何を与えられても傲慢に陥ることなく、純粋に豊かさを味わい、〝大国の領主の跡継ぎ〟という運命も、ごく自然に受け入れて育った。

彼は両親の愛に報いるため、常に優等生であろうとしてきたし、それを苦と感じたこともなかった。また、母親の身体が弱かったこともあり、何があっても母の期待を裏切ることだけはすまいと

心に固く誓っていた。

だから、許嫁に対する態度も、その一つだった。

「あなたに相応しい、完璧なご令嬢よ」

七歳の時、母親にそう言われて初めて顔を合わせた少女――ローズは、近付くのが躊躇われるほど美しかった。どこか演技がかった表情からは心を閉ざした印象を受けたけれど、ローレンスは彼女を人生の一部として受け入れ、自分から精一杯愛しさえすれば、きっといい関係が築けるはずだと信じた。

実際彼女は、愛を形にすれば――贈り物さえすれば、いつでも笑顔を見せてくれる。

何か物足りないものを感じつつも、与えられた運命に満足することは両親を幸せにし、巡り巡って自分の幸せにも繋がると考えていた。

でも、十四歳の夏。

勉強の合間に、漫然と裏庭を見下ろしていた時に――出会ってしまったのだ。

いくつか年下だろうか。

毎日現れる赤い髪の少女は、背伸びして石垣の上から顔を覗かせ、じっと庭の様子を眺めては名残惜しげに立ち去っていった。

このあたりに住んでいるのは上流階級の人間ばかりで、近所の住人だとしても、女の子が一人で外をうろつくなど考えられない。

だからはじめは、泥棒で、盗みに入るための下見でもしているのかと思った。それなりの格好をしているのも、この近辺に溶け込むためかと。

帝都まで来ても勉強ばかりでうんざりしていたこともあって、少しでも不審な行動を見せたら捕まえてやろうと、ちょっとした冒険心が燻《くすぶ》るのを感じた。

乱暴なことは好きではないけれど、小さな女の子だ、きっとどうにかなる。それに、親や従者に告げたら、捕らえられて、罰を与えられてしまうかもしれない。それは可哀想だ。その前に自分が注意した方がいい。

でも彼女はいつも、外から庭を覗くだけだった。

庭師が仕事をしている時は慌てて立ち去っていくから、後ろめたいことをしている自覚はあるらしい。

何日か二階の窓から少女の様子を見守った後、ローレンスは好奇心に抗《あらが》えず、とうとう庭に降りてそうっと近付き、石垣越しに少女に問いかけた。

「君、毎日うちを覗きにきているけれど、どこの子？」

初めて間近に見た少女は、ずっと観察していたせいか、初めて会う気がしなかった。

驚きに見開かれた青灰色の瞳はぱっちりと大きくて、遠目に見た印象よりも更に幼い。

白いワンピースの襟元は夏の日差しに輝いて、もしかしたら、背中には純白の羽が隠れているのかもしれない、なんて思う。

石垣にしがみついていた彼女は、一瞬硬直して、逃げ出そうか迷ったようだった。

「……あ、……」

小さな唇だ。想像より、ずっと高い声。

なぜか、彼女の唇がいくつかの形を作るのが見たくなって、ローレンスは警戒を解くように微笑んでみた。

「お……お庭、綺麗だから……見てただけなの、ごめんなさい」

予想外の答えに、今度はローレンスが目を丸くして、裏庭を振り向いた。

少女は確かに、いつも中を覗くだけで立ち去っていったからおかしな答えではないが、納得がいかなかった。ローレンスにとっては当たり前の光景だし、普段暮らしている城の庭の方が、何倍も広くて豊かだ。

でもよく考えてみれば、帝都の周壁の内側は建築物が密集し、自然が少ない。ローレンスには狭く思われる庭でも、ここでは珍しい規模かもしれない。

「いっぱいいろんな色のお花があって……なんだか、天国みたいだと思ったから」

身なりのわりに口調はずいぶんと幼くて、常に正しく躾《しつ》けられてきたローレンスは、どうにも居心地が悪くなる。

「……あの、……」

少女が、ちらりと庭を見る。しばしの逡巡の末、

「中、少しだけ見てみたいの……。あのお花に囲まれた小道、すごく素敵だから、歩いてみたくて……だめかしら」

と、怯えた目で見つめられた。ローレンスは再度庭を振り向いて、

「確かに、こんなに手入れされていて綺麗なのに人を招くこともないから……もったいないよね」

と答えにならない答えを呟《つぶや》く。

父は連日城の会議に出席している。母は帝都の空気は体に障るからと、滅多に屋敷から出てこない。幸い今日の勉強はもう終わっているし、庭師も休みだった。

「少しだけなら……でも、秘密だよ？　親にバレたら、役人に突き出されちゃうかも。僕には優しいけど、他人にはすごく厳しいんだ」

「いいの？　ほんとに？」

なぜだろう。少女のきらきら光る瞳から目が離せない。

ローレンスは裏口から招き入れて、庭を案内した。

リリィとだけ名乗った少女は、リボンのついた白いワンピースを揺らしながら、庭の小道を何度も何度も行き来した後、花々の前で屈《かが》んで、

「綺麗ねえ……外から眺めた時もそうだったけど、やっぱり、この青いお花が、一番好き」

と微笑んで見上げてきた。

ローレンスは、初めて覚える胸の疼きに困惑した。

どうして花を眺めるだけでこんなに幸せそうなのか、心底不思議に思った。許嫁のローズは、一緒に散歩をしても、花なんて見向きもしないのに、と。

ローレンスは、いつもローズにするのと同じように、少女を喜ばせてあげたいと思った。隣に屈んで、いくつか青い花を手折って差し出す。

「これ、あげるよ。持って帰って。少しくらいならわからないから」

少女につられて、口調が砕けてくる。今まで当然だった〝次期公爵〟としての振る舞いを捨てると、知らない解放感が込み上げてきた。

——こういうことに慣れるのは、あまりよくない気がする。

——でも今日だけのことだし。か弱い女性を……いや、子供を喜ばせるのは、〝紳士のたしなみ〟ってやつだ。

そうやって自分を納得させたのに、花を差し出されたリリィは目を丸くして固まっていた。

「ありがとう……」

と言いつつ、なかなか花に手が伸びてこない。

「あ、もっといる？　足りなかったかな」

ローズは気に入らない贈り物だと、大抵、渡す前より不機嫌になる。ローレンスはどんなものでも精一杯愛を込めているつもりなのに、あの時ほど虚《むな》しい気持ちはない。だから慌てて、更に摘もうとした。

「だ、だめ！　もういい！　いらないわ」

リリィが、ローレンスの手を握って止めた。小さくて熱い手だ。また胸が脈打つ。きっと、贈り物を否定されたせいだ。

「この花じゃなかった？」

見渡したけれど、他に青い花は見当たらない。

「私……欲しいわけじゃないの。ここで生きてるのを見るのが、一番綺麗でしょ？　持って帰っちゃったら……なんか、違うもの。千切ったら可哀想だわ……」

そう言いながら、リリィはローレンスの摘んだ花を両手で受け取り、胸に抱き寄せた。

俯いて花を愛でる顔は悲しげで、本心からそう思っていることが伝わってくる。

ローレンスは理解ができなかった。

なぜならローズはいつも、形を喜ぶ。

どんなに言葉を尽くしても、お気に入りの景色を案内しても、物がなければ不満げだ。だから女性とはそういうものなのだろうと思い込んでいた。

「可哀想じゃないよ。だって、こうして眺めたり、部屋に飾るために、庭師が育ててくれてるんだもの」

リリィはまた目を丸くした。その瞳にはどこか非難の色があって、間違ったことは言っていないと思うのに恥ずかしくなってきた。でも、悪い感じはしない。より正しい優しさに近付いているような、不思議な心地よさが同居している。

「ごめん、僕、変なことを言ったかな。確かに君の言う通り、摘み取って手元に置くっていうのは、少し……傲慢かも」


「ごうまん……？」

リリィは首を傾げた。その仕草に、草花以上に瑞々《みずみず》しい誘惑を覚えて――それはローズに対して一度も感じたことのない感情で、なぜか動揺する。

「私、ここで咲いてるのが見たいから。また、来てもいいかしら……？」

「そうだね、午前の勉強が終わった後、庭師の休憩中とか……タイミングによっては入れてあげられるかも」

「ほんとに？　ありがとう！」

「わ、っ……！」

抱きつかれて、ローレンスはのけぞった。

親しくもない女性にこんなことをされるのは初めてだった。

全く令嬢らしくない、礼儀に欠けた行動だ。

心臓の震えが、くっつきあった胸を通して伝わってしまいそうで、更にドキドキしてくる。

それからリリィはたびたび現れて、他愛ない話を交わすようになった。

彼女は自分のことをあまり語らなかったけれど、ローレンスも聞きたいとは思わなかった。だって一度家柄を知ったら、お互いの親の爵位や上下関係を考慮して、相応しい言葉遣いや振る舞いをしなくてはならなくなってしまう。

ローレンスは一日に何度も窓から石垣を見下ろしてリリィを探した。

彼女が現れなかった日は、眠りにつくまでずっと、『明日は会えるだろうか、今度は何色の服を着てくるだろう』と考えていた。でも『毎日庭を見にきてほしい』と言うのはなんだかおかしいし、他にどう彼女の気を引けばいいのかわからない。

リリィを想うだけで、毎日が新鮮だった。

日に日に、髪に触れてみたい、抱きしめてみたいという思いが強くなって、同時に、重苦しい気持ちが込み上げた。

なぜなら、運命の人はローズだと定められている。

ローズとの結婚は、両親の笑顔と、国のために必要なこと。大人の間で決められたことだ。子供の自分にはどうしようもない。国に戻ったら、〝次期公爵としての自分〟に戻らなければならない。

たったひと夏会っただけの少女との未来を夢見るなんて、ありえない。

なのに無責任にも、溢れる愛しさに逆らいきれず――彼女の大人への憧れを擽って、キスをした。

強引に言い包めて、何度も唇を奪って。

次の約束まで取り付けた自分は、どうかしている。

でも、あの夏の丘での出来事を思い出すたび思う。

何度やり直したとしても、きっとそうするだろう、と。


「おや……では、ヴァレリー卿《きょう》は、ヨース卿の意見を浅慮だと？」

地方領主が白い眉を上げて、円卓越しにローレンスを見た。

ローレンスは、机の下で拳を握る。

生まれ育ったエヴァーツ城の大会議室には、リルバーン公国と国境を接する領主たちが集い、定例会議が催されていた。

父の代理として、そして会議の主催者として卓についているにもかかわらず、ローレンスの意見には誰も耳を傾けない。

「……滅相もない。卿のお考えを否定しているわけではありません、ただ――」

「今の発言は、とてもそうは聞こえませんでしたが」

「会議の場に相応しくない、無礼な物言いをしてしまったのであれば、どうかお許しください。ただフリーゼ村については約十四年前、正式に我が国の領土となりました。今になって大昔の話を持ち出して、所有権を主張されても――」

「まあまあ、そのへんでよろしいではないですか。私の孫も、ちょうどこのくらいで……博学なお父上のようにいかないのは当然でしょう。こうして平時通り、会議の場を用意してくださっただけでもご立派だというのに、求めすぎではありませんか」

ローレンスの隣に座る伯爵が慇懃《いんぎん》無礼《ぶれい》に言うと、予定調和の嘲笑が響く。進行役がその流れを継いで、ローレンスの主張を無視した。

「では、他に反対意見の方は？　――よろしい。ではフリーゼ村の所有権については、帝都で陛下にご意見を仰いだ後、改めて話しあいの場を設けることとして、次の議題に進みましょう」

ローレンスは顔を俯け、歯噛《はが》みする。

事前に資料は読み込んである。知識も彼らに引けはとらない。意見だって、長年父に仕えている家臣とすりあわせた上で用意した真っ当なものだ。反論の時間さえ与えられたら、全て根拠を述べることができる。

なのに老獪《ろうかい》な参列者たちは、ひたすらローレンスを未熟な若者として扱い、各々が自国に有利になるよう、強引に話を進め続けていた。

必死の努力を鼻であしらわれるのは屈辱以外の何物でもなく、かといって、彼らを遮り、熱く正論を訴えれば、青臭いと笑われてしまう。

――若くて経験不足というだけでこんな扱いを受けて、更には領土の所有権まで主張しはじめるなんて……。

他の領主たちが結託して賛同しているのは、小さな土地が目的ではなくて、ローレンスが折れた後、あれもこれもと、より重要な要求を押し通すのが狙いだろう。

――でも、父のように賄賂に頼りたくはない。父を尊敬してはいるけど、僕はもっと、政治を正しいものにしたい……。

その後も、ローレンスの意見は全て若者の戯《ざ》れ言《ごと》としていなされ、解散となった。

虚しい疲労感に包まれながら、ローレンスは父の執務室の窓から夕日を眺める。

全てに意味がないと感じるのは、今に始まったことではない。

五年前にリリィと出会って以来、彼女と離れている間のローレンスの世界は、年々色褪《あ》せ続けている。

ローレンスは、手の甲で目尻を擦った。

沈んでいく夕日は綺麗だということを、〝知って〟いる。

でもリリィがいないと、『昔は、これを綺麗だと感じていた』という記憶があるだけで、心から美しいとは思えない。

早く彼女のもとで安らぎたい。光に色付いた世界を感じたい。

笑顔を見て、手を繋いで、匂いをかいで、髪に触れて――呼吸の音を聞くだけでも、なんでもいい。ただ会いたかった。

母の葬儀を終え、悲しみを癒やす間もなく慣れない職務をこなし続けて、ローレンスの心は乾ききっていた。

多忙が極まり、食欲と共に体重も落ちて、そのせいなのか、伸び続けていた身長もぴたりと止まってしまった。

——リリィは今頃、何をしているだろう……。

そんな想像が、唯一の慰めだった。

——最近手紙をくれないのはどうしてだろう。

——病や怪我じゃなければいいけれど。

そんな心配の後、いつも思い浮かぶのが、

——もし、別の男に奪われたら……。

ということだった。

いつだってあり得ることだ。

素直で、可愛くて、小さくて、何も知らないリリィ。

彼女の魅力に触れたら、どんな男だって放っておかないはずだ。

彼女はいつ社交界に出ていくのだろう。すでに、誰かに見初《みそ》められ、狙われていたら？

年に一度しか会えず、今は何の約束もできない自分より、毎日会える男の方がいいに決まっている。

もう一度目尻を擦った時、ドアを叩《たた》く音が響いた。

「ごめんなさい。お呼びくださったのに遅れてしまって……突然来客があったの」

「いや、いいんだ。客人は？　大丈夫かい？」

ローレンスは、なんとか許嫁に微笑みかけた。

笑顔の裏で、いつか彼女を傷つける算段をしている自分が恐ろしい。

ソファーに腰を下ろすと、ローズは向かいの席ではなく、ぴったりと隣に腰掛けて、ローレンスの手を握ってきた。思わず手を引くと、彼女は一瞬固まった後、何ごともなかったかのように髪を払った。

「もう、お帰りいただいたから。でも少し、疲れてしまったわ」

「大丈夫？　顔色も良くないみたいだ」

「実は……こんなこと、口にしたらいけないってわかってるのよ。でも……」

ローズの、宝石のような瞳の中で、光が震えた。

母親が早くに亡くなったせいなのか、少しわがままで、プライドが高くて、いつも美しくあろうと努力している彼女に、今までローレンスは精一杯の愛情を持って接してきた。

恋人らしく振る舞おうとしてきたし、傍《はた》から見れば、今も仲睦《なかむつ》まじく見えるだろう。

でもリリィに出会って、認めざるをえなくなった。

彼女への愛は、家族に対するそれと同じだと。

同じ年だけれど、妹がいたらきっとこんな感覚だろうと思う。

「来客は、知り合ったばかりの友人だったのですけれど、とても卑しい女性だったの。本当は貧しい家柄なのに、貴族と偽ってまで、私の大切なものを盗もうと近付いてきて。だからお帰りいただいたわ」

「酷いな……それは怖かっただろうね。でも本当に困っていたなら、多少恵んであげるのは、悪くはないと思うけど、」

怯えきっている様を可哀想に思うと、彼女がしなだれかかってきて身構える。許嫁なのだから抱きとめるべきなのに、自然とそうできない。香水が鼻をついて、息を止めた。

不思議と、こういう時だった。

彼女からの愛情が、すっぽりと抜け落ちているのを感じるのは。

「ええ、もちろん。できる範囲で、私のものを分けて差し上げたわ。あれで、足りていたらいいんだけど……」

「ローズは、優しいんだね」

微笑むと、ローズの細い腕が背中に絡みついてきた。

リリィとの未来のために婚約を破棄したい、と明確に思ったのがいつか、ローレンスは思い出せない。

多分、そんな決定的な瞬間はなかった。

なぜならそれは、リリィと幸せになる方法を散々考えた末の結論であって、ローズを傷つけることが目的ではないからだ。

でも、両家が何年も昔に交わした約束は、簡単に翻せるものではない。実行するなら入念な準備が必要だ。今の、何の力も持たない自分が婚約を破棄して、家柄もわからない相手と結婚したいと訴えたところで、両家の親族や家臣から、『何を血迷ったことを』と一蹴されるのが落ちだろう。

強引に押し切ってリリィを正妻に迎えたとしても、国中から批判を受けて彼女を苦しめる結婚など、何の意味もない。

それでも昨年、誰よりもローズとの結婚を楽しみにしていた母が具体的に入籍の話を進めはじめた時、ローレンスは初めて抵抗を口にした。

もちろん、病気の母に本当の理由など言えるはずはなく、曖昧な態度でなんとか先延ばしした程度のささやかなものだったけれど——そうこうしている間に、母はこの世を去ってしまった。

母の最後の望みを叶えてあげられず、本心を打ち明けられないまま別れたという罪悪感が、今もある。

だからこの先は、二度と後ろ暗く思うことがないように、真の強さを身につけようと決意したのだ。

——早く、誰もに認められる、一人前の大人になりたい。

周囲を押し切ってリリィと幸せになるためには、泥臭い努力を続けるしかない。

周到な準備を心がけ、確実に責務を果たすことで信頼を勝ち取ってきた父を見てきたローレンスには、それがよくわかっていた。

——とにかく、政務を一人前にこなすことができれば、周囲の目は変わるはずだ。

——その時こそ、リリィと……。

紅を引いたローズの唇が、楽しげに何事かを喋っている。ローレンスは曖昧に相槌を打ちながら、リリィの唇と重ねて見ていた。

リリィはこれほどはきはきと喋らないし、化粧をしたところも見たことがない。そして、そんな必要はないくらい、瑞々しい桃色の唇をしている。

——でも、そろそろ化粧を覚える頃かな……。

ローレンスが上の空だと気付いたのだろう。ローズは溜息を吐くと、

「ところで、お話って？」

と、本題を引き出そうとした。

「ああ……うん。実は……」

窓の外は、少しずつ暗くなりはじめている。そろそろ夕食に呼ばれるだろう。躊躇っている時間はないけれど、どうにも気が重かった。

「またしばらく、結婚の話は延期したいんだ」

「っ……どうして？」

それまで笑顔だったローズが、ローレンスをきつく睨んでくる。昔からこの表情が苦手で、目を逸らしたくなったけれど、なんとか堪えた。

母の葬儀の後、めでたい話を避ける向きもあって有耶無耶《うやむや》になっていた結婚だったが、最近はローズがそれを望みはじめている。

「仕事が忙しいのもあるし――正直、まだ母のことも気持ちの整理がついてないんだ。それに父の体調も……」

「それは十分にわかっているわ。でも……だからこそ、早くローレンス様のものになりたいの。離れの屋敷で暮らすのではなくて、あなたの妻として、毎日近くで支えたいわ」

彼女の言葉が、頭の中を素通りしていく。情熱的な言葉なのに、どうしてか、いつもローレンスの胸には届かない。

「気持ちは嬉しいよ、でも……」

「でも？　ねえ、ローレンス様。今までの生活が変化するのは、私だって怖いわ。でもこういう時こそ勇気が必要よ。子供ができたら、きっと明るい気持ちになると思うの」

必死の形相で説得してくるローズは、何かに取り憑《と　つ》かれているようだ。

彼女が愛を囁く時、いつもこんな予感が頭を掠める。

彼女も親のためか、何か別の目的のために無理をしていて、形だけでも恋人らしく振る舞っているのではないかと。

ローズは焦れたのか、頬にキスをしようと顔を近付けてきた。

「っ、……ローズ、ここは、執務室だから」

「それが何なの？　二人きりよ……」

リリィを連想した唇が、誘惑のように囁きかけてくる。

軽く押し返そうとしたけれど、彼女が引き寄せてくる力の方がわずかに強く、抱きしめられた。

「ねえ……そろそろ、キスくらいいいでしょう？　もう大人なのよ？　いつまでも、ただお話をするだけなんて……」

ローズのべたついた声。

リリィ以外とキスをするなんて考えられない。

――リリィ、リリィ。リリィ……。

何度も頭の中で呼びかける。でも返事はない。

恥ずかしそうに頷く時の横顔。

スカートをはたく時のあどけない仕草。

戸惑って、喘《あえ》ぎながら、必死に愛撫を受け入れようとしてくれる幼気《いたいけ》な心。

ローズは無反応のローレンスに焦れたのか、胸元の釦《ぼたん》を一つ外した。服に押さえつけられていた膨らみが、小さく揺れる。

「いいのよ……ローレンス様の、好きにして……」

赤い唇が笑みの形をつくる。

手を握られて――胸に押し付けられた。自分で触れさせたのに、ローズは「あん」と、作り物染みた声を上げる。

彼女は、こんなことをする女性だっただろうか。

違和感を覚えた時、長い睫毛で陰ったエメラルドの瞳が、冷たく自分を観察していることに気付いた。

彼女は無表情で――それは、愛する人を見る目ではなかった。

「……君は……」

――本当に、僕と結婚がしたいの？

――今こうしていて、幸せを感じている？

喉が乾燥している。声が出ないのはそのせいだ。聞くのが、怖いからじゃない。

「……、意気地なし、」

ローズは、さっと顔を逸らした。

恥をかかせたことを申し訳なく思って俯くと、彼女の胸の内側に、うっすらと赤い跡があることに気付く。

それは去年、勢い余ってリリィの首筋に吸い付いてしまった時、微かに残った跡と酷似した印だった。

「ローズ、それは……」

どうしたの、と聞きかけて、冷めた目と視線が絡んだ。

それでやっと、全ての違和感を理解し――今までの彼女の笑顔は、全て作り物だったとわかった。

愛を感じないのは、気のせいではない。

ローズにも、他に愛する相手がいるのだ。

彼女は悪びれず、「どうなさったの?」と首を傾げてブロンドを揺らした。

「……いいんだ、責めるつもりはないから。それどころか……」

僕も――。

言っていいものか迷っている間に、ローズは釦を留め直し、肩に落ちた髪を払う。

「……ねえ、ローズ、もし他に……好きな男性がいるなら、」

「仮にそうだとしても、関係ないわ。私はローレンス様の許嫁で、ローレンス様と家族を作りたいの」

どうしてそんなふうに割り切れるのかわからない。彼女にとって、愛とは一体なんなのだろう。

「きっと、慣れない会議でお疲れでいらっしゃるのね。だから、つまらないことを気になさるんだわ。ローレンス様が落ち着くまで、結婚はいつまでもお待ちしますから」

機敏に立ち上がった彼女を見上げて、ローレンスはなんとか声を振り絞る。

「ローズ、待って、でも僕は――」

言《い》い淀《よど》むと、彼女はローレンスを見下ろして、一息に言い切った。

「私たちの結婚はすでに決められたことで、今更どうにもできませんわ。ローレンス様も、一国の主になる方なのですから、覚悟なさってくださらないと。大丈夫です。何があっても、私がお支えいたしますから」

細く高い声には、執念すら滲んでいる。ローレンスが圧倒されていると、彼女は、

「キスも、その先のことも。お世継ぎを残すためなら、私、いつだって歓迎ですわ」

と言って部屋を去っていった。

執務室に取り残されたローレンスは、しばらくそのまま動けなかった。

一体、彼女は何を求めているのだろうと考える。

彼女が唯一機嫌を直してくれるのは、形あるもの――つまり、お金だ。

――それなら、財産のために？

――すでに彼女の家は、十分に裕福なのに？

そんなこと、ありえるだろうか。

――でも確かに、領地の規模や勢力でいえば、圧倒的な格差がある。もしくは、公爵夫人の立場が欲しいのか……。

答えが見つからないまま重い腰を上げて、父の寝室を訪ねた。

病に伏せる父の手を握りながら、多忙を理由に結婚の延期を報告すると、今まで縁談については母に全任して口を挟まなかった父が、

「彼女は少し、人と距離を置くところがあるが――母親を早くに亡くして寂しいんだろう。理解し

きれない部分があっても、寛容に努めなさい」

と、初めて意見を口にした。

ローレンスは予想外の言葉に驚いた。父はどうやら、結婚への躊躇いや、ローズの性質にまで気付いていたらしい。

でも考えてみれば、今日の会議の参加者のような、食えない有力者たちをまとめてきた人物だ。息子の心情など見通していて当然かもしれない。

――もしかしたら、事情を打ち明ければ、父は自分に味方をしてくれるのではないだろうか。

そんな甘えすら見抜いていたのか、父は、

「ローレンス、今は私を困らせることは言ってくれるな」

と、血色の悪い唇で機先を制した。

「目を見れば、お前の言いたいことは大体想像がつく。その年頃は、誰もが目の前の喜びに惑わされるものだ。それが非現実的なことほど、魅力的に見えたりもする。だがそんな情熱は、一時のものにすぎない」

「っ……いいえ、違います、私は――」

勢い込んで打ち明けそうになり、ぐっと口を噤《つぐ》む。けれど父にとってはそれすら想定内の、些細なことのようだった。

「私と妻の絆《きずな》は、お前が一番よく知っているだろう。私たちも、はじめはお互いへの気持ちなどなかった。予《あらかじ》め決められていた結婚をして、お前が生まれ、支えあいながら愛情を育んでいったんだ。お前にも、この喜びがわかる時がくる」

ローレンスは、父の手を離した。

——父の言っていることは、今日の会議で僕に何も言わせず話を進めた大人たちと、何が違うのだろう……。

「お前の母親は、お前の幸せを願いながらこの世を去ったんだ。今まで通り、私たちの望みを——妻の望みを、叶えてやってくれるだろう？」

今まで、親に幻滅したことは一度もなかった。

絶望的な気分で父に微笑みながら、内心では、まだ父の代理すらまともにこなせない、何の力も持たない自分を嘲笑った。

「さあ、そろそろ夕食の時間だろう。行きなさい」

話は終わりだとばかりにキスをねだられて、額に口付ける。別れ際の冷めた笑顔は、もしかしたらローズと同じだったかもしれない。

食事を済ませ、蝋燭《ろうそく》の薄明かりの中で今日の議事録に目を通している間も、ずっとローズと父の言葉が頭から離れなかった。

全く集中できず、揺らめく炎を空虚な心地で見つめていた時、

——僕との結婚にあれだけ固執しているローズが、もしリリィの存在を知ったら……。

という不安が、ふと頭を過った。

去年の夏、ローズに『帝都で流行《はや》っているドレスが欲しいの。一流の仕立屋に頼みたいわ』とせがまれ、どうしても断りきれず、帝都の屋敷へ連れていったのだ。

リリィとローズが鉢合わせないように細心の注意を払ったつもりでいたけれど、ローズは滞在の後半、ほとんど不機嫌だった。どこを案内しても、何を食べても、何を贈っても。

——もしかしたら、リリィと僕が会っているのを、見た可能性もある。

彼女の今までにない強い執着は、そのせいだろうか。

いずれにせよ、ローズの立場からして、リリィが好ましくない存在であることは確かだ。

今日初めて見た彼女の冷たい目を思い出すと、何をするかわからない怖さが込み上げてくる。

——いや、彼女はそんな人間じゃない。

——仮にリリィの存在を知ったとしても、接触するわけがない、考えすぎだ。

——いつか秘密を当ててみせるよと約束したのに、裏切りたくない。

そう思いつつも嫌な予感を拭いきれず、議事録を放り出し、帝都の屋敷にいる庭師に、

『内密に人を雇い、リリィが手紙を受け渡しにきた時、彼女の後をつけて素性を調べさせるように』

と手紙を認《したた》めた。

春を迎えて、彼女の全てを知った時、驚きはなかった。

それどころか、一層愛おしさが込み上げて、今すぐリリィを抱きしめたくなった。

どこかで、わかっていた気がする。

貴族の令嬢として育ったら、あんな振る舞いをするわけがないと。

報告書を見て唯一目を疑ったのは、彼女の出生地だ。

それは、今まさに自分の無力さによって奪われようとしているフリーゼ村だった。

もし父が領地拡大の野心を持たず、リリィの父親に資金援助をしていたら、彼女は本当に貴族の令嬢として幸せに暮らしていたのかもしれない。そう思うと、やるせなさに襲われた。

翌年、父の代理として帝都へ赴いたローレンスは、彼女の生きてきた世界を一目見ておきたくて、真っ先に貧民街へ向かった。

人間が住む場所ではない、と思った。

不衛生な環境ゆえの、病の蔓延。

日中も日が差さない、違法な薬と暴力にまみれた犯罪の温床。

路上に暮らす人々は皆痩せ衰え、虚《うつ》ろな目をしている。

リリィの育った場所だと知らなければ、腐臭に耐えきれず、ほんのひとときも留まっていられなかっただろう。

彼女が住んでいたらしい古い集合住宅は、斜めに傾いでいた。黴臭《かびくさ》く、ノミだらけの空き部屋は、家族三人で暮らしていたとは思えない狭さだ。調査報告によれば、姉は借金の形に、奴隷商人に攫われたことまであったらしい。

過去を話したがらなくて当然だ。

こんな場所、口にするどころか、思い出すのもおぞましいに違いない。

彼女はローレンスの屋敷の庭を『天国みたい』だなんて言っていたけれど、そう表現した気持ちが、やっとわかった気がした。

――この世界に毒されなかった純真さを守りたい。

――彼女の故郷も、絶対に誰にも渡さない。

――過去は救えないけれど、この先は……僕がリリィの幸せを守ってみせる。

ローレンスは、崩れかけた集合住宅を見上げて、固く誓った。

第五章　六年目――最後の練習

リリィは、職場の製作室に置いてある姿見を覗き込んだ。

髪はいつも通り、緩くウェーブがかかっていて気に入らないけれど、変なふうに跳ねてはいなそうだ。今日のために自作したワンピースは、どの角度から見ても完璧なシルエットだった。

「リリィ、珍しいわね、そんなに鏡にへばりついて――誰かと会う約束でもしているの？」

鏡の中で微笑みかけてきたのは、リリィが働いている仕立屋の女主人、ドプナーだ。

リリィは、姉の結婚式で着る衣装をドプナーの店で仕立ててもらって以来、彼女を実の母親のように慕っていた。実際、もし母が生きていたら、同じくらいの年齢だろう。

「いえ、ちょっと……ええと、お買い物に行くだけです」

「そう？　いつもと少し、お化粧も違うみたいだけど」

悪戯《いたずら》っぽく笑いかけられて、リリィはもう一度鏡の中の自分をよく見た。

この店で働きはじめてから化粧を覚えたけれど、念入りに直したせいで、少し濃くなってしまったかもしれない。

「……どうしよう、変ですか？」

「そんなことないわ、とっても素敵よ。いつも控え目だから、そのくらいがちょうどいいんじゃないかしら」

リリィはほっと胸を撫で下ろして、ドプナーを振り向いた。

「あの、ありがとうございます。今日だけ早く上がりたいなんてわがままを言ってしまって、すみません。これ……明日には、終わらせますから」

リリィは、ドプナーの横にある作業台の上――製作途中のドレスに視線を投げる。

「急がなくても大丈夫よ。まだお届けするまで時間があるでしょう？　この一年であっという間に仕事を覚えてくれて、私も少し頼りすぎていたから……」

ドプナーは立ち上がると、ポケットから出した銀貨を数枚、リリィの手に握らせた。

「お買い物に行くなら、これで好きなものを買ってきなさいな。私の気持ちだから、今、下で働いてる子たちには内緒よ」

「そんな、大丈夫です。私十分お給料を頂いてます」

「だめだめ、受け取って。子供の頃からあなたを見てきて――私も、子供がいたらこんなかしらって、いつも思ってるの。あなたがこの店で働きたいって言ってくれた時はすごく嬉しかったし……だから、母親からのお小遣いだと思って、ね？」

「……ありがとうございます」

挨拶の抱擁を交わし、リリィは休憩所を兼ねた製作室を後にした。一階の店舗に降り、ディスプレーされた生地を整理していた同僚に小さく手を振る。「リリィ、楽しんできてね」と笑顔で見送ってくれる彼女たちは全員年上だけれど、初めてできた同性の友達でもあった。

裏口から表通りに出て振り返ると、店の看板が正面ドアの横にぶら下がっている。そこには、皇家御用達《ごようたし》の印である竜のモチーフが象《かたど》られていた。リリィはこの店で働いていることが誇りだ。看板の上――上階の窓から顔を出したドプナーが、笑顔でリリィに手を振っている。

大きく手を振り返して、商業区の中心へ向かう。午前中の通り雨に濡れた道は、真夏の日差しで早くも乾きはじめていた。

明るい兆しに期待が膨らみ、自然と小走りになっていく。

――やっと、二年ぶりにローレンスに会えるわ。

手紙で約束した場所はいつも通り、彼の屋敷の裏庭だ。大広場の人混みを掻き分けて、高級住宅地へ近付くごとに鼓動が早くなる。

と同時に、この一年半、幾度となく思い出したローズの言葉も押し寄せてきた。

――でも……誰に何を言われたって関係ない。

――大事なのは、ローレンスが私を愛してくれるかどうかじゃなくて、私が彼を愛してるってことなのよ。

心が弱くなるたび、リリィはそう唱えて自分を励ましてきた。

それに、あと少しお金を貯《た》めたら、屋敷を出て自分の力だけで生活できる。今の収入で借りられそうな部屋も探してある。

成長して自信をつけていけば、少しずつローレンスに近付いて、嫌な言葉なんて忘れてしまえるはずだ。

ローレンス、また変わったかしら？

私、どんなふうに思われるだろう？

ちゃんと彼の好みのままかしら？

あんまり急いで、汗をかいたら恥ずかしいわ。

お化粧が崩れたり、髪が乱れたらいけないし……。

住宅地に入ると歩調を緩め、弾んだ息を落ち着けようと努めた。馴染み深い石垣が見えてくる。

昔は阻まれているように感じたのに、今は敷地の囲いにしては、頼りなくすら見える。そしてその石垣に寄りかかって、一人の男性が立っていた。

彼はまだこちらに気付いていない。リリィはゆっくり立ち止まる。

やっぱり、少しだけ怖い。

なぜなら今日リリィは、自分の生い立ちの全てを打ち明けるつもりだ。

嫌われてしまうかもしれないし、ローズの言う通り、求められているのは身体だけなのかもしれない。

でもだからこそ、何があっても後悔しないよう、仕事を覚えて勉強もして、今できる精一杯のことをしてきた。

何も音を立てていないのに、ローレンスが振り向いた。驚いたようにリリィを見つめて、破顔して、駆け寄って——痛いほどきつく抱きしめてくれた。それだけで、二年の空白も不安も消失してしまった。

ローレンスがいるだけで、全てが満たされる。

顔を上げた時には、自然と唇を重ねあっていた。

長いキスでまた息が上がって、でもどんなに求めあっても足りない。

ローレンスもそうだったのだろう。何も言わずただ抱きしめあい、しばらくお互いの呼吸の音を聞きあった。

「リリィ……綺麗になったね。一瞬、君だってわからなかった」

低い、懐かしい声が、震え続けている胸に染み入ってくる。

「そうよ、私もう、ほんとに大人になったんだから」

「……他の誰かに、こんなことさせてないだろうね？」

言いながら、ローレンスは何度も額に、頬に唇を押し当ててくる。

「他の？　手紙にもいっぱい、大好きって書いたでしょ？」

「そうだけど、だって……本当に綺麗だよ、輝いてる……。周りの男は、リリィを見て何も言わないの？　口説かれたりしない？」

「男の人なんて……私には、ローレンスだけよ」

「嬉しいけど、信じられないくらい綺麗だ」

腰に両腕を回したまま間近に見つめられて、気恥ずかしさに視線を逸らす。職場と屋敷を行き来するだけの毎日だし、店は女性客ばかりで、異性と知り合うことすらないのに、彼はずいぶん心配性だ。

「ローレンスは……背が、縮んだみたいだわ」

「違うよ、リリィの背が伸びたんだ。僕はもう、成長が止まってしまったみたいだから」

彼が困ったように笑う。

「それに、痩せたみたい。顔色も良くないし……」

「食べない方が仕事に集中できるのと、寝る時間があまりなくて……ごめんね、手紙の返事、いつも遅かっただろう？」

「そんなのいいの。……本当に大丈夫？　病気になったりしていない？」

頬に手を滑らせると、手首の内側に口付けられた。

「離れてる間も、心の中でリリィが支えてくれたから。ずっと、この日だけが楽しみだったんだ」

「私もよ。毎日ローレンスを想って、私も頑張ろうって思えたの」

「このまま少し……散歩をしようか？」

昔のように、『早く二人きりになりたい』と言って強引に連れ去ってくれるだろうと思っていたリリィは、予想外の言葉に少し落胆した。

散歩は好きだし、ローレンスとなら何時間だってしていたいけれど、身体は二年越しに彼を感じて、それ以上のことを望んでいる。

「でも、今年はお父様の代わりに会議に出るから、あんまり会えないのよね？」

「うん。明日から連日で……多分、次に会えるのは、ここを発つ直前だと思う」

気まずそうに目を逸らすローレンスを前に、リリィは言葉を失った。どんなに忙しくても、まさかたった二日しか会えないなんて思ってもいなかったのだ。

「そんな……手紙にはそんなこと書いてなかったわ……！」

「……きっと、がっかりさせると思って書けなかったんだ。それに、もう一日くらいどうにかなるんじゃないかって思ってたけど……やっぱり難しそうだ」

「じゃあまた、来年の夏まで会えないの？」

「……本当にごめん。仕事には慣れてきたけど、父上のように上手くいかなくて。近隣諸国に振り回されていて、課題が山積みなんだ。しばらくは、僕の気持ちだけじゃどうしようも……。でも、我慢はあと少しだよ。今が大事なところなんだ。帝都で認められさえすれば、すぐにでも……」

俯くローレンスに、つい、責める口調になってしまう。

「じゃあ、夜、会議が終わった後は？　ほんの少しでも会えない？　私、屋敷を抜け出して、ここにくるわ」

「毎晩、城で会食があるんだ。僕は新参者だから、早く沢山の人に顔を覚えてもらわないと、多分、まともに話すら聞いてもらえない。それに夜は、このあたりだって危ないよ。リリィに何かあったら……」

きっと本当に忙しいのだ。ローレンスが嘘をつくはずがない。これ以上わがままを言ったらいけない。

そう思いながら——なんとなく、屋敷の窓を見上げていた。女性の影は見えなかった。そしてもしローズがいたとしても、リリィが言えることは何もない。

——もう大人なんだもの。会いたかったら、頑張って働いて、もっとお金を貯めて、自分からローレンスに会いに行けばいいのよ。

——自分の努力が足りないのに、責めるなんていけないわ……。

「そう……そうよね。今までと違って、お仕事で来てるんだもの。ごめんなさい。着いたばかりなんでしょう？　疲れてるのに、私のために時間をつくってくれて、ありがとう」

「何を言うの。謝るのもお礼を言うのも、僕の方だよ。僕だってもっと会いたい。会議なんて……若くて経験がないってだけで、……」

ローレンスは暗い顔で口籠もると、「ああ、二年ぶりなのに、こんな話はよくないね」と力なく微笑んだ。

「ねえ、二日しか会えないなら、私、早く二人きりになりたいわ。落ち着いてお話ししたいことがあるし……手紙でも約束してくれたでしょ？　また、続きをしてくれるって」

背中を抱いているローレンスの手に、緊張が走ったのを感じた。「でも」と躊躇って、視線を彷徨《さまよ》わせる。

小さな違和感が重なって、心に影を落としていく。

彼は、忙しくて疲れているだけじゃない、何かがおかしい。

疑いたくないのに、また屋敷の窓を確認したくなってしまう。

「……気乗りしないなら、いいの。会えるだけで嬉しいもの。やっぱり、散歩に行きましょ」

「リリィ、違うよ――違うんだ」

ローレンスは首を横に振って、前髪を揺らした。

「僕もそうしたいけど、リリィを大事にしたいから……。二人きりになったら、今までみたいに我慢できる自信がないんだ」

「我慢？　どうして……？」

年上の同僚たちは、恋愛について何だって教えてくれたから、リリィはもう知っている。キスの先のことや、どうやって子供を作るのかまで。

愛する人と触れあう素晴らしさを教え聞かせてくれる一方、彼女たちは〝最後のこと〟については慎重で、最後に必ず、

『子供ができてもいい、って相手じゃないと許しちゃダメよ。それで人生めちゃくちゃ、酷い目に遭う話なんて、山ほどあるんだから』

と言い聞かせてくるのだった。

もちろんリリィもわかっている。

ローズに会ってから約一年半、身分の違いについて散々考えたけれど、許嫁が事実かはともあれ、彼女の言葉の一部はもっともだと思ったから。

つまり、自分がローレンスの子供を身籠もったら——彼を不幸にしてしまいかねない。

そして、許嫁を押し退《お の》けてまで、自分を選んでくれと迫って、ローレンスを困らせたり、不幸にしたいわけではない。

だから、子供ができることさえしなければ大丈夫だ。触りあうだけなら、何の罪もない。

ローレンスだって、わざわざ自分が不幸になることはしないだろう。

「我慢する必要なんてないわ。触るだけなら、平気だもの。……でしょう？」

ローレンスは唇を開き、何か言いかけて——しばらくそのまま、固まってしまった。

「リリィ、それは……どういうことをするか、わかってるの？」

リリィはふいと顔を逸らした。

実のところ、子供を作る方法以外のことは、あまりわかっていない。今まで以上に、身体に触れあうものだということくらいしか。

「……もちろんよ。言ったでしょ、もう私、ほんとに大人なの。だって……」

——仕事を始めたのよ。

――友達もできて、お店の一番偉い人にも頼られて。

――もうすぐ家を出て、一人で暮らしてみるつもりなの。

早く、今のことも昔のことも全てを打ち明けて、真にローレンスと向きあいたい。

たとえ幻滅され、拒まれたとしても、いつかは伝えねばならないことだから。

「違う、子供だよ。僕にとって、リリィはずっと――いつまで経っても……」

耳元にキスをされると擽ったくて、首を斜めに傾けると、再び屋敷が見えた。

やっぱり窓に、女性の影はない。

なのにまだ違和感があるのはなぜだろう。ここにはローレンスの愛しかないはずなのに。

「ローレンス、ここじゃ、誰かに見られちゃうわ……」

彼は何も言わなかった。怖いくらい真剣な顔をして手を引かれた。二年前と同じように。

連れていかれたのは、また庭小屋だった。

別に、特別に快適な場所を望んでいるわけではない。十分立派な建物だし、二人きりになれるだけで幸せだ。でも。

『本当に愛してたら、あんな汚い庭小屋に招くわけがないでしょう?』

どこまでも追いかけてくる呪いの言葉を振り払って、ローレンスの手を握りしめる。

ベンチで斜めに向かいあって座ると、ローレンスは「ずっとこうしたかった……」と囁いて抱きしめ、すぐさま深く口付けてきて、リリィは少し面食らった。

「ん、っ……ぅ……」

触れあう前に、ちゃんと生い立ちを話さなくてはと思う。でも、熱心に唇を、口内を舐めしゃぶられると、とても強くは拒めなかった。

――だって、幸せ……。

――私もずっとずっと、こうしたかったんだもの……。

舌が奥深くを探ってきた時には、ローレンスの腕に背中を支えられていなかったら倒れてしまいそうなほど、うっとりと脱力していた。

キスだけなのに、愛撫を覚えている胸の先がじんと期待に疼いて、懐かしい熱がどろどろと流れ落ちて爪先まで広がっていく。

「リリィ……キスだけで、顔がとろけてる……」

「あ……まって、その前に、少し、っ……」

服の上から胸部を撫でられて後ろに手をつくと、親指に微かな痛みが走った。ささくれだった木の棘《とげ》が刺さったのかもしれない。

なのに、ローレンスの手の動きは止まらなかった。二年前も沢山触ったのに、愛おしげに撫で、指を沈め、形の変化を楽しんでいる。

「胸、また、成長してるね、」

「っん……っ、だから……言ったでしょ。もう大人って」

頬を染めて視線を逸らす。言われた通り、そこは成熟しきって、胸の膨らみを強調するデザインの服も着こなせるようになっていた。

ローレンスは服の上から頂のあたりを指で擦り立てて、乳首を硬く凝らせてくる。

「ぁ……っ、ローレンス、ちょっと待って……ぁあっ……！」

押し返そうとしたのに、敏感な場所は、二年間待ち望んだ刺激を喜んだ。

布越しに摘まれたり、爪を立てて引っ掻かれると、あっという間に感じてしまう。

「嫌だ、待てないよ――どうして待つ必要があるの？　二年ぶりで、こんなに綺麗になって……君から、早く二人きりになって、続きをしたいって望んでくれて」

「わ、私だって同じよ。で、でも、お話――あっ……」

ローレンスは頬や耳元に何度も口付け、ゆっくりとワンピースの釦を外しはじめた。

話を聞いてくれないのは、ローズの言っていた通り、身体に触りたいだけだからだろうか。

――違う、違うわ。そんなわけない。

だってさっきも、大事にしたいって言ってくれて……。

でも、それならどうして、許嫁のことを教えてくれないのだろう。リリィ自身も秘密を抱えているのに、ついそう思ってしまう。

「手紙で言葉は交わせるけど、触れるのは今だけなんだよ。ずっとリリィを感じたくて、おかしくなりそうだった……」

耳元で切なく囁かれて、瞼が震える。

なぜか、ローレンスの呼吸が乱れはじめていた。荒いそれは獣のようで、少し怖い。

「そ、そうだけど、その前に、すこしだけ」

「リリィの全部を見せて。また会えない間も、思い出せるように」

いつの間にか臍の方まで釦が外されていた。

「やっ……」

咄嗟《とっさ》に胸元を押さえると、ローレンスは襟を開こうとした手を止めてくれた。

「……触ったら、嫌？　やっぱり他に、気になる男がいるとか」

疲労の滲んだ瞳が、痛みを覚えたように細まる。リリィは慌てて首を横に振った。

「ち、違うわ。ただ私……言わなくちゃって、決めてたことがあって」

「それは……好きだよって伝えるより、大事なこと？」

「そう、そうよ。家のこと……。私ずっと、秘密って言ってたけど……」

どう説明するか、この日のために何度も頭の中で練習してきたのに、いざとなると緊張して、すぐに言葉が出てこない。

ローレンスが、眉間の皺を深めた。

後ろ暗い秘密のせいだろうか。

彼の表情は嫌悪にも、同情にも、哀れみにも、軽蔑にも、悲しみにも見えて、リリィは開きかけた唇を閉じる。

打ち明けた後に突き放される恐怖に戦《おのの》くと、彼はリリィの髪を撫でて、思わぬ言葉を口にした。

「リリィ……そんな話はいいんだよ。何も言う必要ない。僕は、知ってるから」

彼の瞳の中に、自分が映っている。瞳の色は、淡い榛色だったはずだ。でもいつの間にか、髪と同じ、暗い色になっている。

そうやって大人になった分、意思が強そうで、でも硬質で、脆《もろ》そうにも見えた。

「何……？　知ってるって……どうして……何を知ってるの？」

「僕が知ってるのは……リリィは可愛くて優しくて、とっても魅力的だってこと。それから、僕は君が大好きってこと。それで十分だろ？」

ローズの言葉を聞く前だったら、純粋に喜べたのかもしれない。

泣きそうなローレンスの顔が迫ってくる。

夢の世界へ誘《いざな》うように抱き竦められて——リリィは、冷たい予感に震えた。

真に向きあって愛しあいたいのに、それでは何も変わらない。

子供の頃のまま、ただ都合の良い幻想に浸っているだけで。

「でも、聞いてほしいの。私、本当は——っん……！」

唇を閉じ込め、舌を吸われて、告白を止められた。

背中を引き寄せられて、軽く胸を押し返しても離してくれない。顔を背けようとしても追いかけられて、唇を齧《かじ》られる。酸欠になるほど続けられて、だから、やっと解放された時には息を吸うのに精一杯で、何も言えなくなっていた。

彼はそれを狙っていたのだろう。リリィと額を合わせたまま、よくコントロールされた声で囁いた。

「いいんだ、リリィ……僕の前では、辛かった時のことは、全部忘れていいから」

潤んだ瞳の向こうで、ローレンスがまっすぐ自分を見ている。

恐ろしい予感が全身を支配して、胸元を押さえた指先まで冷たくなりはじめていた。

――もしかして、ローズの言っていた通り、昔から全部知っていて、こうして振る舞ってくれていたの……？

一度も面識のなかったローズですら調べられたことだ。

ローレンスならいつだって、簡単に知ることができただろう。

今思えば、丘に行った時、従者なしで外に出るのは初めてだと言っていた。

ローレンスの命は彼一人のものではないのに、素性も知らない相手と二人きりになったりするだろうか。

怖くなって、身体を引こうとした。けれど微かに身じろぐことしか許されなかった。

全てを知った上で本当に愛してくれていたのなら、これほど嬉しいことはない。

でも――。

『物わかりの悪い子ね。言ったでしょう？　身体のためよ。彼が「愛されてる」って思わせてくれてるの』

忘れようと努めてきたローズの言葉が、再び毒となって心を掻き乱してくる。

「もっと強くなって……この先は、僕がずっと守ってあげるから。だから……久しぶりに会えた今だけは、そんな話やめよう」

「あっ……」

ローレンスの手が、緩んだワンピースをそっと下に引いた。あらわになった胸を、眩しそうに見つめられる。

涙が滲んだのは、初めて身体を見られたからではない。

「……そんな、話？」

確かに、辛い思い出だ。

でも生まれてから約十年間、父と姉と過ごした大事な思い出でもある。

——どうして？　私のことを、知りたくないの？

いつか当ててみせるよと嬉しそうに言ってくれたのは、嘘だったのだろうか。リリィはローレンスのことをもっと知って、近付きたくて、努力をしてきたのに。

——私の過去より、身体に触ることの方が……女性を勉強する方が、大事だから……？

「そうだよ。僕は、昔のことなんてどうでもいい」

「……どうでも……？」

「だって今、幸せだろう？　五年前、リリィが言ったんだよ。一緒にいるだけで幸せだって」

「そう……、……そう、確かに言ったわ。でも、」

それはまだ、世の中を何もわかっていなかった頃の言葉だ。これからは大人らしく、現実に向きあっていきたいのに。

「それに、また会えない間、僕との幸せなことだけ覚えていてほしいから……」

ローレンスは、リリィの首筋に口付けて、微かな赤い印を残した。

「リリィ、すごく綺麗だ。小さい頃に絵本で見た、妖精みたいだよ」

「あ……っ……」

ローレンスは、本能を呼び覚まそうとするように、柔らかくなった乳首を捏《こ》ねてきた。でも思い通りに反応しなかったからか、再びきつく抱きしめられる。昔とは違う、膨らんだ胸が、彼のまっすぐな身体に押し潰された。それはほんのさっきまで、幸せなことのはずだったのに。

リリィはローレンスの背中に両手を回し、肩に顔を擦りつけて、込み上げる嗚咽《おえつ》をなんとか耐えた。

「リリィ……？　気持ちよくない？」

「……違うの……そうじゃ、ないわ」

「前は喜んでくれたのに……どうしたの？」

少し焦りの滲んだ、でも低く穏やかな声。

顔を覗き込まれて、また舌を絡めた深いキスをされる。

自分から誘ったのに、ローレンスはもう、触れあうことにしか――身体にしか興味がないのでは、と感じてしまう自分が怖い。

「ねえ、そんな顔しないで。言っただろ？　会えなくて辛いのは、もう少しだけだよ。頑張って、すぐに一人前になって、迎えにくるから。そうしたら、結婚して、一緒に暮らして――」

「……結婚？」

「当然だろ？　だってリリィは、僕の……僕だけのお姫様だもの」

心を擽られる言葉に、けれど現実が遠のいていく。

今度は、まるで永遠を誓うように、長く静かに口付けてくれた。

――ローレンスは一体、何を言っているの……？

キスの間、リリィは呆然とローレンスの黒い睫毛を見つめていた。

だって彼は将来、大国の領主を名乗る人で。

リリィには教えてくれないけれど、許嫁がいる。

ローズを知らなければ。まだ子供のままだったら。この夢を信じていられたかもしれない。

でも勉強して社会を知った今は、彼との結婚なんて、どうやったって無理だとわかっている。

『ロマンチックな騙し方ね――身体が目的なんだから、何だって言うに決まってるでしょう？』

呪いの言葉を振り払えないうちに、彼は、ローズが教えてくれた通りのことを言った。

「ねえ、だから、どうしたら気持ちよくしてあげられるか、教えて……。リリィが嫌なことは、したくないから」

もうローレンスは、リリィの身体しか見ていなかった。

なかなか反応しない胸の先を何度も捏ねて、強引にリリィを鳴かせて、

「ああ、よかった、刺激が足りなかったんだね、ごめんね」

と嬉しそうに微笑む彼は、赤く腫れた場所にしか興味がないようで。

でもそれ以外の、優しい笑顔も、触り方も、声も、体温も、匂いも、何も変わらない。

リリィの知っている、大好きなローレンスのままだ。

少しだけ違いがあるとすれば、酷く疲れた顔をしているということで。

できるならそれを、癒やしてあげたいと思う。

もし愛がなかったとしても、ローレンスが幸せになれるなら、それでいい。身体に触れることで、少しでも彼が満たされるなら。

――だって私は、ローレンスが好きだわ。

――ローレンスがどういうつもりでも、それだけは変わらない……。

「いつか、お城に連れていってくれて……一緒に、暮らせるのね……」

そうやって、彼と同じ夢を思い描こうとしてみた。

瞼を閉じて、帝都に劣らない立派な首都を、彼の住む城を思い出す。でも悲しい記憶が蘇《よみがえ》っただけだった。汚物を見るような、ローズの冷たい目を。

「そうだよ。会えない日なんてなくて……毎日こうやって、愛しあって」

滲んだ涙を快楽と勘違いしたらしい彼が、愛しげに目尻を撫でてくれる。

この優しさだけは本物だと信じたいのに、彼の興味はまたすぐに身体に戻って、乳首を何度も摘んで捏ねて弾かれて、リリィはそれを理由に、とうとう嗚咽を漏らした。

「っひ……、う……っ」

「リリィ、可愛い……。泣いちゃうくらい、気持ちいいの？　もっともっと幸せにしてあげたい。今の僕ができる、全部で。会えない間も、毎日僕を思い出してもらえるように……」

強引に快楽に突き落とされながら、耳元で囁かれる。感じて身じろぐたび、二人を乗せたベンチが軋んで、嫌な音を立てた。

心は冷えていくのに、体温は上がっていく一方なのが怖くて、彼のシャツを握る。

蒸し暑い庭小屋の、硬いベンチの上で。

自分だけ脱がされて、恥ずかしいところを触られて、子供みたいに泣かされて。

それが本物のお姫様のされることなのか、リリィは知らない。

「リリィ、大好きだよ……」

疲弊しきった顔で弱々しく抱きつかれて、自分よりずっと大きな背中を慰めた。それが自分の役割なら、心からそうしてあげたかった。

「私も、大好きよ」

「お願いだから……僕を、待っててね」

そんなに何度も頼まなくたって、会えるかどうかはいつだって彼次第だったのに、なんだかおかしい。

もしローレンスが帝都に来なくなったら、手紙が途絶えたら、この敷地に入れてもらえなくなったら――リリィにできることは何もない。二度とローレンスには会えない。呼ばれてもいないのに、城を訪ねていく勇気はない。

「私には、ローレンスだけだもの。ずっとずっと、ここで待ってるわ……」

「僕も、君だけだよ。君だけが、僕の救いなんだ」

でも彼は、国に帰ったら、もっと大事な人がいて。

いつか、その人と子供を作る。

ローレンスはリリィを硬いベンチの上に横たえると、沢山胸元にキスをして、散々弄った突起にしゃぶりついてきた。剥き出しの背中にも木の棘が刺さるのではないかと、少し怖くなる。

彼が遠くて悲しくて、なのにくらくらするほど感じて、今はただ身を委ねようと努める。

でもずっと、親指に刺さった棘が痛んで、胸の端に疑念として引っかかっていた。

ローレンスにも、自分の身体にも置いてけぼりにされて、本当のことを訴えているのは涙だけなのに、今まで身体を触られた時も涙ぐんでいたから、何の合図にもなっていない。

「ローレンス、本当に、大好きなの……」

胸に吸い付いてくる彼の頭を、何度も撫でる。

伝わっているだろうかと思う。

本当に愛していて、彼の力になりたくて、今日全てを伝えて、この関係が最後になる覚悟までしてきたということが。

「とっても……とっても、寂しかったわ……」

——でも今が、一番寂しい……。

リリィはローレンスの首を引き寄せてキスをした。彼が教えてくれた、彼のやり方しか知らないキスだ。

でも彼は違う、きっとリリィで覚えたキスを、他の女性にしている。

「僕も寂しかった。ずっとこの日を想像してた……触って、声を聞いて、熱を感じて……リリィの全部が欲しくて。だから今日は、もっと……」

言葉を聞くたび心が乾いていくのは、涙が溢れているせいだろう。

ローレンスの手が、そうっとワンピースの裾を捲り上げてくる。

昔ローレンスと散歩中に見かけた、外で愛しあっていた男女がしていたより何倍も優しい仕草で、膝を、太股《ふともも》を撫でられると、ぞくぞくっとお腹の奥が痺れた。

脚の間に触れる直前、ローレンスは、

「いい？　嫌じゃない？」

と耳元で囁いて、リリィの気持ちを確かめてくれた。

断る選択など、あるわけがない。悲しみに恥ずかしさが入り交じって、「うぅ」と声を漏らしながら小さく頷く。スカートをお腹の上まで捲られると、とうとう、下着が濡れていることに気付かれてしまった。

「リリィ……これ、いつから？」

ローレンスの手が止まって、リリィは全身を緊張させる。

「……わからないの。前も、こうなって」

「前って、僕が身体を触ってあげた時？」

もっと酷くなってしまうから、耳元で喋らないでほしい。びくびくと震えつつまた頷くと、ローレンスは、

「そっか、そうだったんだ……よかった、嬉しい」

と言って、リリィの緊張を和らげるように、耳の先を舌と唇で揉み解《ほぐ》してくれた。

「ぁ、ふ……、っ……わたし、へんじゃ、ない……？」

「うん、全然変じゃない、僕を喜んでくれてるんだよ」

今度は胸の先を口に含みつつ、濡れた場所を下着の上から撫でられる。泣きたいくらい恥ずかし

いのに、弄られている胸と局部は刺激をねだるようにどんどん腫れて、気持ち良くてたまらない。

「あっ……！」

濡れた下着を脱がされ、ベンチを挟む形で座ったローレンスが近付いてくる。

片足を肩に引っかける形で抱かれて腰が斜めに浮き、ベンチの下に落ちた脚を膝の上に乗せられて、恥ずかしい場所が丸見えになった。

動揺している間にも、湯浴《ゆあ》みの時にしか触れない場所を、ぬるつく体液を纏《まと》わせた指で熱心に撫でられてしまう。

「ぁあ……!?　あ、ぅ……ローレンス……、そこ、そんな……ぐちゃぐちゃにしたら……へん、っ……」

「大丈夫だから……もっと変になって。それに、リリィがもう大人だって……我慢なんていいって言ったんだよ」

「でも、っ……あ……！」

痛いほど疼いていた場所を擦られるたび、びくっと身体が跳ねて痺れてしまう。キスや胸を触られた時も頭がぼんやりしたけれど、その比ではない。気持ちよすぎて、わけがわからなくて、汗の滲んだ手でスカートをきつく握りしめる。

「これ……ここ、気持ちがいいの？　固くなってるところ」

「あ！　あっ！　ぁあ……っ！　なに……なにっ……!?」

泣き喘ぐほど指の動きは速まって、くちゅくちゅと水音がしはじめた。間近で表情を観察されて、羞恥と快楽が混じりあい、ぽろぽろと涙がこぼれてくる。

「あ、っ、ぁ、ぁあ、ローレ、ンス、まっ……まって、っ……」

「涙が出ちゃうくらい、気持ちがいい？　気持ちいいのに、嫌なの？」

「あぅ、あ……っ、だって……、そこ、きたない……っ」

腰が跳ねそうになるのを必死に堪えているのに、ローレンスは嬉しそうに微笑んで、ますます熱心に撫でてきた。とうとう指に押しつけるように腰が動いてしまって、また涙が出てくる。

「汚くなんてないよ。こうして濡れてるのは、リリィが僕を愛してくれてる証拠だもの。早く全部、僕のものにしたい……」

「あ、あっ……!?」

ひたひたに濡れた隘路《あいろ》に、少しずつ指が潜り込もうとする動きが混じりはじめて、斜めに身体を丸めた。たっぷりと蜜を絡めた指が、狭い場所を掻き分けてくる。

「ぁあ、ぁ……！」

「わかる？　この、間……すごく濡れてるから、簡単に入っちゃうよ」

くぷくぷと音を立てて、ローレンスの指が出入りしはじめる。恐る恐る下半身に視線を落とすと、ローレンスの手が、自分の脚の間で動き続けていた。その向こう側で彼のズボンがきつく突っ張っていて、混乱が加速していく。

「中だけじゃ、気持ちよくない？　ここ、一緒に触った方がいい？」

「ぇ……ぁ、きゃ、っ……!?」

剥き出しになった陰核にもう一方の指を押し当てられて、ローレンスの肩に引っかかったままびくついた片脚に、ちゅっとキスをされる。

「リリィ……今、すごいよ、きゅうって締まった、わかる？　ほら……」

「ゃあぁ……！」

新しい遊び方を見つけたような無邪気さで、指を出し入れしながら肉粒をこりこりと擦られて、快楽に身体を貫かれ、大きく腰が浮き上がった。

「っ……リリィ、可愛い……もっと撫でてあげるから、そんなに動かないで」

「あ、ぁ！　あー……っ……！」

中からお腹を圧迫されると、不安も恐怖も、全てが掻き消えて、〝気持ちいい〟で頭がいっぱいになる。

息を切らして見上げると、どうしてか、ただ触れているだけのローレンスまで汗を滲ませ、切なげな顔をしていた。

「やっ、いっしょに、すると……」

「一緒に？　一緒にすると、もっといい？」

「ひぁ、っ……！」

もう一本指を差し込まれて、どっと汗が滲んだ。裂けてしまいそうだと思ったのは一瞬で、中が強く擦れて、更に快感が膨らんでいく。

「奥の方まで、ひくひくしちゃってる……お腹の方、膨らんできてる？　興奮してるから？」

内側を擦られて、身体がふわりと浮き上がった気がした。

「あ、ぁ！　あ！　あー……っ……！」

「やっぱり。中がこりこりしてきた……リリィの好きなところ、いっぱいわかって、嬉しいな。もっともっと、全部知りたい……」

「あっ……!?」

指が根元まで入ってきて、ぐりぐりと手を押し付けながら陰核をすり潰された途端――頭が真っ白になって、あられもない悲鳴を上げていた。

繰り返し腰が引きつって、何かが過ぎ去ったように身体から力が抜けはじめる。呼吸をするだけで精一杯で、何も考えられない。

上の方から、ローレンスの乱れた息遣いだけが聞こえる。彼は指を止めたまま、何も言わない。好きだよとも愛してるよとも。ただ、息切れの中、全身に彼の視線を感じた。ワンピースがお腹に絡まっただけの恥ずかしい格好だ。ローレンスの肩に引っかかったままの脚を下ろしたいのに、身体が動かない。彼の指が、ずるりと中から消えていく。

「あ……、……ローレンス……？」

べったりとまとわりついてくる視線が怖くて、リリィはお腹の上で捩《ねじ》れていたスカートを下ろそうとした。なのにまた捲り上げられて、濡れてひくついている陰部をまじまじと見られてしまう。

「あ……っ」

「リリィ……僕も、すごく、苦しいから……。少しだけ、いい……？」

いつものゆったりとした、甘い喋り方と違った。

追い詰められて苦しげで、だからリリィは頷いた。ローレンスの望みなら、なんだって叶えてあげたい。苦しみを癒やしてあげられるなら、尚更《なおさら》。

「リリィが痛いことは、絶対にしないから」

ローレンスはリリィの脚を下ろすと、ベルトを外して、ズボンと下着を下げた。ずっとそこが突っ張っていたことには気付いていたけれど、飛び出した性器の大きさや、先端が濡れているのを見て、思わず息を呑む。

甥っ子の世話をする中で、男の子の裸は何度も見てきたけれど、大人のそれは、色も形も全く違った。大きくて、赤く腫れて、お腹につきそうなほど硬くそそり立っている。

「また、会えなくなるから。全部覚えておきたい。リリィを、沢山感じたい……」

ローレンスはリリィの両膝を胸の方へ折って、大きく広げさせた。

「あっ……！」

一体何をするの？　こんな格好、恥ずかしいわ——そう伝えたいのに、喉が渇いて上手く喋れない。

「大丈夫。少し、身体をくっつけるだけだよ……」

ローレンスはそう囁いて片脚でベンチに乗り上げると、リリィの腹部へ腰を寄せた。恥骨に性器の根本を沿わせて、リリィの手を取り、脈打つ幹に添えて、腹部へ押し付けてくる。

「あ、っ……！」

お腹と手のひらで感じる硬さに、つい悲鳴が漏れた。咄嗟に手を離そうとして、でも上からローレンスの手で押さえ込まれてしまう。

「っ……、リリィ……どこも、痛くないだろ？　動かないで、落ちちゃうよ」

甘い囁きと共に、彼はゆっくりと腰を前後させはじめた。

手と腹部の間でずりずりと硬い性器が擦れて、茂みの上を、白く柔らかい腹部を、濡れた先端が何度も行き来する。

「っ……ローレンス……だ、だめよ、こんな、腫れてるのに、」

ローレンスは苦しげな顔で、ふ、ふっ、と浅く息を繰り返しながら、ぎこちなく腰を動かし続けている。見下ろしてくる瞳は、唇や胸や、擦りつけられてびくつく腹部を往復するばかりで、やっと視線が合ったかと思うと、今まで見たことのない、険しい瞳に射貫かれた。手の中で、ローレンスの熱が、弾けるようにびくびくと痙攣《けいれん》して、硬く膨らんでいく。

「擦ったら、い、痛いでしょ？　ねえ……っ」

答えがないまま更に呼吸が荒くなって、腰の動きがどんどん速くなっていく。前髪が乱れているのに、構う様子もない。

もし、ローズに不信の種を植え付けられていなかったら。疑心暗鬼に陥っていなかったら。苦悶《くもん》の表情は官能によるものだと気付いて、喜びを感じていただろう。

けれど今のリリィには、新しい行為の全てが不信に繋がっていく。

「っ……あ、ローレンス……何か言って……っ」

どうしてか、お腹で硬さを感じるたび、さっきまで指を入れられていた膣の奥がきゅうっと疼いて濡れて、また触れてほしくなっている。

わけがわからなくて、ただ不安で、いつもの優しい表情のローレンスに会いたかっただけだ。

でも彼は、ぐっと眉を寄せて泣きそうな顔をすると、リリィの手を上から握りしめて、更に性器に密着させてきた。

「あっ……」

ローレンスの呼吸が獣のように速まって、手のひらの中で濡れた音がしはじめる。はち切れそうな硬い感触は、いつの間にか手とお腹に馴染んで、スムーズに滑っていて。

「リリィ、怖くない、から……、子供を……作る、練習、だよ……」

また、彼が遠ざかった。

微笑んでくれたように見えたけれど、涙が滲んで、すぐに彼の表情はわからなくなってしまう。

「……、練、習……？」

リリィは力なく繰り返した。

『あなたは、ローレンス様のおもちゃなの。許嫁の私のために、あなたを使って、女性の身体を勉強してるのよ』

蘇った呪詛《じゅそ》に震え上がって、膝を引き寄せる。木製のベンチは硬くて、腰と背中が痛みはじめている。その上、彼の動きに合わせて、軋んだ嫌な音を立て続けていた。

「そう、練習……。ほんとは……リリィのお腹の中で、擦って……僕の種を、入れて……意味、わかるよね……？」

腰を突き出されると、微かに背中が痛んだ。案じていた通り、木の棘が刺さったのかもしれない。

でも練習台なら、場所も扱いも、何もかもが正しい。

──やっぱり私は、ローレンスの、おもちゃ……。

身体とは裏腹に、心がどんどん離れていく。

恋に夢中で、何の知識もなかった。

冷静に考えれば、わかったことなのに。

どうして何の取り柄もない自分が、こんな身分の高い人に、選んでもらえると思っていたのだろう。

「そう、……」

何に答えたのか、自分でもわからなかった。もう抵抗はしなかった。必死に性器を擦りつけてくるローレンスを呆然と見上げていた。やっと一瞬目が合って、でも苦しげな顔をして、まるで罪悪感から逃げるように逸らされてしまう。

何から何まで、ローズの言う通りだった。

――感謝しなくちゃ……。

――彼女が教えてくれていなかったら、今頃ほんとに、私を愛してくれてるって、馬鹿なこと、信じてたもの……。

でもそれなら、せめて一緒にいる間は、最後まで、夢を見させてくれたらいいのに。

「ローレンス……もう、動かないから……手、離して……」

彼の動きは更に激しくなって、少しずつベンチの上を背中が滑っていく。唇を噛《か》んで堪えていると、低い呻き声と共に、臍のあたりに熱を感じて動きが止まった。こわごわと覗くと、白い粘液で汚れている。

ローレンスは、しばらくぐったりと俯いて、肩で呼吸を続けていた。少し落ち着いてくるとはっとして、ようやく手を離してくれる。

「っ……、ごめん、ごめんね」

それは、よく知っているローレンスだった。だから、リリィはなんとか微笑むことができた。

「……平気よ。……もっと、する？　私、ローレンスとなら……何度でも……」

少しでも役に立ちたい。価値を示すことができれば、この先もずっと、会いたいと思ってもらえるかもしれない。でも、その想いは届かなかった。

「っ……駄目だよ、これ以上なんて。僕きっと、こんなのじゃ我慢できなくて……」

さっきまで熱心にリリィの身体を見ていたローレンスは、あからさまに視線を逸らした。まだ硬く立ち上がったままの性器を無理矢理下着に押し込めて、そそくさと服を戻す。

本当は抱きつきたかったけれど、これは、ローズのための練習だと知っている。

彼を困らせることだけはしたくなかったから、リリィはゆっくりと起き上がって、彼に倣って服を戻そうとした。

「あ……待って、拭いてあげるから。身体は痛くない？　気分は平気？」

慌ててズボンのポケットを探ってハンカチを取り出したローレンスに、「いいの、大丈夫よ」ともう一度微笑んだけれど、彼は納得しなかった。お腹の上までスカートを捲られて、「汚しちゃってごめんね」と謝りながら腹部を丁寧に拭われる。それから、宝物でもしまうように、ワンピースのボタンを留め直してくれた。

今までなら抱きしめてキスをしてくれたのに、ローレンスは居心地が悪そうに距離を置いて隣に座り、また顔を逸らした。

「……私、嬉しいわ。ローレンスが、私を選んでくれて……」

でなければ今頃、恋すら知らないままだった。働こうとも思ってなかったかもしれない。仕事も勉強も、ローレンスのお陰で努力を続けられた。彼ならいくらだって、他の女の子を選べたに違いないのに。

「どうしたの？　そんな言い方、なんだか、君らしくない」

――もし、お父様が今も貴族だったら。私にも、少しは望みがあったのかしら……。

生まれて初めて、大好きな父を責めるようなことを思ってしまって、気分が悪くなってくる。

込み上げる心細さと寂しさに耐えきれず、顔を背けたままの彼に、恐る恐る抱きついた。でもやっぱり、彼は抱きしめ返してはくれなくて。

「ねぇ……国に帰る前に、もう一回、会えるのよね……？　まだ練習、必要よね？　私、もっとしたいわ。何でもしてほしい……」

腕の中で、彼の身体がこわばった。

答えはないまま、肩を押し返される。

「……ローレンス……？」

青褪めながら見上げた瞬間、唇に齧り付かれた。

息もできないくらい濃厚で、貪るようなキスだ。近付く振りで、突き放されている気がした。終わり方も唐突で、何の余韻もない。

「今日は……ごめん。これ以上一緒にいたら……本当に、傷つけちゃうから。会えそうな時は、また石垣の上に、花を置いておくよ」

今以上に傷つくことなんて、何もないのに。

でも、もう一度会ってくれるつもりがあるとわかっただけで十分だった。

滲む涙を、微笑で誤魔化す。

「ありがとう。でも私、昼間は……毎日、見に来られないかも」

聞いてほしい話が、沢山あった。

引っ越すつもりでいることや、仕事のこと。今着ている服を、今日にあわせて、自分で作ったことも。

でもローレンスにとっては、どれも、どうでもいいことなのだろう。

「そうしたら、庭師に手紙を預けておくから」

曖昧な約束でも、何もないよりずっといい。

物わかりよく「嬉しいわ」と頷くと、やっとこちらを向いて、乱れた髪を撫でつけてくれた。

嬉しくて、同じことを返してあげたくてローレンスの前髪に手を伸ばす。でも彼は顎を引いてリリィの手を避けた。

別れ際、「大好きだよ」と手の甲に口付けられた。

でもやっぱり、抱きしめてはくれなかった。

それからしばらく、忙しい日が続いた。

ローレンスと同様に、会議のために地方からやってきた領主の妻や娘たちが、流行のドレスを求めて、ひっきりなしに店に押しかけてきたからだ。

ずっとこの仕事を誇りに思ってきたのに、今は彼女たちに傅《かしず》くたび、ローレンスの属している世界と自分の隔たりを感じてしまう。

「お母様。もっと明るい色の方が、彼の好みじゃないかしら?」

その日接客した母娘も、地方の貴族だった。

リリィと歳の近しい娘は、テーブルいっぱいに広げた色とりどりの高級な反物を見下ろして、小一時間ほど悩み続けている。母親は苦笑して、娘を宥《なだ》めた。

「まあ、まだあの方を気にしているの? 言ったでしょう、彼はもう決まったお相手がいらっしゃるのよ。諦めなさいな」

「でも……すごく優しくしてくださったわ。飲み物を取ってきて、ダンスまで、下手な私に合わせてくださって。だから、今度の晩餐会《ばんさんかい》までに少しでも……」

「困った子ね。今から仕立てをお願いしても、とても間に合わないわよ。でしょう?」

夫人がリリィを見上げて、同意を求めるように首を傾げた。デザインや装飾によるけれど、どんなに急いでも一ヶ月以上は必要だと答えると、母親は「お屋敷から山ほどドレスを運ばせたんだから、それでなんとかなさい」と娘を説き伏せた。

「流行の服で着飾ってお会いしたかったのに……。ローレンス様、本当に素敵……」

リリィは耳を疑った。

ローレンスが『多くの人に顔を覚えてもらうために、毎晩会食に参加しなければならない』と言っていたことを思い出す。それから出会った頃、『一番に声をかけて、踊ってあげてもいい』と言ってくれたことを。

目の前の女性と踊るローレンスを想像しようとしたけれど、貴族たちの煌《きら》びやかな世界のことなど、全くわからなかった。

——今も十分に素敵なドレスを着て、とっても綺麗な方なのに、それでも気を引けないと思うなんて。

——お城の中って、どんなに華やかな世界なのかしら……。

今まで何度も綺麗だとか可愛いとか言ってくれたのは、全てリリィを喜ばせるためのお世辞だったのだろう。

自分で作ったワンピースを着て、張り切って会いに行ったことが酷く恥ずかしくなってくる。

その日の仕事はミスばかりで、同僚たちに心配されるほどだった。

虚ろな気分で帰宅し、就寝の支度を整える。早く寝なくては翌日の仕事に差し支えるし、疲れているのに目が冴《さ》えて眠れそうにない。

「ローレンス……」

三階の自室の窓から、満月を見上げた。

完璧に丸くて眩しい光は、今の複雑な感情と全くそぐわなくて、暗い裏庭へ視線を落とす。その向こう側には、ローレンスの屋敷へ行く時に使う裏道が続いている。

「会いたいわ……」

キス以上の練習をしたということは、結婚が近いのかもしれない。

——そしたら、私は、もう……。

胸がぐっと詰まって、咳《せき》をする。夏の夜風は温《ぬる》くて、息を吸うたび、気管に絡まるような嫌な感じがした。

——どうしたら、練習が必要なくなっても、会いたいと思ってもらえるのかしら……。

答えのないことを考えそうになって、リリィは首を横に振る。赤毛がしっとりと汗ばんだ首筋にまとわりついて、緩い癖毛がいつも以上に疎ましく感じられた。全く眠れる気はしないけれど、横になるために窓から離れようとした時、裏道の方で影が動いた。目を凝らしてもよく見えない。また暗い中で何かが動いて、裏庭に人影が現れた。

——どうしよう。もしかして、泥棒……？

窓の下に身を屈め、息を潜める。

テーブルの上に蝋燭を一つ灯《とも》しているから、相手はこちらに気付いているかもしれない。姉夫婦の寝室へ行って、義兄に告げるべきだ。動悸を抱えながら、そっと窓枠から顔を出して、もう一度見下ろす。

影は、更に屋敷に近付いてきて——満月の光を受けて、今度こそはっきりと見えた。

「ローレンス……!?」

思わず叫んで、口を押さえる。

彼はまっすぐリリィを見上げていた。目が合ったことはわかったけれど、暗くて表情までは読み取れない。彼は静かに、と言うように、鼻先で人差し指を立てた。

「待って、今降りてくわ」

小走りに、でも決して音を立てずに階段を降り、調理場の裏口から外に出る。全て夢で、もう彼は消えてしまっている予感がしたけれど、確かにそこにいた。駆け寄って、でもここで抱きつくのは躊躇われる。

「一体どうしたの。一人で、こんな時間に……」

どうして家がわかったの、と尋ねかけて、野暮な質問だと思い直す。もう、生い立ちも何もかも知られているのだ。

彼は、遠い景色に焦がれるようにしげしげとリリィを見下ろすと、

「よかった、リリィだ……」

と呟いて抱きしめてきた。

腕にも声にも力がない。体温すら伝わってこなかった。心配になって見上げると、月明かりのせいか顔色が悪く、表情も酷く乏しい。

「どうしても……遠目にでも、リリィの姿が見たくなって。ちょっと抜け出してきたんだ。……でもまさか、本当に会えるなんて……」

時間と状況も相まって、なんだか幽霊みたいで、ちゃんと生きているのか不安になってくる。

「白いネグリジェ、とっても似合ってるね」

微かに笑ったローレンスは、薄手のシャツとズボン姿で、日中に会う時と変わらない出《い》で立《た》ちだ。

「あ……ありがとう」

もう本気で褒められたとは思わなかった。それどころか、ローズや昼間の女性と比べると、いたたまれなくなってくる。

――私は贅沢なドレスは持ってないけど。

――練習台としてでも、ローレンスは会いたがってくれる……。

それだけで十分だと言い聞かせて、リリィは笑顔を作ってみせた。

「……ねえ、嬉しいけど、誰かに見つかっちゃったら、大変だわ」

屋敷には、住み込みの使用人が何人かいる。何より異変に目敏《めざと》いのは、騎士勤めをしている義兄のエーギルだ。

追い返されるとでも思ったのか、ローレンスが手を握ってきた。蒸し暑い夜なのに、彼の手は乾いて、冷え切っている。

「リリィ……散歩、少し、付き合ってくれる？」

「散歩って……でも、」

ローレンスの肩越しに裏道を見る。満月の光が届かない場所は、闇が固まっていて何も見えない。

自分に何かあっても、悲しむのはほんの一握りの人だけだ。仕事も代わりの人間がいる。でもローレンスの命は、彼一人のものではない。沢山の領民が、彼を待っているはずだ。

「暗くて危ないから……散歩しながら、ローレンスのお屋敷まで送るわ」

「君が？　男の僕を送るの？　変だよ、そんなの。……僕と、一緒にいたくない？」

「ち、違うわ！　心配なのよ」

「もし何かあっても、リリィは僕が守るから」

「私じゃなくて……あっ……」

彼は手を握ったまま、少し強引に歩き出した。裏道へ出て、彼の屋敷とは逆の方へ向かう。

ローレンスは星空や会話を楽しむでもなく、俯き加減に暗い道を見下ろしながら、細い道を進んでいった。

初めて手を繋いで、丘へ行った時のことを思い出す。怖くて帰りたくなったのははじめだけで、その後は彼が一緒だからこそ安心できた。なのに今日は全く逆だ。先へ進むほど、暗い顔をして何も言わない彼が、いつもと別人のように見えてくる。

「ねえ、ローレンス……どうしたの……何かあったの？」

歩き続けながら、ローレンスは淋《さび》しげにリリィを見下ろした。それからまた前に向き直って——それだけだった。

——本当に、どうしちゃったのかしら。

——いつもと違って、少し怖いわ……。

握られた手の力が強まると共に、歩く速度も早まっていく。

日中より濃厚な、草木の匂い。

見覚えのある細い道だ。高い生垣に囲まれていて、ひたすらまっすぐ進んだ先には、確か小さな池があった。初めて、ローレンスと深いキスをした場所だ。

足元が暗くて転びそうになった時、やっと彼が止まった。でもそれは、リリィを気遣ってのことではなかった。

池が、月光を反射して白く光り輝いている。それから藤棚と、いくつかのベンチ。

それは思い出通りの、小さな憩いの場所だった。

「……、ここは……」

ローレンスは、どこへ向かって歩いていたのか全く気付いていなかったらしい。

しばらく虚無を湛えて、ベンチを見つめていた。あそこで大人のキスをして、緊張しつつもリードしてくれた彼はどこにもいない。

「懐かしいわね」

「……そうだね。あの頃はまだ子供で……どんなことでも、努力すれば叶うって、信じてた」

何を思って言った言葉なのかはわからなかったけれど、どうやら辛いことがあったのは確かなようだ。

ローレンスの手から力が抜けて、だから今度はリリィが、ローレンスの手を引いた。

「ねえ……少し、休みましょ」

彼は黙ってついてきた。土を固めてある道とは違って、池の周囲はしばらく手入れされていないらしく、足元に草が生い茂っていて、足首や脹脛《ふくらはぎ》がちくちくする。昔より、全てがこぢんまりしている気がした。ベンチも、二人で並んで座るとずいぶんと狭い。

池や草木から放たれる湿度のせいか、全身がじっとりと汗ばみはじめる。隣のローレンスは、波一つない水面《みなも》を見据えたまま動かない。夜空を写しとったような黒い瞳と髪は、無風の中で静止していた。

息苦しい沈黙が続いて、何度も横顔を覗き見る。

彼がようやくこちらを向いて、目を合わせてくれた時。

リリィはやっと彼が泣いていることに気付いて——同時に、唇が重なっていた。

しばらく、初めてのキスの時のように、ただ触れあわせたままじっとしていた。少しずつ彼が唇を擦りあわせてきて、ほのかな熱が生まれはじめる。虫の鳴き声と、彼の吐息だけが聞こえる。焦れると同時に寂しくなって唇を開きかけると、ローレンスは怯えた様子で離れていった。握ったままだった手を解かれて、頬を、肩を、上腕を、指の甲で撫でられる。

額に落ちた黒髪が、彼の顔を暗くする。新しい涙は見えない。でもやっぱり、泣いているとわかった。

「……僕は、会議で、最年少だから」

掠れていて、聞き取るのがやっとだった。

赤毛を梳かしてくれていた手を取り、甲を撫でて慰める。初めて手を繋いだ時は、こんなにごつごつしていなかった。共に過ごした時間はほんの少しずつ増えているのに、彼は離れていってしまう一方だ。

「誰に何を言われようが構わない、どんなに嫌な思いをしても、そんなことには負けないって、覚悟してたんだ。……でも」

リリィは何も答えられなかった。

出会った頃と違って、今は城で大きな会議が催されていることや、今年は関税が主な議題として取り上げられていることを知っている。でもそれだけだ。政治が動いている場所なんて、想像しようがない。

「まさか、皇帝陛下の目の前で、侮辱されて、笑いものにされるなんて、……」

「……、こうていへいか……」

あまりにも遠い世界のことに、くらくらした。

この都も、ローレンスの治める領地も、全ての平和が皇帝のおかげで成り立っていると理屈では理解している。姉の結婚式で一度だけ見たことがあるものの、城と同様、絵本や神話に出てくる人物と同じくらい遠い人だ。時々、皇妃を伴ってリリィの勤める店を訪れることもあるけれど、対応するのはドプナーとベテランの売り子のみで。

だからやっぱり、言えることは、何もなかった。

――ローズの言う通り……身分が違いすぎて、私はとても、ローレンスのお仕事の役に立つことなんてできないわ……。

――それどころか、こうして私と二人きりで会っていることを誰かに知られたら、ローレンスは……。

彼の世界のことはわからない。

理解できたのは、唇が乾いて話しにくそうだということと、どんなに笑いものにされたって、彼の味方でありたいということだけだった。

だから、舐めて、湿らせてあげた。少しでも慰めになればと思って。

出会った時から、リリィにできるのはそれだけだった。

きっと今晩散歩に誘われたのも、身体を触るために違いない。だってキスをして以来、二人きりで会って、そうしなかったことは一度もないのだから。

彼は痛みを覚えたように眉を顰《ひそ》めながらも、されるがままになっていた。

舌でたっぷり潤してあげて、それから口付ける。何度か唇を軽く吸ううち、少しずつ応えはじめてくれて、いつの間にか主導権を奪われていた。

乱れはじめたお互いの呼吸が、蒸した夜の空気に溶け込んでいく。両頬に手を添えられて指先で耳を擽られると、唾液が溢れて啜られた。冷たい手が身体を下って、腰を抱かれる。キスが終わると、ローレンスはリリィの首筋に顔を埋《うず》めて呟いた。

「こんな、何も前進できないままで……君をどれだけ大事に思ってるか……どうやったら、伝わるのかな……」

「何を言ってるの。十分わかってるし、私はずっと味方よ。ローレンスが必要として望んでくれるなら、いつだって……」

どうしたらもっと元気づけてあげられるだろうと思いを巡らせながら、彼の広い背中を抱いて、何度も撫でる。

「お城に行って、沢山の偉い人たちと渡りあって……それだけで、大変なことだわ。もう私は追いつけないくらい、立派な大人で……」

「駄目だ、これじゃ全然駄目なんだよ。せめて人並みの仕事をして父に認められないと、いつまでたっても、リリィと……」

顔を上げたローレンスの表情はこわばっている。励ましたつもりが、いっそう落ち込ませてしまったようで、焦って続けた。

「そんなにすぐ、何もかも上手くいかないわよ。私なんてね、ローレンスよりずっとずっと簡単なお仕事なのよ。でも、覚えるのにすごく時間がかかって……毎日何かしら失敗するんだから。今日も酷くて、皆に迷惑かけちゃったわ」

ようやくローレンスの表情が変化して、でも訝しげにリリィを見た。

「仕事……？　リリィ、働いているのかい？」

「そうよ、もう大人だもの」

「でも……どうして？　どんな仕事？　まさか、危ないことじゃないだろうね？　もしかして、お金に困っていたりする？　僕に言ってくれれば……」

「どうしてまた子供扱いするの？　そんなんじゃないわ。自分でやりたいと思って始めたのよ。もう、知っているでしょ？　私は……貴族の娘じゃないもの。女で働いていたら、おかしい？」

「違うよ、そういうことじゃなくて……」

どんな仕事で、どう社会に役立っているかより、お金について聞かれたことが悲しかった。でも、貧しかったことを知られているのだから、当然かもしれない。

ローレンスは納得できない様子でリリィをじっと見つめていた。思い出したように「そうだ」と呟くと、ズボンのポケットを探りはじめる。

「ここを発つ日にしようか迷ってたけど……これを渡そうと思ってたんだ」

差し出されたそれは、一欠片《ひとかけら》の、小さな宝石が嵌《は》まった、金の指輪だった。

暗くて、石の色は判別がつかない。でも綺麗に透き通っていて、ひと目で高価なものだとわかった。

「結婚するって約束したから……誓いの印に。でも、もしお金に困ったら、売ったっていい」

ローレンスの手のひらの上のそれは、自然に生まれ落ちた花のような美しさでリリィの心を誘惑した。満月の光を受けて輝く美しさにほっと溜息が漏れ、思わず手を伸ばしかける。

でも指先に硬さが触れた瞬間、ローズの指を彩っていた指輪を思い出した。

ローレンスからもらったものだと言って――彼から何か与えられたことはあるのかと笑われた。

「……いい。……私、いらない……」

「え……？」

「何か欲しくて、ローレンスのこと好きになったんじゃないもの……。それに、お金には困ってないし、欲しい物くらい、自分で買えるわ」

「もちろん。お金は、もし困ったらの話で……男女が約束する時は、こうやって指輪を贈るんだよ。そのくらい知ってるだろ？」

『そのくらい知ってるだろ』という言葉の裏に、『身分が違って、無知だとしたって』という含みがある気がして――ついそんなふうに捉えてしまったことが悲しくて、リリィは目を伏せた。

「……とにかく、いいの。いらないわ」

「確かに、正式な約束はまだだけど……僕、今まで何も贈り物をしたことがなかっただろ？　いつも僕を待ってくれてたお礼だと思って……」

お礼なんて欲しくない。

まるで、今まで練習に付き合ったことへの対価みたいだ。それともまさかこれも、本当の結婚相手に誓いの指輪を渡すための練習なのだろうか。

考えるほど虚しくなって、リリィは逃げるように自分の役目をせがんだ。

「ねえ……そんなのいいわ。それより、もっと触って？　この間みたいに……大人のすること、してほしいの」

汗ばんだ太い首筋に、ちゅ、と音を立てて吸い付く。また簡単に彼の呼吸が乱れる。今度は泣いているのとは少し違うみたいだった。

でも彼は指輪を握りしめたまま何もしてくれない。怖くて何度も吸い付くと、今までずっと積極的だったローレンスは、思いもよらぬ強い力で押し返してきた。

「リリィ、待って……待って」

「……どうして？　子供を作って……幸せになる練習、必要でしょ？　その時がきたら、上手くできるように……ね？」

もう、自分は必要ないのだろうか。結婚を切り出して、指輪を渡したら——その後は、どんな練習が必要だろう。

肩を押し返してきた手に触れて縋《すが》ってみたけれど、ローレンスは硬い表情を崩さない。

「この間も言っただろ？　今までは……なんとか耐えてきたけど、その……つまり、本当に責任を持てるまで、リリィを大事にしたいんだ。……意味、わかるよね？　頑張って早く成果を出して、迎えにくる。だから今日はただ、これを受け取って」

言いながら、強引に手のひらに指輪を押し付けられた。触れるのが嫌なのか、ぱっと手を離して、すぐ視線を逸らされる。

見下ろした指輪が、涙で柔らかく歪んだ。

——私は、望んでるのに。

——耐えるって？　大事にするって、何？

——この間のようにすることの、何が嫌なの？

——やっぱりこれは、今までのお礼？　もう、私はいらないの……？

「リリィの顔を見て、また明日から頑張ろうって、元気をもらえたよ。ありがとう。こんな時間に連れ出すなんて、どうかしてた。そろそろ戻ろう」

ローレンスは早口に言って、湿った空気を散らした。

深夜に訪ねて、高価な指輪を押し付けてきて、リリィから誘っても全然触ってくれなくて、早く別れたがって——いつもと違うことばかりだ。

——もしかしたら、これが、最後なのかも……。

二度と会えない予感に襲われて、リリィは小さく身震いする。

いつだって、リリィは選べない。待つことしかできない。本当は次なんてなくて、一生待ち続けるのかもしれない。

「嫌……嫌よ……一緒にいられる間は、少しでも役に立ちたいの。いっぱい、いっぱい思い出を作っておきたい……っ」

もう一度、キスをした。

すぐに舌を絡めて、また彼の慰めに選ばれることを祈りながら、どうしたら夢中になってもらえるかを必死に考えて、胸元を緩め、ネグリジェを両肩から滑り落とした。胸が、背中が、夜の空気に触れて心許《こころもと》ない。キスが終わらないように精一杯顔を上向けつつ、ローレンスの手を探して剥き出しの胸の膨らみに押し当てると、リリィの膝の上に指輪がこぼれ落ちた。絡めあったローレンスの舌が引きつって唇が離れる。

「っ……、リリィ……」

ローレンスは驚きに目を見開いて、でもリリィの胸に触れたまま、自分の手を見下ろしている。手のひらを重ねると、柔らかい膨らみがひしゃげて、乳首に微かな刺激が走った。

「ぁ……っ……」

「っ……リリィ、駄目だよ、あんまり、僕を困らせないで」

そう言いながら、ローレンスはもう一方の胸を見る。それから視線が、膝の上の指輪と胸の間を彷徨った。

「どうして？　身体、もっと見て……？　私、大人になったでしょ？　いつもは、ローレンスから触って、教えてくれたじゃない」

帰ろう、と言われるのが怖くて、惹きつけるように胸を迫り出す。ローレンスの喉仏が上下して、とうとう胸に視線が固まった。見られているだけでじんと先が痺れて、硬く形を作ってしまうのがわかる。

「でも……こんなところじゃ、……」

昼間の庭小屋と、どう違うというのだろう。

それに今は夜で、周囲は高い生垣が続いているだけの住宅地の裏道だ。誰かに見られる心配もない。

距離を置かれるほど、ローレンスにとっての自分の価値を見失って、リリィは取り乱した。

「私はしてほしいのに……ローレンスはもう、嫌なの？　練習は、必要ない……？」

身体を、練習を求めてくれなくなったら、他にどんな価値が残っているだろう。

何度自分の持ち物を探しても、地位もお金も教養も、彼に相応しいものは何もないとわかるばかりだ。

「ねえ、お願いよ……」

彼の手を、きつく胸に押し当てる。ローレンスの硬い手のひらで、こわばりはじめた乳首が擦れて、湿った吐息が漏れた。

視線が絡みあって、それからやっと彼の手が、恐る恐る膨らみを撫でてきた。躊躇いがちに突起を摘まれて、リリィは素直に身を委ねる。いつも可愛いと言ってくれた声で、必死に媚《こ》びた。

「ぁ、っ……うれしい……気持ちいい、わ……」

「……でも、……リリィ、僕、これ以上君に触れたら……もう、この間みたいに、我慢できないから……」

ローレンスの呼吸は、いつも触ってくれていた時のように荒くなりはじめているのに、胸の上で曖昧な動きを繰り返すばかりで――リリィはとうとう、自らネグリジェの裾を手繰り寄せた。

「どうして？　我慢なんて、必要ないわ。ねぇ……こっちも、みて……」

敏感な場所が空気に晒《さら》されるのと同時に、胸に触れているローレンスの手が再び硬直して――視線が、下腹部に釘《くぎ》付けになった。

「……リリィ……それ、なんで、……」

リリィは顔を真っ赤にして睫毛を伏せる。裾を摘んだ指が震えた。閉じた瞼の向こうでは、薄い茂みがあらわになっているはずだ。

「夏……寝る時は……下着を、つけないから。それより……」

もし二度と会えないかもしれないのなら、これが最後の夜になるのなら、焼け付くほどの羞恥なんて、どうということはない。

引き留めたい一心で、胸に導いた手を、今度は陰部に触れさせせる。びくっと身体が震えて、ローレンスより、自分の方が驚いていたかもしれない。

「ここ……ね……？　もう、濡れちゃって……この間ローレンスに触ってもらってから、毎晩……ほしくて、しょうがないの。おねがいよ……おねがい……」

再び顔を上げると、内に飼う何かを抑え込むように、彼の胸が大きく上下していた。視線が胸から陰部へ流れ落ちて、それからもう一度まっすぐリリィを捉えてくる。

夜の中で暗くぎらぎらと光っている瞳は、いつもと違って怖くて——でもその分精悍で、届かない遠さに焦がれて胸が高鳴る。

「いつも恥ずかしがってばっかりだったのに。リリィから、こんなに望んでくれるなんて……」

リリィの心も身体も幸せも、全てを握っているのに、彼は怯えたようにゆっくりと顔を近付けてきた。

唇に軽く触れて、離れて、また触れる。

湿った吐息が唇にあたって、ぞくっと背骨に沿って痺れが走る。

下唇、上唇と順に食《は》まれて、物足りないと思った時には唇が捩れて、前歯がぶつかりあいながら押し倒されて——たくし上げたスカートの上の指輪が、微かな音を立てて草むらに落ちた。

「ぁあ……っ……」

全てを引きずり出すようなキスの後、指で陰部を撫でながら胸にしゃぶりつかれる。

前より乱暴で性急なのに、再び求めてもらえた幸せに脚の間がまた濡れて、指の滑りをよくしてしまう。次第にくちゅくちゅと水音がしはじめて、恥ずかしさで耳の先がじんと痺れた。

「ほんとに……いいの？　本当にわかってる？　何をするか……」

脚の間に触れながら囁かれる。

——何だっていいわ。これが、最後なら。

——あともう一回、触ってもらえるなら……。

ひとときの幸せが約束された喜びに涙を滲ませ、こくりと頷く。

「嬉しいわ……ぜんぶ、なんでもして……ローレンスの、好きに……」

本当は、何もわかっていなかった。

前と同じようなことをするのだと信じ込んでいた。

自分は練習台なのだから、少なくとも彼自身が不幸になることを——子供ができることをする気はないと。

全てを差し出すように、裾を臍の上まで捲り上げる。ローレンスはすぐに、一番感じてしまう陰核を激しく捏ねてくれて、やっと焦りが掻き消えた。

「あぁあ……っ」

こぼれた蜜が後ろへ流れ落ちて、きゅう、と臍の奥が収縮していく。

「あ……あ……熱い、の……指、もっと……もっと、なか、の……ぁあぁ……！」

ねだっておきながら、すぐに指を差し込まれた驚きに悲鳴を上げる。乾いた指の違和感は、けれど愛しい人の身体の一部だと思うと、あっという間に消え去った。

「もっと……？　リリィ、いやらしくて、可愛い。綺麗だよ……。僕が欲しくてどうなってるか、よく見せて……」

「あっ……！」

一度指を抜くと片脚を抱かれて、腰が斜めに浮き上がり、とろけた恥部が晒されてしまう。すぐさま指を差し込まれて、くぷくぷと音を立てながら出し入れを繰り返された。

「ぁあ……ぁ……は、ぅ……」

「……リリィの中、火傷《やけど》しそうなくらい、熱い……」

更に指をねじ込まれたのがわかった。

少し痛くて、でもローレンスに求められているだけで幸せで、目尻に熱いものが込み上げて止まらない。

見上げた彼の近く——肩に乗せられた自分の爪先の上に、小さな満月が見えた。彼の顔は暗くて、どんな表情をしているのかわからない。内側からぐりぐりと腹部を刺激されるたび、腰が更に浮き上がって、情けない声が漏れる。

「……リリィ……全身で、僕を欲しがってくれてる……わかる？」

「ぁ、う……わかる……わ、……ずっと、ずっと、こうしてたいもの……」

リリィは汗の滲んだ手で、これ以上ないほどきつくネグリジェを握りしめた。

二本の指で、入り口を引き伸ばされる。前とは違う指の動きは、わずかに違和感があって眉を顰めた。彼は何も言わずに息を荒くするばかりで、少しだけ怖い。

だから、千々に輝く星を数えた。

土と草の蒸した匂いがして、きっと明日もいい天気で。

今日と同じ時間に起きて、職場へ行って、働いて、帰ってきて、また休む。

今ここで、ローレンスと何が起きても、リリィの日常は何も変わらない。

支えてくれる父と姉と義兄に、可愛い甥っ子。優しい店主に、職場の同僚。

貧しい子供時代からは想像もつかない幸せな生活だ。だから、これ以上特別な場所に連れていってほしいわけじゃない。

でもつい――ローレンスの存在だけ、夏の約束だけは、永遠を望んでしまいそうになる。

――私、いつからこんな、欲張りになったのかしら……。

――昔は、安全な場所で、お腹いっぱい食べられるだけで幸せだったのに……。

ローレンスが丹念に撫で擦《さす》ってくれたおかげで、痛みはいつの間にか和らいで、また心地よくなりはじめている。

「ローレンス……、私たち、幸せね……」

黒い髪のシルエットが微かに揺れた。彼は何か答えかけたように見えたけれど、何も言わなかった。

当然だと思う。彼は、自分が相手では何も足りないのだ。

ハースの丘で、彼が『本心から今を幸せだと思えない』と言った意味が、今は理解できる。

彼はもっと贅沢な食事を、もっと綺麗な女性を、寝心地のいいベッドを知っているから。

再びローレンスが遠ざかってしまう不安に突き動かされて、リリィはせがんだ。

「ねえ、もっと……好きにして……？　私、なんでもいいのよ、ローレンスなら」

「っ……」

息を呑む音が、確かに聞こえた。

「駄目だよ、ちゃんとリリィにも気持ちよくなってほしいから……ゆっくりしないと」

ローレンスは苦しげに囁きながら、もう一本指を差し込んできた。

苦しさに涙が滲んで、でもまたすぐに、気持ちよくなってしまうお腹の裏側ばかり嬲《なぶ》られて、甘い悲鳴が溢れはじめる。

「あ……っ、ぁ……っ！」

全身が痺れるほどの喜びがせり上がってきて、でも感極まる直前に指が抜かれた。ローレンスはリリィの片脚を下ろすと、ズボンの前を開きはじめる。

「あ……」

ローレンスの手元は、影になっていてよく見えない。またお腹に擦りつけるのだと思ったのに、彼は腰の前に手をやると、飢えて渇いたような黒い目で、リリィの唇を、胸を、濡れた隠部を凝視しながら、上下に動かしはじめた。

少しずつ、ローレンスの呼吸が乱れていく。

それから両脚を大きく広げられ、彼が腰を近付けてきて――指で掻き混ぜられたばかりの秘所に押し当てられた。

「あ……ローレンス……？」

「……リリィ、愛してるよ」

作りごとにしては、泣きたくなるくらい優しい言い方だった。

――よかった……いつもの、私の知ってるローレンスだわ……。

ほっとして、全部を与えてあげたくて、リリィは微笑む。

貧しい時も今も、笑顔だけが、唯一減らない幸せだった。

そして彼も微笑み返してくれた。

指を絡める形で手を握られて、錯覚の愛にくらくらする。

「大丈夫……ゆっくり、入れるからね。ちゃんと我慢する。絶対、中に出さないから……」

意味を問いただすより先に唇が重なった。

それから、たっぷり指で解された膣口に、硬く、大きな塊をねじ込むようにされて、キスの中で、声にならない悲鳴が漏れる。

「ん……っん、……っんぅ、んんっ、……！」

杭《くぃ》の大きさに見合わない小さな膣孔は、引き裂かれる形で、喪失を強制された。

反射的に脚が閉じたけれど、ローレンスの身体を挟んで、逆に引き寄せる形になってしまう。

それでもリリィは、また指を入れられたのだろうと思っていた。

でもおかしい。そんなはずはない。いつの間にか両手をローレンスに握られているし、指よりもずっと太くて苦しい。

「っあ……ぁ……っ……？　ロー、レンス……っ……」

全身に汗が滲んで、呼吸が途切れる。

「リリィ……ごめんね、辛いよね、ごめんね……」

低い声が、何度も慰めを唱えてくれる。彼が微かに動くだけで膣が擦れて痛みが走り、身を捩った。

顔中にキスを受けながら、なんとか視線を腹部へ移動させる。やっぱり暗くて、よく見えない。でも、ローレンスの身体とぴったりとくっついていることだけはわかった。

――どうして？

――だって、これは……。

「っ……これ……ほんとの、夫婦が、する、こと……っ……」

呼吸を震わせながらも、ローレンスがはにかむ。

「そうだよ……リリィはもう……僕と、結婚するって、決まってるから……僕の、僕だけの、お姫様になるんだよ」

　蜜のように甘い言葉だった。

　信じてはいけない、と叫ぶ自分がいる。

　でもどうやっても、偽りには聞こえない。

　愛されてると信じたいから？

　それとも、ローレンスが本当に愛してくれているから――？

「大丈夫？　痛くない……？」

「っ……ぁ……うれしい、……わ……」

　脚の間が苦しくて、息が上手く吸えない。

　でもそれは、心の底から込み上げた言葉だった。

「も、少しで、全部……入るから……。一緒に、幸せに、なれる……」

　頬に、唇に、何度もキスをされた。

　心からの慰めが伝わってきて、少しずつ痛みが癒えていく。

　内側で脈打っているローレンスが、無垢《むく》な隘路をずりずりと押し開き、奥深くまで侵入してくる。

　まだ少し痛いのに――混乱と疼痛《とうつう》を遥《はる》かに上回る多幸感に、リリィは全身を引きつらせながら、全てを迎え入れていた。

「あ……ぁあぁ……」

数え切れないほどのキスに、硬く膨張を続けて押し広げてくる彼の形。

全てを彼のものにしてもらえたような安心と、喪失。

全身がローレンスで満たされて、止めどなく押し寄せてくる幸福の波に飲み込まれる。膣が自然と収縮し、乳首と花芯は硬く張り詰めていた。

「リリィ……僕たち……もう、ほんとに、大人だ……大人がすること、してる」

静かで、優しくて、厳かで——やっぱり、愛しか感じようのないキスだった。

暗くて見えないはずなのに、黒い瞳が、鏡のようにリリィだけを映し出しているのがわかる。

見つめあうだけで、ローズの警告も、植え付けられた不安も、彼から捧《ささ》げられる愛に溶けていった。

年に一度しか会えなかった過去も、また会えるかわからない未来も、身分の違いも——全ての不安が、愚かな囚《とら》われとして消えていく。

——これは、いけないことじゃない……。

——だって私たち、今は確かに、愛しあってるわ……。

もしローレンスの愛が、今この瞬間だけのものだったとしても。

今感じている幸せだけは、誰にも奪えない。誰にも否定できない。

「ローレンス……愛してるわ……」

白い歯を見せて微笑んだ彼に、出会ったばかりの子供の頃の面影を見つけて、リリィも微笑む。

「僕も。愛してる」

キスをした。

それから、言葉はなかった。

たっぷり潤った中で、ローレンスが腰をゆっくりと前後させはじめる。緩慢に動き続ける彼の肩口で、満月と星屑が見え隠れしている。愛する人で満たされた器には、痛みと同じくらい自然に快楽が滑り込んできた。擦られる場所や強さはほとんど関係なく、ただそれがローレンスであるだけで、身体は官能に開いて、溺れるほどの歓喜に満ちていく。リリィの声に甘美な響きが混じりはじめると、ローレンスは少しずつ気遣いを捨てて、欲望の通りに腰を振り立てはじめた。

汗ばんだ肌がぶつかりあって音を立てる。野ざらしのベンチは、庭小屋のものより酷い音がしているはずなのに、リリィ自身もすごい声を上げているのに、彼の情熱的な呼吸の音以外、何も聞こえない。揺さぶられて、頭が落ちそうになるたび引きずり戻されて、続け様に突き立てられて。知り合った頃の頼りない身体つきや、普段の穏やかな口調からは全く想像のつかない、逞しい男性の力に翻弄される。剥き出しの背中と腰が擦れて、でも傷ついているような不安もなく、むしろもっと激しく求めてほしくて、もどかしいくらいだ。

いつからか、一番奥を犯されるたびに、頭の中が白く弾けて、恍惚《こうこつ》に浸るだけになっていた。

乳首を爪で弾かれて、噛まれて、その都度達して、喉が痛むくらい泣き叫び続けている。初めて

知った終わりのない喜びは恐怖に近くて、助けを求めて彼の腕にきつく爪を立てた時、ローレンスが慌ただしく去っていった。

臍の下に熱い飛沫《しぶき》を感じて、息も整わないうちにキスを受ける。

彼が去ってしまったお腹の中が、酷く寂しい。

暑さで濁った、池の水の匂い。

ベンチから落ちた足は、茂った草でくすぐられていて。

頭も半分、落ちかけていた。

満月が空に滲んで溶けている。影になっていて、やっぱり彼の表情は見えない。

いつまでも聞いていたい低い声が、子守唄のように「愛してるよ」と何度も何度も囁いてくれている。

「リリィ……ごめんね、少し、我慢して……」

どうして謝るんだろうと思った時には、まだ開いている膣口に指を差し込まれていた。

散々擦られた膣壁をぐるりと撫でられて、何度も掻き出す形で前後する。愛してくれる時とは違う、淡々とした動きが少し怖い。指の何倍もの太さを受け入れていたのに、性器をねじ込まれた時より痛い気がして、唇を噛んでじっと耐えた。

月明かりを頼りに、ローレンスは怖いくらい真剣な目つきでリリィの恥部を、掻き出した指を検分して、やっと安心を得たように長息した。

「よかった……大丈夫。中には出してないから、子供はできないはず……」

それで、感じていた愛は、今限りだったのだとわかった。

永遠に続くかと思われた幸せが、あっという間に夏の空気に溶けていく。

わかっていたのに泣きそうなのは、どうしてだろう。

「そう……よかった、わ……」

ローレンスの望み通りに振る舞いたくて、なんとか口元で笑みを形作ると、彼は微笑み返し、精液で汚れたリリィの腹部をハンカチで拭いながら、練習の成果を尋ねてきた。

「身体、辛くなかった？　ごめんね、リリィが感じてくれてるってわかったら、つい夢中になっちゃって……。僕、上手くできたかな……」

「……もちろんよ。すごく、……すごく、素敵だったわ。幸せ、だった……」

キスの時も、胸に触られた時も、上手く、気持ちよくできているか聞かれたことを思い出す。

だからやっぱり――はじめから、練習だったのだろう。

だらしなく開いたままになっていた脚をそっと閉じると、腰が痛んだ。ネグリジェの裾を下ろして、違和感の残る陰部を隠す。

欲しい物を我慢することには慣れている。

ひもじさを耐える以上に辛いことなんてない。

そして、もう大人だ。

自分の決断に責任を持って、愛した人の幸せを、正しく望むことくらいできる。

それでも、胸が抉《えぐ》られるような寂しさだけは消えなかった。

手の甲で目を擦ると、

「やっぱり痛かった？　瞼が腫れちゃうよ」

と手を握られて、涙に濡れた目尻を舐め取られる。「ローレンス、大好きよ」と伝えると、花を摘む時よりもずっと優しく抱き起こされて、広い胸の中に閉じ込められた。

「今は無理だけど……結婚したら、いっぱい子供を作ろう。リリィは、何人欲しい？　男の子がいい？　女の子？」

穏やかな声だ。もう、落ち込んでいた彼はいない。役目を果たせたことにほっとした。目を閉じて、一緒に儚《はかな》い作りごとを夢見る。

「私は……何人でも、どっちだっていいわ。こうやって一緒にいられたら、それだけで……」

理想の答えだったのか、抱擁が、いっそう確かなものになった。

「僕だってそうだよ。でも……一人目は女の子がいいなぁ。きっと、リリィみたいに可愛い子だよ。ただ世継ぎには、男の子も必要だから……」

彼は、無邪気に夢を語り続けてくれた。

リリィはローレンスの背中に両手を回し、肩に顔を埋める。この先いつでも思い出せるように、手のひらで背中の厚みを、肩の広さを確かめる。

ぬるい風が吹き抜けて、涙の跡を乾かしてくれた。

月に雲が流れて、暗闇が二人を覆う。

それは、全ての終わりのようだった。

「来年も……会いにきてくれるのよね？」

顔を上げ、ローレンスの傷ついた表情を見て、リリィはこれが最後なのだと確信し、質問したことを後悔した。

「いつも待たせて……不安にさせてごめん。明日から、もっと頑張るよ。もうリリィの前で、絶対に弱音は吐かない」

彼は手を取って、指先に口付けてくれた。それは別れの挨拶のように思われた。

それから落ちた指輪を拾って、リリィの指に嵌めた。もう、突き返す力も残っていなかった。

「リリィの欲しい物とは違ったかもしれないけど……僕の気持ちだと思って受け取って。何か困ったらお金に換えてもいいし、好きにしてくれていいから」

「……ありがとう。さっきはごめんなさい。せっかく買ってきてくれたのに、いらないなんて言っちゃって……」

指に絡んだ証は冷たくて、少し緩い。

再び抱きしめられた腕の中で、リリィは声を押し殺して泣いた。

空が白みはじめるまで、ローレンスはずっとリリィの肩を、腰を撫でて、どれだけ愛しているかということと、夢のような新しい生活を語ってくれた。

都合のよすぎる甘い囁きを聞きながら、身体を繋いだ先に、まだ練習すべきことが残っているだろうかと必死に探した。

やっぱり、今日ほど幸せな夜は、二度と訪れない気がした。


変化に気付いたのは、ローレンスが国へ帰って、しばらくしてからのことだった。

予定の時期を過ぎても、月のものが来ないのだ。

けれど深く気に留めなかった。仕事を始めたばかりで疲れていた頃にも同じことがあったから、しばらく待てばくるだろう、とのんびり構えていた。

だから秋の終わり——年に一度、姉と義兄が祝ってくれる特別な日の夜も、リリィは自分の変化に気付かないふりをしていた。

「お誕生日おめでとう。もうリリィも大人ね。立派に育ってくれて嬉しいわ。この間久々にドプナーさんにお会いしたら、あなたの仕事、すごく褒めてくれていたわよ」

「感慨深いものだな。出会った頃と比べると、ずいぶんと背が伸びて……」

姉夫婦からの祝福に、リリィは控えめに微笑む。

目の前には、姉と使用人が作ってくれた夕食が並んでいる。

子供の頃から大好きな鶏肉《とりにく》のシチューに、子羊のカツレツ、焼きたてのパン、新鮮なサラダやフルーツ。

この屋敷で暮らしはじめる前、誕生日は嫌な日だった。苦労している姉から『祝ってあげられなくてごめんね』と謝られて、いつも以上に無力さを感じるしかなかったから。それが今は、年に一度の楽しみに変わっていた。なのに。

「ありがとう、……」

微笑んでみても、スプーンを持つ手が重い。シチューを少し口に含むだけで精一杯だった。テーブルの向かいに座った姉が、心配そうに顔を覗き込んでくる。

「リリィ……食欲がないの？　最近毎日帰りが遅いけど、お仕事、無理をしているんじゃない？」

「ううん、まだまだ覚えることがいっぱいで楽しいわ。今日は常連のお客様から差し入れをいただいて、休憩時間に皆で食べたから……お腹いっぱいみたいなの。ごめんなさい」

差し入れがあったのは本当だ。でも実際は、それもほとんど口にしていなかった。

「そう……じゃあデザートにしましょうか。久々にケーキを焼いたのよ」

姉が使用人に視線を送った。斜向かいに座った義兄がワイングラスを片手に、何やら話しかけてくる。大事な話のようなのに、気分が悪くて頭の中に入ってこない。目の前に、切り分けられたケーキが置かれた。昔、時々姉が作ってくれた大好きなクリームパイ。どうしてか吐き気が込み上げてきて、リリィは青褪めながら立ち上がった。

「っ……、ごめんなさい。やっぱりもう寝るわ、お姉ちゃんの言う通り、疲れてるのかも……明日も早いし」

呼び止める姉の声に胸が痛みつつ、階段を駆け上がって自室に戻る。そのままドアの前にしゃがみ込み、口元を押さえて呼吸を数えた。

ほとんど食べていないのに、どうして戻しそうなのだろう。ここのところ、ずっとそうだ。落ち着くまで待ってから、窓を開けて夜の冷気を吸い込んだ。

裏庭の影の中にローレンスを探してしまう自分が怖くて、何度か深呼吸してすぐに窓を閉める。暗い中で、ドアの横にまとめた荷物の影を見つけて、ようやく緊張が解けてきた。

ローレンスが去った後、リリィは姉に、一人暮らしの計画を打ち明けた。

戸惑う姉を見て申し訳なく思ったけれど、この屋敷で義兄の世話になっている限り、どんなに努力を重ねても、本当に自立した大人にはなれない気がしたのだ。

国を背負うという、常人には想像し得ないプレッシャーを抱えているローレンスと比べたら、一人暮らしなんて苦労とは言えないだろう。それでも、自分にできる努力をして、少しでも彼と近い景色を見ていたい。

とはいえ説得には時間がかかった。貯金をしていることや、引っ越し先は比較的治安の良い地区であることを伝え、最後に『苦労をかけたから、好きなことをさせてやりたい』と言ってくれた父を味方につけて、ようやく姉夫婦の許しを得ることができたのだ。

「リリィ、少し構わないか」

ドアの外から、義理の兄、エーギルの声が聞こえた。迎え入れると、彼は「何だ、真っ暗じゃないか」と言って、手にしていた燭台《しょくだい》から机の上の蝋燭に火を移してくれる。

「大丈夫か？　顔色が悪いみたいだ」

「ええ……平気です。お姉ちゃんが言った通り、働きすぎて少し疲れてるのかも。……さっきはごめんなさい。せっかく、お祝いの席を用意してくださったのに」

義兄は背が高く、間近で見下ろされると威圧感がある。昔は姉を虐めているのではと思っていたけれど、ローレンスと身体を繋いだ今は、愛ゆえの行為だったと知っているし、身分違いの稀有《けう》な幸せを手に入れた二人が眩しかった。

「そんなことは気にするな。私たちの配慮が足りなかったんだ。お前が休みの日に祝うべきだった」

エーギルはドア横の荷物を見て、小さく息を吐いた。

「さっき話しかけたことだが……。リリィがここを出ていく前に、伝えておきたいことがあってな」

いつも堂々としている義兄が、なにやら落ち着かない様子で視線を彷徨わせる。そして、「おかしなことを言うと思われるかもしれないが」と微笑んで続けた。

「一緒に暮らしはじめて、この五年……お前のことは、自分の子供同然に思ってきた。四年前、ティアナとの間に息子を授かってから、より強くそう思うようになったんだ」

リリィは面食らって、エーギルの顔をしげしげと見上げた。

無口で、決して愛想がいいとは言えない義兄が、これほどはっきりと愛情を伝えてくれたのは初めてのことだった。もちろん、言葉はなくとも大切にされているとわかってはいたけれど、改めて聞くと込み上げるものがある。

「嬉しいです。本当にお世話になりました。贅沢な服も食事も、望んだものは何でも与えてくださって。家庭教師や沢山の本、それに旅行まで……。今日までの全てに感謝してます」

「そんな余所余所しいことを言うな。約束してくれ。この先、いつでも頼ってほしい。暮らす場所が離れても、何も変わらない。私たちは家族だ」

リリィは深く頷いて、静かに義兄と抱きあった。

「すぐ近くに居を移すだけだとわかっていても、寂しくなるな」

「しょっちゅう遊びに来ますから」

「ああ。息子も喜ぶだろう」

身体を離すと、義兄は「疲れているところを悪かった。よく休んで、明日はティアナに元気な顔を見せてやってくれ」と頭を撫でて、部屋を出ていった。

彼に子供扱いをされても心地よく思えるのは、彼が我が子だと思ってくれているのと同様に、リリィもまた、もう一人の父親のように感じているからかもしれない。

頭を撫でられた感触でまたローレンスを思い出してしまい、最後に荷物に詰め込む予定の――

ベッドの下に隠した木箱を取り出した。

中には、今まで受け取ったローレンスからの手紙が入っている。どれも何度も読んでいるせいで、紙がくたくたになっていた。

身体を繋げた直後、ローレンスは本国から父親の病状が悪化したという報《しら》せを受けて、慌ただしく帰国した――らしい。

というのは、庭師からそう聞いたからだ。

ローレンスは彼を通して、『向こうから手紙を送る』と言付けを残してくれたけれど、あの特別な夜以降、リリィが何度手紙を送っても返事はなかった。だからこの手紙の束は全て、今年再会する前に受け取ったものだ。

――すごく疲れた顔をしていたし、きっと大変なのよ。

――それに、お父様の具合も、相当酷いのかも……。

ずっとそう信じているけれど、不安は日に日に増していく。

もしかしたら、ローズとの結婚が近いのかもしれないと思う。

でなければ、夏の間にしたどの練習も、まだ必要なかったはずだ。

手紙の箱の隅に、指輪が光っている。やはりこれは練習の対価だったのだろうか。もしローレンスが幸せに暮らしているのなら、しつこく迫って迷惑をかけたくない。だから返事が来ない限り、これ以上、一方的な手紙は送らないと決めていた。

暗い部屋の中で、昔届いた手紙の『愛してるよ』という文字を繰り返し辿って不安を慰める。

また具合が悪くなってきて、手紙を箱にしまった。

着替える気力もなく、蝋燭を消し、ベッドに横たわって、うっすらと月の透けるカーテンを眺める。

もう一度窓を開けたらローレンスがいて、あの夏の夜をやり直すことを、いつも想像する。

でも何度想像しても――彼の気持ちが自分にないとしても、『身体を触って』とせがむ自分しか浮かばなかった。

だって、確かにあの夜、繋がっていた間は、全身で愛しあっていると感じられたのだ。

そして、そんな想像の後は決まって、恐ろしい言葉が頭を掠める。

『子供だけは作らないで。身籠ったらすぐに堕ろしなさい。平民との間に私生児を作ったなんて噂が広まったら、ローレンス様は一生、領民に汚点を囁かれて、揶揄されるのよ。彼を苦しめたくないでしょ？』

強い風が吹きつけて、窓枠が軋んだ音を立てた。

それはローレンスからの合図のようで、今すぐ裏庭に駆け下りて抱きついて、どうすればいいのと泣いて、謝って、助けを乞いたくなる。

彼は、『子供はできないはず』と言っていた。

『大丈夫』と、安堵している様子だった。

こんなこと、望んでいるわけがない。

恐る恐る、腹部を撫でる。

違和感は日に日に増していくばかりだ。

「……そんなわけないわ……赤ちゃんなんて、そんなの……ローレンスは望んでないもの……」

彼が隣にいてくれて、大丈夫だよと手を握ってくれたら——この事実を受け入れて許してくれたら、どんなにいいだろう。

けれどリリィの願いとは裏腹に、その後もローレンスから一切連絡はなかった。

腹部の膨らみは日増しに成長していき、引っ越しを目前に控えた年明けのある日、とうとう姉に気付かれてしまった。

「一体何があったの？　父親は誰？　どうして言えないの？　もしかして、乱暴されたの——？」

そう言って泣き崩れる姉に、けれどリリィは何も答えられなかった。

ローレンスの立場を考えるほど、彼のことは一生打ち明けてはいけないと思ったし、リリィ自身、まだ現実を受け止めきれず、不安でいっぱいだったのだ。

万が一、大国を治める次期公爵の子供だと世間に露顕したら、ローレンスだけでなく、義兄が騎士として築き上げてきた地位や名誉まで汚すことになるだろう。それは、身分違いの結婚をした姉が一番恐れていることで、二人の幸せを壊すなんて、絶対にできなかった。

結局、屋敷を出る夢は叶わなかった。

姉は「もう事情は聞かないわ。何も言えないあなたの方が辛いわよね」と気遣って、日々明るく接し、身の回りの世話をしてくれた。

ただ、隠し通す苦しさに耐えきれず、初めて医師の診察を受けた時、父親がいない不安を口にしたことがある。でも、

「もう堕胎は難しいし、危険です。まずは無事に出産を終えることに専念して、それから親戚に預けるなり、里親を探すなり、手段を考えた方がいいでしょう」

と、当然のように手放す方法をいくつか教えられて――リリィはその助言を、全く理解できなかった。

なぜならどんなに悩んでも、ほんの一瞬も、産み育てる以外の選択肢を考えたことはなかったのだ。

それでやっと、不安の一番の正体は、子供の存在や出産そのものではなく、父親の正体が明るみになり、ローレンスに迷惑をかけてしまうことだけだと気がついた。

――私はこの子を、どんな苦労をしても産み育てたいと思ってる……。

それがわかった途端、不安が凪《な》いだ。

現実を冷静に受け止めてから一番はじめに考えたのは、子供を笑顔で迎えられるよう、けじめをつけるべきだということだった。指輪一つのために生まれてきた子だなんて思いたくない。

だから、迷惑かもしれないと躊躇いつつ、彼が罪悪感を覚えずに済むような短い別れの言葉を添

えて、指輪を送り返した。

そしてその手紙にも、返事はなかった。

リリィは、行き場を失った愛を母親としての慈愛に変えていき、ローレンスのいない、次の人生を考えはじめた。

無事に出産を終えて落ち着いたら、今度こそ屋敷を出て、自分の力で育ててみたい。

だから出産前に仕事を休んでいる間も、腕が鈍《なま》らないように産着を作ったり、針仕事の練習をして過ごした。

それから子供の名前を考えた。

ローレンスの屋敷の庭にあったオリーブの木から名前を取って、オリヴィアと名付けた。

彼がそう望んでくれたから、女の子に違いないと思った。

抱いてくれた時に感じた愛だけは、永遠だと信じたかった。

◆◆◆

「結婚を取りやめるですって!?」

甲高い声が、蝋燭の炎を揺らした。

エヴァーツ城の上階にある執務室で、紫色のイブニングドレスに身を包んだローズが怒りに肩を震わせている。

「何を考えていらっしゃるの!?　そんなの、誰も認めないわ！」

「……でももう決めたんだ。父には話していないけど、君には先に伝えておくべきだと……」

夏が終わって国へ戻ったローレンスは、溜《た》まっていた実務を一掃し、予定されていた会談を終えるとすぐ、居館に滞在中のローズを自室に呼び寄せた。そしてリリィに指輪を渡して誓った後、真っ先に心に決めたことを打ち明けた。

長らく病に伏せがちだった父は、ローレンスが城を離れていた間に更に痩せ衰えており、体調に障りそうなことはとても伝えられなかった。

もちろん、父の後ろ盾がなければ、庶民との結婚など誰も認めないとわかっている。でももう迷いはない。今すぐにリリィと結婚することは無理でも、ローズにだけは腹積もりを伝えておくことが、せめてもの誠意だと考えたのだ。

「公妃がお亡くなりになって、公爵が倒れられて……ローレンス様が慣れない仕事で手一杯だって仰《おっしゃ》るから、婚姻を待っていたのよ。なのに今になってそんな話、到底受け入れられないわ！」

ローズが叫んで、向かいのソファーから身を乗り出す。

「本当に申し訳ないと思っている。でも僕たちは……こうして共に時間を過ごしてきたのに、支えあう関係とは程遠い。お互い、これっぽっちも男女の愛情のない関係だ……そうだろう？」

テーブルの上の紅茶は冷めきっている。ローレンスは、口をつけていないティーカップを見つめ続けた。リリィと出会う前、本気で愛そうと努力した女性の醜い顔は見たくなかったから。詰《なじ》られる覚悟はしている。簡単に受け入れてもらえるわけはなく、この先何度も誠心誠意訴えていくしかないということも。

けれど、ローズは大したことではないとでも言いたげに鼻を鳴らした。

「愛情より、結婚の話よ。私とは、跡継ぎのことだけ考えてくださればいいの。だって結婚の目的は子供でしょう？」

「なんて言い方をするんだ……僕はそんな、君を道具のように扱いたいわけじゃない」

「ローレンス様がどう思っていようと、この近辺では、私の家が一番貴方《あなた》に――いいえ、リルバーン公国に相応しいわ。人脈や財政に貢献できる私なら、誰もが納得して、祝福してくれるもの」

ふっくらと色付いた唇が、笑みをつくる。その形はよく知っていた。ずっとこの微笑みを頼りに、彼女の心根の優しさを信じてきたのだから。

でも今は、彼女に対する認識を改めつつある。

ここ最近のローズは、頻繁に服や宝石をねだり、贅を尽くしたパーティーを開くことに耽溺《たんでき》していて、とても領民の幸せを考えているとは思えない。

「そういえば、今日の会談――すんなりと、ローレンス様の意見が通ったのではなくて？」

彼女の口から政治の話題が出たことに驚きつつ、思い返す。確かに、不気味なほど円滑に話が進んで、何か裏があるのではないかと勘ぐったくらいだった。

「……まさか、君が何かしたのか？」

「嫌だわ、そんな言い方。未来の妻として、少し気を利かせただけですわ」

ローズは作りごとめいた仕草で、小さく首を傾げた。

「ローレンス様も、彼はお金で動く人だと臣下から助言を受けていらしたでしょう？　私、リルバーン公国のためなら……ローレンス様の妻として相応しいことなら、何だってしますわ」

「君にそんなことは望んでいない……！　僕は、僕が思う正しいやり方で、国を守りたいんだ」

自分の仕事を汚されて、ローレンスは嫌悪を覚えた。これまで彼女を好きになろうとしてきた努力まで侮辱されたようで、怒りすら湧いてくる。ローズは、ふっと鼻で笑った。

「私、ローレンス様のそういったところを、とても愛しく思ってますの。いつだって、誰もが頷かざるを得ない正しいことを仰って……。だから私が陰で、人に言えない仕事をしてお支えしますわ。そうしたら、ローレンス様は何も変わらず、品行方正な顔をしていられるでしょう？　子供みたいに、純粋に……。この世に存在しない純粋な愛だって、いくらでも信じていればいいわ」

昔は可憐《かれん》に思っていた、透き通るような翠《みどり》色の瞳の奥に、知らない暗闇が揺らめいている。

「君はいつからそんな……いや、なぜそんなに僕に固執するんだ？　だって君には――他に愛する男がいるんだろう？」

切り札のつもりで、でも躊躇いつつ口にすると、ローズの瞳が寂しげに瞬いた。その瞬間ローレンスは、彼女の恋が終わったことを察した。

「ローズ……君は綺麗だよ。僕に執着しなくたって、君を妻に迎えたい男は山といる。自分でもわかっているだろう？　この間の舞踏会だって、沢山誘いを――」

「……関係ないわ。どの男も、どうせ今だけ。口先だけよ。それなら私は、公爵夫人になりたいの」

「まさか、僕が将来父と同じ爵位を賜るから？　だから僕なのか？」

青褪めながら問い返すと、ローズは『今更何を当たり前のことを』とでも言いたげに肩を竦める。

「そうよ。お金と名誉は、亡くなった母のように、私を置いていったりしないもの。息子を望んでいて、私を邪険に扱った父だって、きっと私の価値を認めてくれるわ」

「ローズ……」

彼女の過去や周囲の思惑は誰もが知るところだったけれど、彼女の口から聞くのは初めてだった。精緻に整った顔の奥に心の傷を見て、ローレンスは自分にできることがあっただろうかと振り返ったが、何も見つからない。彼女は言葉も気遣いも、何も受け取ってくれなかった。目に見える〝物〟以外は。

「どんなに愛を囁いてくれたって、都合が悪くなったら、いつかいなくなるのよ」

窓の外は、すでに日が落ちている。蝋燭をいくつか灯しただけの薄暗い部屋の中、ローズは優雅に、冷えた紅茶を啜った。

「でもローレンス様の妻になれば、少なくとも領民は、私のことを忘れたりしないわ。世継ぎを産めば、私も子供も、沢山の人から愛されるの」

――リリィと出会う前、僕は本当に君を愛そうと努力したんだ。それを拒んだのは君自身だって、わかっているの？

――それに、僕は君と結婚しなくても、君の救われない寂しさを忘れたりなんてしない……。妹のように思う気持ちは、今も変わらないのに。

昏《くら》く輝くローズの双眸《そうぼう》に、底知れない孤独と、病にも似た執着が張り付いているのを見て、ローレンスは言葉を呑み込んだ。きっと何を言っても、彼女の心には届かないから。

この日以降、何度も対話の場を設けたものの、話は平行線だった。

その間にも、父の体調は日に日に悪化していく。

父に仕事を認められた暁に、リリィを紹介して、祝福してもらう。そうすれば、リリィが身分違いを後ろ暗く思わずに済むはずだった。けれど、それももう叶わないことなのかもしれない。

ローズや家臣、領民の感情に配慮していたら、いつまでたってもリリィを迎えにいけない。一番大切な彼女を待たせて、辛く寂しい思いをさせてばかりだ。

それでローレンスは、この一年努力を続けて、ローズを説得できなくても――どんな状況であっても、来年の夏は必ずリリィを連れて帰ると決意を固めた。

これ以上、君を待たせたくない。

だから、そのつもりで準備をしておいてほしい。

そんな手紙を何度も送った。

でもどうしてか、リリィから一度も返事はなかった。

働いていると言っていたし、忙しいのかもしれない。そう自分に言い聞かせつつ、不安と心配が高まってゆく。

――他の男に取られたのだろうか。

――病気や、事故にでも遭ったのだろうか。

いてもたってもいられず、リリィに会いに行くため、予定していた会談の延期を申し出た年の瀬のある日――父が危篤に陥った。

医師からは「この冬を乗り越えられるかどうか」と伝えられ、滅多に弱音を吐かない父が、「妻に会いたい」と淋しげに呟くのを聞いて、ローレンスは覚悟した。

とても帝都へ長旅に出ることなどできないまま、医師の見立て通り、年が明けてすぐに父は息を引き取った。

葬儀の後は、平時の仕事に加え、弔問に訪れる要人の対応に忙殺されて、父の死を悲しむ暇もなかった。

責務に追われて身動きが取れずにいると、帝都から正式に爵位を授与する旨の召喚状と――ようやく、リリィからの返事が届いた。

彼女の手紙は、いつも封筒にローレンスの名前が書かれていたのに、珍しく真《ま》っ新《さら》だった。

だからそれが彼女からのものだとわかったのは、封を切って、彼女に渡した指輪がこぼれ落ちた瞬間だ。

いつも日常の喜びを何枚も綴ってくれるのに、折り畳まれた便箋はたった一枚だけだ。嫌な予感に、手紙を開く指が震えた。


ローレンスが気にしていた通り、本当は、以前からお付き合いしている方がいます。

今度、その方と結婚することになりました。

ずっと嘘をついていてごめんなさい。

ローレンスなら、きっと立派な領主様になれるわ。

私も少しは、そのための役に立てていたらいいんだけど……。

夏の間、私を選んでくれて、本当にありがとう。

さようなら。


理解が及ばず、何度も読み返した。

他の意味が隠れていることを祈ったし、自分の間違いを探した。

でもわかったのは、今すぐ、リリィに会う必要があるということだけだった。

真冬の雨は、肌を突き刺すように冷たかった。

先が白く烟《けぶ》るほどの豪雨の中、帝都の屋敷に着いたのは夕刻のことだ。旅の疲れなど気にも留まらなかったし、身なりを整える時間も惜しい。約束を取り付ける余裕すらなく、無礼を承知で、リリィが暮らす屋敷を訪ねた。

現れた使用人は警戒した顔つきで、全身雨に濡れて青褪めたローレンスと、後ろに立つ護衛を一瞥《いちべつ》した。屋敷の主人に会いたいと伝えると、しばらく待たされた後、中に通された。

不気味なほど静まり返った広間に、激しい雨音が染みている。護衛をエントランスで待たせて案内された応接間へ進む。どの調度品も装飾は控え目で、質実な空気が満ちており、それは屋敷の主である騎士の性質を現しているようだった。

調査報告通りなら、リリィは姉の結婚相手の庇護下《ひごか》にあり、今もこの屋敷で暮らしているはずだ。

――もう隠れて会うことはしたくない。

――僕は覚悟を決めているし、後ろめたいこともないんだ。

――正々堂々と名乗って、今までの経緯をつまびらかに説明して、リリィと話がしたいと頼めばいい。

外の雨音に集中して緊張を宥めていると、ようやく屋敷の主、帝国騎士団総長のエーギル・レイフ・ヘルグレーンが現れた。

突然の訪問にもかかわらず驚いた様子がないのは、夏の会議で何度も顔を合わせ、意見を交わしたことがあるからだろうか。

彼は貴族たちの間で無愛想な男だと噂されていたが、ローレンスは、作りごとやお為ごかしのない態度に好感を抱いていた。建前よりも、本質を見る人だ。それに彼も身分違いの結婚をしているのだから、いかにリリィを大切に想っているか真摯に打ち明ければ、きっと理解を得られるはずだという期待があった。

けれど騎士はソファーから立ち上がったローレンスを一瞥するなり、

「一体、何をしに来た」

と威嚇してきた。

これにはローレンスも面食らった。爵位の授与を目前に控えたローレンスと騎士総長の彼の間に、立場の上下はない。場の空気を和らげねばと、穏やかな表情を心がけて騎士に歩み寄り、冷え切った右手を差し出す。

「突然の訪問をお許しください。不躾《ぶしつけ》かと存じましたが――」

「やはり、貴様だったのか」

彼は握手に応えるどころか、挨拶を遮った。あまりに無礼な態度に、ローレンスは眉を寄せる。

「一体、何の話で……」

「とぼけるな！」

怒りをあらわに吠《ほ》えられてたじろぐと、その反応がまた癇《かん》に障ったらしく、蒼《あお》い瞳がすっと細まった。

「義妹《いもうと》を――リリィを、慰み者にしただろう」

空が白く光った。

彫像のように整った騎士の顔に、濃い陰影が刻まれる。遅れて雷鳴が轟《とどろ》き、雨音が滝さながらに激しくなった。

ローレンスはしばらく、呼吸すら忘れて――言われた意味を理解しようとした。

騎士は硬直したローレンスを鋭く見据えたまま、双眸を更に細める。

「義妹がヴァレリー家の屋敷の庭師に手紙を届けに行ったと報告を受けて、嫌な予感はしていたが……よりによって、貴様だったとは」

鎌をかけられたことに気付いて、ローレンスは慌てて首を横に振った。

「待って――待ってください。貴殿は何か誤解をしていらっしゃる。確かに私がここを訪ねたのは彼女のことですが、まずは話を……」

舌が乾いてもつれた。男が全身から発している憤怒で空気がぴりつき、リリィをいかに大切にしているかが伝わってくる。だからこそ本気を証明して理解を得たかったのに、エーギルは嫌悪を剥き出しに吐き捨てた。

「お前の言い分などどうでもいい。あの子を見ていれば、事情はわかる」

「よかった……リリィはここにいるんですね。お願いです、彼女に会わせてください。そうすれば誤解があるとわかるはずです」

「誤解だと？　お前のせいで義父はやつれて、妻も毎晩自分を責めて――だから人を雇って調べさせたんだ。せめてリリィを傷つけた相手がわかれば、少しは気持ちの整理もつくだろうと」

騎士は、獣を見る目でローレンスを見下ろした。

夕刻にもかかわらず、雨雲のせいで室内は薄暗い。

冷たい空気は、肌にべったりと絡みつくような湿気を帯びている。

「昨年の連邦会議で、陛下はお前を気骨のある若者だと仰って、地方の改革に一役買ってくれるのではと楽しみにしていらしたが――とんだ見込み違いだったな」

「……皇帝陛下が？　私のことを？」

ローレンスは面食らった。昨年、古参の参列者に青臭い意見だと嘲られたのに、まさかそんな評価を受けていたなんて、にわかに信じられない。

「だが完全に騙されていたようだ。城のお偉方の前では人一倍熱心に正義を語っていた男が、外では平民の娘を誑《たぶら》かしていたんだからな」

「いいえ、違います！　リリィから何をどう聞いたのかはわかりませんが、私は真剣にリリィと

「……っ……！」

襟首を掴まれて息が詰まった。剣術を嗜んで鍛えてはいるが、騎士の力には到底敵《かな》わない。

「軽々しく、あの子の名前を呼ぶな」

鼻先で低く凄《すご》まれ、突き飛ばされて噎《む》せ返《かえ》る。

再び数度、空が光った。遠くで雷鳴が続いている。

「しっかりした聡《さと》い子だからと自由にさせていたが……私も愚かだった。我が子同然のあの子を守れなかった自分を、一生許せそうにない」

静かな独白は、罵声よりも激しい憤りを孕《はら》んでいてローレンスを動揺させた。

別れの手紙が脳裏を掠める。

あれは彼女の本心だったのだろうか。

でも身体を繋いだ夜、誘ってきたのはリリィの方だ。

ただ――よく思い返してみれば、深く愛しあった直後、彼女は少し動揺している様子だった。

――もしかして、僕が貴族だから、本当はずっと他に想う相手がいたのに、断れなかった？

――落ち込んでいる僕を放っておけず、気遣ってくれていただけ……？

リリィは純真だ。

摘んだ花を、持ち帰ることを躊躇うくらい。

ローレンスを心配して、屋敷まで送ると言ってくれた。役に立ちたいとも。情けなく泣いている自分を精一杯励まして、褒めてくれて。

でも。

指輪はいらないと、はっきり断られた。

「……違います……僕たちは……、僕はちゃんと、彼女に将来を誓って……」

「誓う？　欲望のままに弄んでおいて？　無責任なままごと遊びはさぞ楽しかっただろうな」

「っ……違うッ！」

込み上げた怒りのまま全力で騎士の襟元を掴んだが、男は微動だにせず、むしろローレンスの方がよろめいた。

「本当に愛しているんです！　そうだ、あなただって知っているでしょう！　会議の後の食事会で、あれだけフリーゼ村の所有権を主張し続けたのは、リリィの生まれ故郷だからで、」

「違うな。今後の自分の立場を憂いてのことだろう？　恩着せがましい自己満足だ」

「っ……、何を言っても聞く耳を持っていただけないんですね。とにかくリリィと話をさせてください！　彼女を呼んでいただけないなら――リリィ！　いるんだろう!?」

騎士の襟を離し、声を張り上げてリリィを探そうとすると、エーギルが動いた。

「うぐ、っ……！」

再び、今度は背後からコートごと襟を掴まれて喉が詰まる。同じ人間とは思えない剛力で後ろに引っ張られたかと思うと、そのまま絨毯《じゅうたん》の上に投げ飛ばされ、腰を打ち付けてもんどり打った。

「つう……げほっげほっ、っ……！」

床に丸まり、情けなく喉を押さえて咳き込むと、刃《やいば》のように冷たい眼で見下ろされる。

「俺を甘く見るなよ。一国の領主だろうが、容赦しない。またあの子に近付く素振りを見せたら――お前を殺して、罪を負ってでもあの子を守るつもりだ」

「っ……」

凍《い》てついた眼に本気を見て、本能的に床の上を後ずさった時。

エーギルの背後の扉が開き、一人の女性が現れた。

ずっと焦がれていた、赤い髪に、青灰色の瞳。

一瞬リリィかと錯覚して上半身を起こしたが、女性の髪はまっすぐで、ウェーブがかかっているリリィとは違うし、ずいぶんと落ち着いた印象で、年齢も離れている。それで彼女の姉だと気付いた。

「ティアナ。来るなと言っただろう。お前がこんな男の相手をする必要はない」

この方なのね――そう囁いた彼女の顔は蒼白《そうはく》だった。夫の隣に寄り添うと、震える声で、けれど毅然《きぜん》と言った。

「お願いです。どうかお引き取りください。妹は――リリィは、あなたを忘れたがっているんです」

それは怒りにも悲しみにも、諦めにも聞こえた。感情を押し殺して紡がれた言葉は、圧倒的な真実を帯びている。

「それは……彼女が……リリィが、そう言ったんですか」

「あの子は……あなたの名前を口にするのもおぞましいのよ。毎日、私たちに隠れて泣いて……やっと……やっとこの数日、少し笑顔を見せてくれるようになったのに、今あなたに会ったら、また……」

リリィの姉は、両手で顔を覆った。啜り泣きが、雨音に掻き消える。

「辛いのは、あの子自身なのに。全部一人で抱えて、何度も私に謝って……」

「ティアナ、お前はリリィが降りてこないよう、上で相手をしてやってくれ。俺が話をつける」

エーギルは妻の肩を抱き寄せ、耳元で囁いた。彼女は濡れた頬を拭い、怯えの滲んだ瞳でローレンスを見下ろすと、

「お願いです。妹をこれ以上傷つけないで。本当に妹のことを想っているのなら、全て忘れてください……それがあの子の望みだから」

と言い残して、部屋を去っていった。

しばらく、雨音だけが続いた。

よろめきながら立ち上がり、何度も息を吸って、口を開いて——でも何も言葉にならなかった。

「わかったか？　私の大切な家族を、これ以上壊さないでくれ。それとも——」

騎士は、暖炉の上の装飾用の剣を手に取ると、抜き身の切っ先を喉元に突きつけてきた。

「もう一度掴みかかってくるか？　それもいい。今度こそ、八つ裂きにする理由ができる」

「っ……！」

皮膚がぷつりと破けて、首筋に、血の温かい感触が伝っていく。

「最後の警告だ。二度とこの屋敷に近付くな」

刃が首の薄い皮膚を裂きながら胸元へ滑り、心臓の上に食い込んでくる。

もはや、為《な》す術《すべ》はなかった。

屋敷を出て、土砂降りの雨に打たれながら、けれど帰宅する気にもなれず、人気《ひとけ》の少ない通りを闇雲に歩き続けた。

父が亡くなって以来、護衛が四六時中後をついてくるのが鬱陶しい。走って撒《ま》いてしまいたいのに、足が重くて叶わない。長靴に雨が染み込んで、爪先が痛いほど冷たくもなっている。

教会の鐘楼を見上げて、晴れ渡った夏の日を——リリィと訪れた丘を思い出した。

丘の上で、彼女とこの尖塔《せんとう》を指差した。

ただ、彼女を可愛いと思った。

守ってあげたくて、手を繋いだ。

生まれて初めて、共に過ごすだけでは伝え足りない気持ちがあると知って、キスをした。

でもそれが、間違っていたのだろう。

なぜならローレンスが望んだのは、リリィが『花を摘んで持ち帰るなんて可哀想』と糾弾した行為と、全く同じだ。

離れたくない、ずっと一緒にいたい、自分のものにして国に連れ帰って、一生手元に置けたらいいのにと。

――でも。リリィは……。

雷雨の中、懐から最後の手紙を取り出した。

暗唱できるほど確かめた文面をまた読み返す。

別れの言葉に、悴《かじか》んだ指を這わせる。

リリィの最後の文字が、雨に滲んで溶けていった。

「……ふ、……」

大粒の雨に打たれながら、父の言葉を思い出して、笑いが込み上げてきた。

『その年頃は、誰もが目の前の喜びに惑わされるものだ。それが非現実的なことほど、魅力的に見えたりもする。だがそんな情熱は、一時のものにすぎない――』

まだ、恋は解けない。

でもいつか消え去るとしたら、全てその通りかもしれない、と思う。

彼女の愛が、気遣い交じりだと気付けないほど夢中だった。

はっきりと指輪を――誓いを拒まれたのに、盲目になって、お互い同じ気持ちだと信じきっていた。

少しでも冷静に彼女の立場を想像してみれば、気付けたことだ。

権力者に逢瀬と慰めを求められて、何の身分も持たない彼女が、どうして断れるだろう。

そうでなくたって、あんなに綺麗な女の子が、年に一度都合よく現れて、数日しか会えない相手を本気で待ってくれているなんて——そんな作り話のような純粋な愛を、どうして信じていたのか。実際、離れている間は、他の男に取られてしまうのではないかと何度も不安に陥っていたのに。

『そうしたら、ローレンス様は何も変わらず、品行方正な顔をしていられるでしょう？　子供みたいに、純粋に……。この世に存在しない純粋な愛だって、いくらでも信じていればいいわ』

父だけではなく、愛を笑ったローズもまた、正しかったのかもしれない。

リリィを愛する心も、政治への心構えも、誠実ささえあれば上手くいくと思っていた。

ローズも両親も、根気強く対話を交わせば、いつか理解を得られると。

「リリィ……」

夜に沈みはじめた街が、一瞬白く浮かび上がる。

遅れて届いた雷鳴が、足の底から響いた。

手紙は雨で濡れている。なのに全てが乾いて見える。

頭痛を覚えて屋敷へ戻り、雨に烟る庭を眺めた。

リリィと過ごした場所は、夢見がちで子供のままの、浅はかな自分の象徴のように思われた。この庭がある限り、彼女を忘れられないとも。

だから使用人に命じて、庭小屋を取り壊し、草花を一掃させた。

それから、決められていた通りの、あるべき自分の人生を歩んだ。

皇帝に謁見し、爵位を賜り、翌年の春、ローズと式を挙げた。

前公爵と公妃の逝去が続いて悲嘆に暮れていた領民は、明るい報せを祝福してくれた。

リリィに出会ったことが間違いだったと証明するように——正しい人生に戻ったかのように、全てが順調に進んでいった。

一方で、夫婦仲は冷めきって、喧嘩が絶えなかった。

問題は、ローレンスの身体が、彼女に全く反応しないことだった。子作りは大切な務めの一つだ。妻の連れてきた怪しげな医師に強引に治療を勧められ、性技に長《た》けた女性を充てがわれたが、それも散々な結果に終わった。ローズに限らず、女性は一切抱けなくなっていることが——未《いま》だに子供じみた理想の愛に縛られていることがわかっただけだった。

ローレンスは毎晩妻に詰られた。

一度だけ、リリィと過ごした特別な夜を思い浮かべて、なんとか〝仕事〟を果たそうとしたことがある。けれど、他の男と幸せに暮らしているリリィを思うと、もう駄目だった。

半面、上手くいっていることもあった。

——自分には、本当の意味での賢さが欠けているのかもしれない。

そう認めて、ローズに言われた品行方正な理想を捨てて手段を選ばなくなってから、周辺の領主たちに一目置かれ、やっと一人前に扱われはじめたのだ。

リリィの故郷も、賄賂を積み、根回しをして、奪われずに済んだ。

人は金次第で、こんなにあっけなく意見を翻すものなのか。プライドも哲学もない、ただの欲深い獣なのかと虚しくなった。

けれどおかげで、若き領主の手腕を案じていた領民たちも、満足に暮らしてくれているようだ。

ただ、愛はどこにもなかった。

あの雨の日から、全てが空虚に満ちている。

でも問題はない。

ローズの言う通り、愛など幻想なのだとしたら、失ったのは自分の笑顔だけだ。

それを悲しむ人は、もうどこにもいなかった。

第六章　八年目――ハースの丘

小さな丸い指が、青空にたっぷりと浮かぶ積雲を示した。

リリィは空を見上げ、手の甲で額の汗を拭いながら微笑む。

「そう、まだ暑いわねぇ。でももうすぐお家よ。頑張りましょうね」

夏の終わりが近付いてくる寂しさを感じつつ、足元を歩く我が子を抱き上げる。また空を指差す娘に、「あれはね、雲っていうの」と教えながら、再び住宅地の細い道を進みはじめた。

姉夫婦の屋敷を出て、一歳になった子供と一緒に暮らしはじめたのは、春を迎えてからのことだ。

もちろん姉には止められたが、

『自分の思った通りに生きてみたいの。その方が私らしくいられるし、ここにいると、辛いことを思い出してしまうから』

と伝えると、渋々承諾してくれた。

日中は姉に子供を預けて仕事に行き、帰りに引き取って自宅へ戻る。

母親のように慕っている店主のドプナーには、

『産後から、ずっと体調が悪いんでしょう？　もし仕事で無理をして倒れたら大変よ。もう少しゆっくりして、子供と一緒にいてあげなさいな』

と心配されて、少し前までは半日しか仕事をさせてもらえなかったし、今も同僚より早く帰らされてしまう。それでも、リリィのわがままを聞き入れて、生活費のために働かせてもらえることがありがたかった。

娘を下ろし、集合住宅の一階にあるドアを開ける。「ゆっくり歩くのよ」言ったのに、オリヴィアはすぐに走り出そうとして――自分の足に躓《つまず》き、泣き出してしまった。

「ああ……ほら、大丈夫？　どこが痛いの？」

屈んで抱き起こし、頭を撫でてやる。幸い怪我はなさそうだ。奥の寝室へ連れていってカーペットの上に座らせ、ぬいぐるみとおもちゃを与えると、あっという間に泣き止んだ。

「……ごめんね、お母さん、疲れちゃった……。少し休んだら、ご飯の準備をするから……」

リリィは仕事着のままベッドに横たわり、一人遊びを始めた娘を見下ろした。

部屋の奥の窓には、夕日に赤く照らされた洗濯物が見える。窓横の裏口の向こうは共同の中庭で、疲れていて散歩に行けない時は、娘をそこで遊ばせている。

姉夫婦にこれ以上心配をかけたくなくて黙っているけれど、出産後から疲れやすく、酷い時はしばらく起き上がれなくなることがあった。医師には『出産の反動だから、時間が経てば落ち着くでしょう』と言われたが、一年以上経った今も、良くなる兆しがない。

「平気よ……少し休めば……」

娘を見つめながら、リリィは自分に言い聞かせた。

疲れている時はいつも、ローレンスとの特別な夜が夢に出てきて泣きながら目が覚めるから、眠りたくない。

出産を後悔したことは一度もないし、元気に生まれてきてくれた我が子を誇りに思っている。オリヴィアは、今やかけがえのない存在だ。

ただ、この先一生、父親に会わせてあげられないことが不憫《ふびん》でたまらなかった。

リリィは横たわったまま、ベッド脇のチェストに手を伸ばした。こうして身体に引きずられて心が弱くなると、決まってローズの言葉を思い出してしまう。だからその前にローレンスの手紙を取り出して、シーツの上に広げた。

妊娠中は彼を忘れようと心がけていたし、手紙を破棄しようか悩んだけれど、オリヴィアに出会った今は違う。

彼から贈られた愛の言葉を読み返すと、たとえそれがひとときの遊びだったとわかっていても、自分と娘の人生を前向きに考えられる気がするのだ。

「オリヴィア――あなたも成長したら、髪の色が黒くなるのかしらね」

娘の、まだ薄く柔らかい髪は、日の光に照らされて茶色く透き通っている。昔のローレンスとそっくりの栗色だ。出会ったばかりの頃の彼と、美しい庭を思い出して目を細める。

手紙の返事がないことでローレンスの気持ちを察したリリィだったが、明確に本心を知ったのは、昨年の春のことだった。

日課にしていた散歩の途中、出産目前の心細さから魔が差して、つい彼の屋敷の近くまで行って、遠目に裏庭を覗いてしまったのだ。

一瞬、場所を間違えたのかと思った。

愛しあった庭小屋は跡形もなく、一面に石が敷き詰められ、ところどころに雑草が生い茂り、手紙の受け渡しを頼んでいた庭師の姿も見当たらなかった。

——全てをなかったことにして、二度と私に来てほしくないんだわ……。

でなければ、あんなに美しいものを壊す理由なんてあるわけがない。

——こんなに酷いことをしなくたって、ローレンスに迷惑をかけるつもりなんてないのに。草花には何の罪もないのに……。

そう思いながら、リリィはお腹のオリヴィアを撫で、泣きながら屋敷へ帰った。

あの荒涼とした光景を思い返すと、今も胸に痛みが走る。

「お父さんはいないけど……絶対に、寂しい思いはさせないわ。何があっても、私が守るからね。お姉ちゃんだって、ほとんど一人で私を育ててくれたんだもの。私にだって……」

夕日の眩しさのせいだろうか。少し息苦しさを感じて、身体を丸めて咳き込んだ。息を吸っているのに、どうして足りない気がするのかがわからない。横たわっているのにまた目眩がして深呼吸を繰り返す。

水を飲みたくなって、目眩を堪えつつ起き上がると、玄関の戸が叩かれた。

「もしかして、また何か持ってきてくれたのかしら」

近くに住む同僚が、一人での子育てを心配して、手料理を片手にしょっちゅう様子を見に来てくれるのだ。

オリヴィアから目を離したくはなかったけれど、まだ視界が波打っていて気分が悪い。

「すぐ戻るから、そこでいい子にしていてね」

と言い聞かせて、リリィは寝室を出て玄関を開け——全身を凍らせた。

もう三年経ったけれど、忘れようもない。

眩いブロンドに、白い肌。エメラルド色の瞳。

相変わらず、精巧な人形の如き顔立ちだった。

背後には、護衛だろうか。腰に剣を佩《は》いた筋骨隆々の男を従えている。

「……どうして、……ここに……」

喉がつかえて、息が吸えない。声も思うように出なかった。

「あら、覚えていてくれて嬉しいわ。ローレンス様のお仕事が終わって国へ帰るから、その前にご挨拶をしておこうかしらと思って。あなたの職場を訪ねて、昔からの友達だと言ったら、親切にこの場所を教えてくれたの。それにしても……こんな動物の穴倉みたいな場所に、よく住んでいられるわね」

嫌味《いやみ》たっぷりに捲し立てられて、ようやく我に返る。さりげなく室内を振り向いた。奥の寝室のドアは、きちんと閉まっている。オリヴィアが一人で開けることは不可能だ。胸を撫で下ろしつつローズに向き直る。

「あなたには、夫がお世話になったから、妻として一言、お礼を言いに来たの」

白く滑らかな左手が、肩に流れ落ちたブロンドを払った。

薬指に光る指輪を見て——わかっていたことなのに、崩れ落ちそうになって壁に手をつく。

「……ローレンスと……結婚、したのね」

「まあ。ご存じなかったの？　大国の領主——公爵の結婚よ。帝都でだって、噂になったでしょう？」

「公爵？　まさか、ローレンスのお父様、亡くなったの？」

ローレンスはどれほど悲しんだだろう。痛む胸を押さえて問い返すと、ローズは「そんなことも知らないなんて。本当、世間知らずね」と鼻で笑った。

何も知らないのも、仕方のないことだった。

妊娠中は気分の落ち込みが酷くてずっと家で過ごしていたし、姉夫婦も、食卓では穏やかな話題を選んでリリィの心を和ませようとしてくれていた。復職後は立ち仕事の接客を避け、作業場で縫製を担当している。何よりリリィ自身、ローレンスの噂を聞くのが怖くて世間から距離を置いていた。だからこの一年、世の中の出来事や噂話は全く耳に入ってこなかったのだ。

「……ローレンス、落ち込んでいない？　元気にしている……？」

「やだ、何様なの？　あなたには関係ないわ。彼を支えるのは、妻である私の役目ですもの」

「……そう、……そうね、」

「それより――一つ聞きたいことがあるの。あなた、どうやってローレンス様を誘惑したの？」

質問の意味がわからず、リリィはおどおどとローズを見つめた。

もしオリヴィアの存在に気付かれたら――という恐怖で動悸がしてドア枠にもたれかかると、彼女は呆れを露《あら》わに息を吐いた。

「今更清純ぶらなくていいわ。どこで身につけたんだか知らないけど、毎年熱心に逢瀬を重ねていたくらいなんだから、上手く男を誑かして、その気にさせる技があるんでしょう？」

「あの……私もう、ローレンスには関わらないわ。だから……」

「そんなことは当然よ。いいからさっさと質問に答えなさい」

か弱そうな細い声に、けれどはっきりと苛立《いらだ》ちが滲んでいる。息が切れて、自らを抱きしめて俯いた。

もうここには来てほしくない、と懇願しようとした時、寝室から物音が聞こえて――オリヴィアが泣き声を上げた。

ローズと目が合った。

全身から汗が吹き出す。

緊迫した空気で、全てを悟られたのがわかった。

彼女の表情が消え、蒼白になっていく。

何か言い訳をするべきだ。友人の子供を預かっているだとか、他の男性と結婚をしただとか——なのに全身がこわばって、舌も、身体も動かない。

「……あなた……まさか、……」

リリィは寝室に駆け込んだ。「待ちなさい！」と叫びながらローズが追ってくる。

オリヴィアは、どうやら立ち上がろうとして転んだらしい。大泣きしている娘を抱き上げて振り向くと、ローズが寝室の入り口に立ち尽くして娘を凝視していた。

「この女——許さない、よくも……」

色づいた唇が、わなわなと震えている。

「忠告したはずよ！　堕《お》ろしなさいって！　何を企《たくら》んでいるの？　その赤ん坊を使って、私たちを強請《ゆす》るつもり!?　……こんなみすぼらしい生活を送っていたら、どんな汚いことだってする気にもなるでしょうけど……」

「違うわ、私、そんなこと」

憎しみの籠もった眼差しから守るように、泣き続ける娘を抱き竦める。

「寄越《よこ》しなさい。その子は——ローレンス様の邪魔にしかならないの。私が処理するわ」

亡霊のような白い手を差し出して、ローズが近付いてくる。

部屋の奥へ後ずさると、彼女は片頬に不敵な笑みを浮かべた。

「私だって、引き離すなんて可哀想なことしたくないわ。でも……ローレンス様は、間違いなくこ

くる。

喉が重たく詰まって、上手く声が出ない。オリヴィアがむずかって、泣きながら胸を押し返してくる。

「……、ローレンスが……?」

「当然でしょ。一国の主として政務に心血を注いでいる彼が、領民の信頼を裏切る存在を野放しにしておくと思う? あなたがこんな厄介なことをしたなんて知ったら、どんなに落胆されるか……。彼を愛してるなら、渡しなさい」

彼女の言葉には力があった。

顔を真っ赤にして泣き続けるオリヴィアの体温が、胸に染み込んでくる。

『大丈夫、子供はできないから――』

娘を産んだことは、そう言ったローレンスへの裏切りなのだろうか。

オリヴィアは、生まれながらに父親の不幸を背負っているのだろうか。

――この子の存在は、間違い……?

窓の外は少しずつ日が沈んで、紫がかっている。

背中が、中庭へ続くドアにぶつかった。強い心が欲しくて、いつもの癖で、ベッドの上に置いた手紙を見つめた。

それがいけなかった。

リリィの視線を追って、ローズがベッドの上を見る。

細い指が手紙を拾い上げ――全身から、怒りが立ち上るのが見えた。

「なんて女……。これを使って、脅迫するつもりだったのね」

「わ、私は、そんなことしないわ。ローレンスのことだって、誰にも言ってない……」

「こんな手紙を見た後に、その言葉を信じろっていうの？　冗談じゃないわ！　早く子供を渡しなさい！」

ローズが手紙を投げ捨てた。

オリヴィアの、ひときわ甲高い泣き声が響き渡る。

ローズが連れてきた男は、開け放たれた寝室のドアの向こう――玄関に留まりつつも剣の柄《つか》に手をかけて、おそらくローズの命令を待っている。

やっと住み慣れてきた部屋。

やっと手に入れた、一からの、新しい生活。

無力で、姉に守られるばかりで、歯痒い思いばかりしていた子供の頃とは違う。

――私は……決めたのよ。この子を幸せにするって。

――たとえローレンスに望まれなくても。私だけは……。

リリィは後ろ手でドアノブを掴み、中庭を突っ切って、路地へ駆け出た。

「待ちなさい！　あの女を追って！　早く！」

ローズの悲鳴が遠のく。

リリィは、決して振り返らなかった。

近隣の住人しか知らない、細く入り組んだ裏道を走り抜ける。

オリヴィアを抱える腕が痺れて、肺が痛み、走るのが難しくなっても、前へ進むことだけは止めなかった。

たった一瞬でも、我が子の存在を間違いかもしれないと思った自分が恐ろしくて、ぐずり続けているオリヴィアの頬にキスをする。

「ごめんね……ごめんね。あなたには私しかいないのに……私が守るって約束したのに……」

何とか逃げ切れたようだけれど、ローズに知られた以上、もう自分の家にも、姉夫婦の屋敷にも戻れない。新しく部屋を借りて別の仕事に就いても、帝都に留まっている限り、いつか見つかってしまうだろう。

「早くここを、離れなくちゃ……」

せめて姉に一言挨拶をしたかったけれど、職場まで調べていたローズのことだ、元々暮らしていた場所なんて真っ先に手を回すに違いない。突然姿を消すことに胸が痛んだけれど、家族を巻き込んでしまうよりはずっといい。

歩き続けるうち、とうとう都の周壁に突き当たった。

うずたかく積み上げられた石壁を辿って空を見上げると、とっぷりと日が暮れて、砂のようにちりばめられた星が瞬いている。そのまま壁伝いに歩き、門を潜って街の外に出た。

広大な草原が月光を受け、風で白く波打っている。

街道の脇に小さな丘が浮かび上がっているのを見て、昔ローレンスと待ち合わせをした時と同じ門から外に出たのだと気付いた。

子供の頃と比べて、全てがこぢんまりとして見える。街道にはまだまばらに人影があったが、都を目指して来る者ばかりで、夜の中、城門を出ていく人は皆無だ。

着の身着のままで、お金も、身を守る道具すら持っていない。

でも戻って、娘を奪われるよりはましだ。

リリィは心細さでいっぱいのまま、夜の中に踏み出した。

一番近くの村まで、一体どのくらいかかるものなのかも見当がつかない。ひとまず外で一晩明かし、朝になったら行商人の後をついていこうと決めて――引き寄せられるように、懐かしい丘へと向かっていた。

「オリヴィア。あなたのお父さんとね、ここで初めてデートしたのよ……」

恐怖を紛らわせたくて、大事な思い出を語り聞かせると、腕の中の娘は泣き止んで、不思議そうに空を見上げている。

「お母さん、街の外になんて出たことなかったから……急にすごく怖くなって、帰りたいって思ったの。そうしたら……」

手を握ってくれた。

それから、言ってくれた言葉があった。

八年前は、それを信じることができた。

世の中を、何もわかっていなかったから。

許嫁のことも、身分の違いも、翌日には帰ってしまうことも——彼にとっては、異性を相手にする練習にすぎなかったということも。

「……でも、それでもよかったの。本当よ。だって……そのおかげで、あなたに会えたんだもの」

乾いた唇で、小さな額にキスをした。

ハースの丘は、記憶よりもずっと緩やかな斜面だった。あの時はローレンスが手を握ってくれていたけれど、もう誰かの助けを借りる必要はない。子供を抱えていても、少し目眩がしても、一人で最後まで登りきることができた。

竜の爪痕に辿り着いて、額の汗を拭う。

まだ夏なのに、どうしてか震えるほど寒い。丘の上は風が強く、汗をかいているせいで一段と冷え込んだ。

今も観光地として有名ではあるものの、夜となると人気は皆無だ。風を凌《しの》ぐように、昔ローレンスと並んで座った岩場の陰に腰を下ろし、羽織っていた上着を地面に敷いてオリヴィアを寝かせてやる。

「ごめんね。寝心地は悪いでしょうけど、ここで一晩過ごしましょうね」

娘の小さな指が、夜空を指差す。空を仰ぐと、煌々《こうこう》と輝く月が見えた。

「綺麗ね……満月だわ。きっと、私たちのことを味方してくれてるのよ。真っ暗だったら、怖いもの」

オリヴィアは泣き疲れたのか、頭を撫でてやると、すぐにうとうとと目を閉じた。

空腹は感じない。それどころか、寒くて吐きそうだ。頭も痛い。気分の悪さを誤魔化すように、夜に浮かび上がる都の明かりを眺める。

「……大丈夫よ。誰も知らない、小さな村で仕事を見つけて……落ち着いたら、お姉ちゃんに手紙を出して。お姉ちゃんとお父様だって、赤ん坊の私を連れて故郷を離れて、帝都で新しい生活を始めたんだもの。それと同じよ……」

風が吹き抜ける。リリィは寒さに震え、膝を抱えて顔を伏せた。

『リリィのことは、僕が守るから――』

そう言ってくれた時の、まだ低くなかった声を思い出そうとしたけれど、もうわからなかった。

だからかわりに、初めてのキスを思い出した。

口では大人びたことを言って、でもローレンスは、迷いながら、ぎこちなく口付けてきた。

彼との幸せな時間を思い出すだけで、少しだけ指の先が温かくなってくる。

――もう考えないようにしてきたけれど……もし私がローレンスに相応しい身分だったら、一緒にいてくれたのかしら。

——少しは私のこと、好きになってくれたの……？

——それともやっぱり、私は、ただの……。

望んではいけないことがある。

でもここなら、誰も聞いていない。

暖を取るように、きつく膝を抱く。

「ローレンス……私、怖いわ……」

嗚咽を飲み込み、目を閉じて、溢れる涙を追い出す。

「もう、大人なのに……何でも、自分でできるのに……そばにいて、手を握ってほしい——」

隣から、健やかな寝息が聞こえる。

自分一人で産むと決めて、街を出ると決めて、そんな独り善がりが、ローレンスも、娘も、父や姉も、全員を不幸にしている気がして、震えが止まらない。酷く喉が渇いて、頭が割れそうなほど痛くなってくる。

その時、丘の下から微かに蹄《ひづめ》の音がして、リリィは慌てて手の甲で涙を拭った。

月夜の中、馬の影らしきものが三つ、ゆらゆらと丘の方へ近付いてくる。影は丘を登る坂の方へ消えていき、しばらくすると、岩陰の向こうから複数の靴音がした。

もしかしたら、野盗かもしれない。

——私がここへ向かうのを、見られていた？

——取られて困るものはないけど、もし人を攫うのが目的だったら……？

子供の頃、姉が奴隷商人に連れ去られた時の恐怖を思い出す。

リリィは震えを耐えながら、オリヴィアが自分の陰に隠れる形に座り直し、息を殺した。

足音が近付いてきて、大きな岩の向こう、リリィからほんのわずかに離れた場所で止まった。

「見ろ、誰もいない。だから護衛なんて必要ないと言っただろう。いい加減一人にさせてくれないか」

夜で——暗くて寒くて、気分が悪くて、心細いから。

ローレンスの声に聞こえたのは、そのせいに違いない。

岩陰からそうっと覗く。人影が爪痕を迂回《うかい》して、まっすぐこちらへ近付いてくる。リリィは尻でオリヴィアの方へ後ずさり、恐怖に堪えきれず懇願した。

「……お、お願い……こないで……何も持ってないわ……」

ほんの数歩先で、大きな影がぴたりと止まった。

多分、見つめあっていたのだと思う。でも男は満月を背にしていて、顔がよく見えなかった。

「……リリィ……？」

柔らかくて優しくて擽ったい、思わず、胸に顔を擦りつけたくなる声。

一瞬込み上げた感情の名前がわからない。

泣きたいくらいの思慕かもしれないし、未練かもしれないいし、懐かしさのようで、でも、再び始まった動悸は恐怖のようでもある。

ローズから話を聞いて、子供を探しに来たのかもしれない。

でなければこんな偶然はありえない。

彼は後ろに隠した子供に気付いているだろうか。勝手に産んだことを詰られるのだろうか。取り上げられるのだろうか。

「あ……」

喉がからからに渇いて、声が出なかった。

彼が近付いてきて、はっきりとお互いの顔を認識する。

「……どうして……君が、……」

——どうしよう、どうしよう……。

逃げた方がいい。

でも、今度はどこへ？

ローレンスは人を連れているようだ。

彼の横をすり抜けて、他の男を振り切って、逃げ切れるわけがない。

「おい、何者だ！」

彼の背後から、二人の男が剣の柄に手をかけて駆け寄ってくるのが見えた。リリィが震え上がると、ローレンスが素早く手を翳《かざ》して押し止《とど》める。

「いいんだ、下がっていろ。彼女は……古い知り合いだ」

男二人は顔を見合わせると、剣から手を離し、「申し訳ございません」と言って、再び夜の中へ消えていった。

「……ごめんね、怖がらせて。父の跡を継いでから、護衛が片時も離れてくれなくて——今じゃ、散歩一つでこれだ」

柔らかな物言いは、記憶の中のローレンスと全く変わらない。そしてなぜか、彼もまた、どこか怯えているように感じる。少なくとも、子供のことを知って探しに来たわけではないようだ。

「……もし迷惑でなければ、少しだけここにいてもいいかな？　明日には国に帰るから、今日が最後の夜なんだ」

駄目だなんて言う権利はない。でもオリヴィアに気付かれたら、一体どうすればいいのか。どんなに考えても、答えはわからなかった。

「少し景色を眺めたら、すぐに帰るから」

「……いいわ。でも、それ以上……こっちにこないで……」

数秒、間があった。

雲で月が陰って、ローレンスがどんな表情をしたのかは見えない。

「……もちろん、わかってるよ」

彼は二歩離れて、帝都を眺めるように腰を下ろした。一緒にサンドイッチを食べた時よりも、ずいぶん遠い。オリヴィアは、リリィの背中に隠れている。夜のおかげで、気付かれていないようだ。

雲が流れ、うっすらと月明かりに照らされて、ローレンスの様子が少しだけわかった。

二年ぶりに会った彼は、また一段と遠く見えた。

体つきは以前より逞しく、見たことのない正装をしている。

それから、風で微かに漂ってくる、知らない香水の匂い。

以前、リリィは香水について『何もつけてない方がいい』と言ったけれど、仕事で接客をする中で、上流階級の人々は、嗜みとして必ず香りを纏うことを知った。

——きっと、私は今、やなにおいがしてるわ。

——だって、いっぱい走って、沢山汗をかいたもの……。

もうキスをするほど近付くわけでもないし、ローレンスが自分に興味を持つわけもないのに、そんなことを気にしている自分が滑稽だった。

「もう、二度と会わないものだと思っていた」

ローレンスは帝都を眺めたまま、リリィを振り向かない。

記憶より大人びた精悍な横顔に見入っていると、彼はうんざりしたように長く息を吐いた。隠さねばならない好意を悟られてしまった気がして、そっと視線を逸らす。

「ローレンスは、どうして……」

「……別に。……外の空気が吸いたくなっただけだ。会議続きで、気を張って疲れたからね。でも……そう、今年の交渉は上手くいった」

「そう……よかったわ。お仕事、頑張ってるのね」

「ああ。結婚して青臭い考えを改めてから、嘘みたいに順調なんだ」

それはきっと、リリィには与えてあげられなかったものなのだろう。

でも彼の口調に、喜びは一切感じられなかった。表情も硬く冷めきっている。つい心配を口にしそうになって、ぐっと呑み込む。

——もう私には会いたくなかっただろうし、当然だわ……。

ローレンスは何を思い出したのか、ふっと鼻を鳴らして自嘲した。そんな皮肉めいた仕草をする彼を見るのは初めてだった。

「僕よりずっと年上の大人が、お金で簡単に意見を変えるんだ。でも妻のおかげで、やっと現実を受け入れられた。……約束なんて、目先の損得勘定で覆るものだってね」

ようやく、ローレンスが振り向いた。

リリィの知っている彼とは別人のような、冷たく、どこか淋しげな表情だった。思わず慰めてあげたくなって——その時、眠っていたはずのオリヴィアが、小さくぐずった。

ローレンスの表情が、月の下でこわばる。

慌てて口を塞ごうとしたけれど手遅れだった。その上、娘の方へ身体を捩ったせいで、寝姿を見られてしまった。

背中を、冷たい汗が伝う。

どのくらい沈黙が続いただろう。オリヴィアの泣き声だけが、次第に大きくなっていく。

ローレンスはオリヴィアを凝視したまま動かない。

黒い髪が、風に揺れて夜空に溶けていた。

「……そう。……子供ができたのか。……おめでとう」

掠れた、無感情な声だった。

暗い瞳に、言葉通りの祝福は見えない。

「あ……ありがとう、……」

ぐずり続けているオリヴィアの頭を撫でる。どうやら最後に手紙で伝えた通り、別の男性との結婚を信じてくれているようだ。安堵すべきなのに、胸が締め付けられるように痛んで、小さく噎せた。

「……リリィこそ、こんなところで何を？　ご主人は、近くにいるのかい？」

「い……今は、二人だけよ。この子と少し、……散歩にきたの」

「こんな時間に？」

訝しんだローレンスに、上から下まで見られて身じろいだ。

嘘を見透かされるのではという不安と同時に、自分の身なりが恥ずかしくなる。

屋敷を出てからは、自分で全てを賄い、貧民街暮らしの頃と同様に古着を買って、節約を心がけていた。ローレンスと会っていた頃に着ていた高級なワンピースは、今の生活からはとても手の届かないものだ。

草臥《くたび》れた身なりを取り繕うように、乱れた髪を手で梳《す》く。それから泣き出しはじめた娘を抱いて背中を丸め、自分の服を隠した。

「危ないだろう。さっきもそこで、野犬を見た。あんなのに襲われたら、ひとたまりもない」

「別に、平気よ。……少し、寒いくらいで」

娘をあやしながら誤魔化すと、ローレンスは「寒い？　まだ夏だよ」と眉を寄せて不審がる。

「風が、冷たいだけ。それより、ローレンスも……結婚したのね」

「ああ……。それに、父と同じ爵位を賜ったんだ」

そう言って、ローレンスはつまらない顔で襟元をいじった。

「おめでとう。元気そうで良かったわ。お父様のことは……その、大変だったでしょうけど……」

慰めの言葉をかけてもいいものか躊躇っていると、オリヴィアがいよいよ大声で泣きはじめた。

おそらく空腹なのだろう。

「ああ……いい子だから、あんまり泣かないで」

——会えてよかったわね……。

——この人が、あなたのお父さんなのよ。

――今も、私の心配をしてくれて、とっても優しい人なの。それに、すごく格好いいでしょう？　頭を撫でてやりながら、胸の中で娘に話しかける。

その時ふと、『もしかしたら、神様がこの子のために、もう一度だけ会わせてくれたのかもしれない』と都合の良い考えが頭を過った。

「あの……ねえ、この子、女の子でね、オリヴィアっていうのよ。私が名前をつけたの」

「……そう。草花が好きだった、君らしいね」

ローレンスは全く興味がないのだろう、娘を見向きもせず、都を眺めている。

この話を続けていいものか怖くなって、娘をぎゅっと抱きしめる。それからまた少し、えずくように咳き込んだ。娘を抱く腕に力を入れていなかったら、寒さで身体が震えてしまいそうだ。ずっと不調に悩まされてきたけれど、こんなに酷い気分は初めてだった。

「君はちゃんと……大事にされてるのかい？　なんだかずいぶん、痩せたみたいだ」

変わらない彼の気遣いが嬉しくて、リリィはやっと微笑むことができた。

「もちろんよ。その、……すごく、優しくしてくれるわ」

「優しい？　僕ならこんな時間に、子供を連れて出歩かせたりなんてしないけどね」

風に流れて、最後の方は、なんと言ったのか聞き取れなかった。

彼はズボンのポケットに手を入れると、しばらく中にある何かを探るように手を動かして――それから、腰を上げた。

「ごめん、私生活に口を出すなんてどうかしてるな。もう行くよ。お互い伴侶に悪いしね」

「あ……、……」

まだもう少し、一緒にいたい。

ほんの少しでいいから、この子に触れてあげてほしい――。

躊躇う時間などないのに、勇気が足りない。

「帰りは危ないだろうから、護衛を一人残して、家まで送らせよう」

ローレンスは別れの言葉すらなく、あっけなく背を向けた。

彼に会えて、元気な姿を見られただけで十分だ。

明日からのことを頼るつもりなんて微塵《みじん》もない。

でもこの先、父親を知らずに育つ娘に思い出をあげたい。それだけは、どうしても諦められなかった。

「ま……待って！」

リリィは立ち上がった。割れるように頭が痛い。急に動いたせいか目眩がして、自分の足に躓きそうになる。ローレンスは立ち止まって、振り向いてくれた。

「あの……この子、とっても可愛いのよ。だから……その、……一度だけ、抱いてみない？」

ふらつく身体を誤魔化しながら近付いて、泣いているオリヴィアを差し出した。

「ほら、見て。暗いからわからないけど、髪も目も、綺麗な栗色なの……。私の赤毛に似なくてよかったわねって、時々話しかけるのよ」

自分のためだったら、とてもこんな強引には頼めなかっただろう。

でもローレンスは、触れようともしなかった。

見上げると、彼は娘には目もくれず、冷たくリリィを見下ろしていた。

「……君が、何を考えているのかわからない」

それは軽蔑だった。

身体がぶるりと震えたのは、寒さと悲しみ、どちらのせいだろう。

「……いや、わかっていて、認められなかっただけだな……。会えてよかったよ。これで自分にけじめをつけられる」

「ローレンス……？」

昔、もう成長は止まったと言っていたのに、記憶よりも更に背が高い気がするのは、体格が逞しくなったからだろうか。

何より、眼光が鋭くて——リリィの前で弱音を吐いた時の彼はどこにもいない。

「君の幸せを願うよ。でも……ごめん。僕はそんな、できた人間にはなれない」

ローレンスはオリヴィアを凍えた目で一瞥し、踵《きびす》を返した。

背中を追うと、横から護衛の男たちが出てきて立ち塞がる。

「あっ……ねえ、待って。おねがい！　一度でいいの、この子を……」

男たちの横をすり抜けて追い縋ろうとすると、オリヴィアを抱いている腕を掴まれた。

「きゃあっ……！」

「公爵にそれ以上近付くな」

「やっ……はなして……！」

オリヴィアを抱きしめたまま必死に身を捩ったけれど、動くたびに男の太い指が食い込んでくる。

娘のために、今を逃したら一生後悔すると思うのに、息を吸うことすらままならない。

「お願い、はなして……、い、痛い……痛いわ……」

暗く視界が歪んで、冷えた身体が脱力していく。放してほしいのに、男が掴んでいてくれなければ、倒れてしまいそうだった。それでも、娘だけは落とすまいと抱きしめ続けた。上下左右がわからない。頭上で、男が厳しい口調で何か怒鳴っている。それから、ローレンスが振り向く気配。

「っ……おい、彼女は知り合いだと言っただろう、乱暴なことはよしてくれ！」

「ですが――」

なんとか息を吸う。さっきまで酷く寒かったのに、今は全身が痺れるほど熱くて、なのに冷たい汗が滴りはじめた。

「ローレンス……」

あのね――。

この子は、あなたの子なのよ……。

とっても、とってもいい子なの。

あなたとのことは、誰にも言わない――。

絶対に迷惑はかけない。

今日限り、二度と会いたいなんて望まない。

だから。

だから……。

「リリィ！」

ローレンスの叫び声と、駆け寄ってくる足音が聞こえた。

オリヴィアが腕から滑り落ちる寸前に、懐かしい温もりが、娘ごと抱き留めてくれたように思う。

娘に思い出をあげるつもりで、本当はただ、勝手に産んでしまったことを、彼に許されたかったただけなのかもしれない。

なぜなら、ローレンスに初めて抱かれたあの夜から。

この子を産んだ日から。

何度決意を重ねても。決して後悔はしていなくても。

自分一人の決断で、大切な人たちを――自分の娘すら、傷つけてばかりのような気がしていたから。

◆◆◆

ローレンスの父は、緑の丘の上に立つ屋敷を指差して言った。

『お前が十歳になった記念にあの古い屋敷を潰して、新しく別荘を建てようか』

ずいぶんと立派で、歴史的な趣があるのに、取り壊すなんて勿体《もったい》ないなと思ったことを覚えている。

でも、物欲に欠けた自分のために考えてくれた贈り物だと思うとそうは言えなかったし、初めて訪れた土地で、特別な思い入れがあるわけでもない。ローレンスは父の笑顔を見たくて、『素敵だと思います』と賛同した。

その一言で、リリィの生家は取り壊された。

けれど結局、その後の父の心変わりで、別の避暑地に別荘を建てることになった。

だからそれきり、一回も訪れていない。

——あまり考えないようにしてきたけれど、父のそんな傲慢なところは、どうしても好きにはなれなかったな……。

蝋燭で赤く照らされた部屋の中で、ローレンスは窓から庭だった場所を見下ろした。

暗くて、三階からはほとんど見えない。けれど、それでよかった。以前美しく整備されていた庭園は、今やただの荒れ地だ。そして、ローレンスはそれを見るたび、後悔と無力感に苛まれた。

嘆息してカーテンを閉じ、部屋を振り向く。客室のベッドには、丘から連れ帰ったリリィと赤ん坊が並んで眠っていた。

医師曰《いわ》く、昏倒《こんとう》した原因はわからず、発熱以外、どこにも異常はないらしい。

ローレンスはベッドの縁に腰掛け、リリィの寝顔を覗き込んだ。

やはり、記憶よりも頬が痩せている。

思わず手のひらを鼻先へ持っていって確認したくなるほど、呼吸が浅い。悪夢でも見ているのか、額と眉間を緊張させ、脂汗を滲ませている。目尻には、うっすらと涙が見えた。

「……ごめんなさい……許して……」

馬に乗せてここへ運んでいる時から、彼女はずっと魘されて、何十回と謝罪を繰り返している。

――一体、どんな悪夢を見ているんだろう……。

もしかして、夫から酷い扱いを受けているのだろうか。夜、子供と二人で都の外を出歩くなんて普通ではない。身につけている服は繕いだらけで、間違いなく古着だろう。余裕のある生活とはほど遠い姿だ。

二年間、リリィを忘れようと努力を続けていた愛しさは、再会した一瞬で蘇り、ローレンスを弱くした。

触れることが怖い。

愛しくて、たまらなくなってしまうから。

それでも、滲み続ける汗を不憫に思って、恐る恐る額に手を押し当てた。

「酷い熱だ……。大丈夫だからね。朝になったら、君の屋敷へ連絡をするよう手配してある。そうしたらきっと、お姉さんが迎えに来てくれるよ」

どんなに酷い生活を送っていたとしても、もう彼女は別の男のものだ。そして自分にも妻がいる。

つまり、お互い大人になって、それぞれが責任を持って、別の人生を選んだのだ。

それでも湧き出る愛しさが、ローレンスの人生に影を落としていた。

ローズと結婚して、清濁併せ持つ大人の世界を受け入れたつもりで、結局、子供のままごとのような愛に憩いを求めてしまう自分がいる。

ローレンスはズボンのポケットから指輪を取り出した。

それは、リリィに拒まれた誓いだった。

もう二年の月日が経ったというのに、未だに持ち歩くことをやめられない。それでも努力すれば思い出が薄れて、いつかローズを抱けるはずだと自分に言い聞かせていた。それが公爵家に生まれた自分の宿命だと。

だから——全てが始まったあの丘から投げ捨てて、弱い自分を終わりにしようと思っていたのだ。

なのにリリィと再会して、思い知らされてしまった。

たとえ別の男のものになっていようが、子供がいようが——彼女を諦めて、他の女性を愛することなど到底できないと。

『けじめをつけられる』だなんて大嘘だ。

本当に割り切れたなら、あんなに冷たく突き放す必要はなかった。紳士らしく別れの挨拶を交わして、娘だって抱いてやればよかったのだ。

リリィのいない世界は色褪せて、何の喜びも感じられない。彼女を忘れようとするほど、現実が遠退いていく。それなら、報われない想いを抱き続ける道を選んだ方が、自分らしい人生を生きられるのだろうか。

「……オリヴィアは……だめよ……わたしの……」

滲んだ涙が、汗に混じってこめかみを滑り落ちた。リリィが抱いてほしがっていた赤ん坊は、食事を与えたからか、今はぐっすり眠っている。

「さっきはごめんね。僕は……君のお父さんに嫉妬してるんだ。君は何も悪くないのに」

丸まっている小さな手に触れて許しを請う。リリィの言った通り、本当に可愛い子供だった。罪のない寝顔に頬を緩ませると、リリィが苦しげに呻いた。

顔にかかった髪を直してやっても、目を覚ます気配はない。だから額の汗を拭うように頭を撫でながら、ずっと聞いてみたかったことを囁きかけた。

「リリィ。僕の、何がいけなかったのかな……。いや……本当は自分でもわかってるんだ。この二年、それればかり考えてきたからね……。今じゃ何もかも、やり直したいことしかない。毎年待たせたことも、外で触ったことも、はじめから君の全てを知ろうとしなかったことも……。僕の仕事だって、子供じみた理想や正義感に囚われていなければ、もっと早く君を迎えにいけたかもしれないのに……」

リリィの前でだけだった。

弱い自分を全てを打ち明けて、許してもらえるのは。

泣いた後、更に強くなれるのは。

でも、それもいけなかったのだろう。

「全部――全部やり直したいよ。出会った頃に戻りたい……そうしたら、二度と君を手放さないのに……」

ローレンスは衝動を抑えきれず、眠っているリリィに口付けた。ほんの一瞬の、触れるだけのキスだ。初めてした時だって、もう少し長く触れていたと思う。

乾いた唇の表面を少し掠めただけなのに、全身が熱くなった。生きている証のようなその感覚は、二年ぶりだった。それをまだ感じられた自分に安堵して、同時に絶望する。

この恋は、一生消えず、痛み続ける傷なのだろう。

――僕は、彼女がいないと息すらできない。

――それは、子供じみていて、弱いことなんだろうか。

「愛してる……。君が別の誰かと、どんな人生を送っていても……」

毛布の上に投げ出された手の先に、指輪はなかった。結婚指輪を買う余裕すらないのかもしれない。そして指まで痩せた気がする。確かめるように指を絡めると、また「ごめんなさい」と乾いた唇が謝罪した。

「泣かないで。もし、何か生活に困ることがあるなら……辛いことがあるなら、僕が、なんだって……」

二年前に受け取ってもらえず、捨てることもできなかった指輪を、そっと左手の薬指に嵌めた。

――二度と告げることが叶わなくとも、心だけは、永遠に彼女に捧げよう……。

そう決意すると、救われない悲しみの中に、初めて微かな安らぎが生まれた。

一生涯、ローズとは、人前でだけ形式的な夫婦を演じればいい。むしろ、愛がないことに傷つく女性でなくて良かったのかもしれない。

――もう、世継ぎを残すための、あの惨めで吐き気を催す努力は二度としない。

――この先もずっと、リリィしか知らなくていい。

――あの一夜の思い出だけで十分だ。

その時、ノックもなしに部屋のドアが開いて振り向いた。

蝋燭の明かりに照らされて浮かび上がったのは、赤いネグリジェに身を包んだ妻だった。

彼女を見ただけで、リリィに触れて蘇った生き生きとした感情が、すっと冷えていく。

「先に眠ったのかと思っていたよ。でも、ちょうどよかった。ローズ、君に話したいことがあるんだ」

「ローレンス様……どうしてなの。どうして、その女が……」

冷たい翠色の瞳に、優しさを擬態するようなブロンド。そばかす一つない肌が、青白く浮き上がっている。

昔は美しいと思っていたのに、毎晩夜の務めを果たせないことを詰られ、時には物を投げつけられ、罵声と共に殴られて、今では顔を合わせるのも苦痛だった。

ローレンスはベッドから立ち上がり、毅然と答える。

「彼女は古い友人だ。偶然散歩先で出会って、具合が悪そうだったから助けたんだよ」

「偶然……偶然ですって？　見え透いた嘘を言わないで！　全部知ってるのよ！　いくら外を探させても見つからないわけだわ。まさかこの期に及んでローレンス様に取り入って、屋敷に入り込んでるなんて……！　なんて図々しい女なの！」

鮮血のような赤い裾を揺らしながら近付いてくる姿は、まるで亡霊だった。

力なく垂れ下がった白い両腕の先も、足元も、たっぷりとしたネグリジェに隠れている。

「ローズ……？　君はリリィを知っているのか？」

彼女は質問に答えず、眠っているリリィを睨みつけたまま、ローレンスの前で立ち止まった。

「当然でしょ。何年も前に気付いて、すぐに調べさせたわ。ローレンス様、目を覚まして。騙されちゃいけないわ……。この女、三年前にリルバーンまで、あなたの弱みを探りに来たんだから」

「彼女が？　まさか。国に来たただなんて話、聞いていない」

「当然よ。ローレンス様を煩わせないよう、私が追い払ったんですもの。この女が送ってきた手紙も、ローレンス様のもとに届く前に処分したわ」

「手紙って……それは……」

ローレンスは混乱し――戦慄した。

いつから、手紙を送りあっていることを知っていたのだろうか。

全て中身を確かめられ、監視されていたのかと想像して、怖気《おじけ》を震う。

「あなたの手紙を預かっていた従僕だけは、お金じゃ動かなくて骨が折れたけど……ちょっと妻子を脅したら、簡単に協力してくれたわ」

「僕と彼女のことを、ずっと知っていたのか……？　全部、君の仕業で……」

「酷いわ。そんな言い方をなさるなんて。ローレンス様が悪いのよ。まだ遊びだった間は、手紙だってずっと許してあげてたわ。将来夫となる人の火遊びくらい許せる寛容さがなくちゃ、公爵夫人なんて務まらないでしょう？　でも、私との婚約を取り消すだなんて、血迷ったことを仰ったから……」

ローズは首を傾け、人形のように瞬《まばた》き一つせずローレンスを見つめ続けた。瞳が蝋燭の炎を反射して、歪んだ愛情に揺れている。

「道を踏み外しかけている夫を救うのは、妻の役目だわ。それに別れの手紙だけは、ちゃんと届けて差し上げたでしょう？　なのに……」

――彼女の執着は、普通じゃない……。

息を呑むと、ローズは声を荒らげて畳みかけた。

「なのに、そんなにこの女の身体が良かった⁉　私を閨《ねや》に残して、ベッドの上で何をしてたのよ！　こんな辱め、冗談じゃないわ！　私は妻なのよ⁉」

目を見開き、白い歯を剥き出しにして金切り声を上げる様には、美しさの欠片もない。けれどローレンスが落胆したのは、救いようのない心の歪みだった。

「君はいつもそうやって……頼むから怒鳴るのをやめてくれ。約束通り結婚して、欲しい物は何でも買い与えて……もう満足だろう？　これ以上何を望むんだ」

「わかってるでしょう！　子供よ！　結婚して一年以上経つのに、私が毎日どれだけ恥ずかしい思いをしてると思ってるの⁉　領民の誰も彼もが、私を陰で蔑んでるわ！　全部、あなたの不能が原因なのよ⁉　なのにどうしてあなたが同情されて、私は……！」

「ローズ、それは……」

反論を呑み込んだ。あまり刺激すると、次は殴られるとわかっているからだ。

そして、はじめは結婚を祝福してくれた領民から批判を受けるようになったのは、そんなローズ自身が原因だった。

――子供ができないからじゃない。君がそうやって、侍女たちにまで暴言を吐いて、物を投げつけたりするからだよ。

――彼女たちも同じ人間なんだ。堪えきれず、あちこちで悪評を吹聴《ふいちょう》して当然だろう……。ローレンス自身も、領民を不安にさせ、同情を受けることを情けなく思っているけれど、一体何ができるだろう。人の口に戸は立てられないし、城で働く者全員を解雇するわけにもいかない。

「私の何がいけないのよ！　この女の何倍も美しいし、家柄だって……！」

諍《いさか》いで目を覚ましたオリヴィアが、小さくぐずりはじめた。これ以上ローズの癇癪《かんしゃく》を刺激しないよう、声を落とし、ゆっくりと言い聞かせる。

「……そう、話というのは、そのことだ。僕たちはお互い、結婚前から気持ちがなかった。そうだろう？」

「ああ、もう。すぐにその話に逃げるのね。もう聞き飽きたわ。それが何だっていうの」

「君の言う通り、僕は別の女性を――彼女を愛しているんだ。結婚してからずっと、君との生活のために……いや、領民のために、人々の理想とする君主に近付こうと努力してきたけれど……もう無理だ。君のことは抱けない。これ以上、僕に期待しないでほしい。毎晩君の責苦を聞くのは、もううんざりなんだ」

ローズは怯《ひる》むどころか、一層怒りを滾《たぎ》らせ、眦を釣り上げた。

「公爵としての務めを放棄するっていうの!?　この先、国をどうなさるおつもり!?　無責任だわ！」

廊下には、いつも鬱陶しくつきまとってくる護衛が待機している。けれど、普段から夫婦喧嘩が絶えないせいだろう。ドアは開いていて、罵りあいが聞こえているはずなのに、姿を見せる気配すらない。それが酷く情けなかった。

「そんなに躍起にならなくたって、叔父や従兄弟がいるだろう。だからもう、放っておいてほしい。君は今まで通り、好きなだけ贅沢をすればいいさ。欲しい物を買って、毎晩派手なパーティーを開いて着飾って、他に男を作ったっていい」

「……ローレンス様も、私を捨てるのね」

虚しさを覚えて、ローレンスは立ち尽くした。

彼女には何を言っても、何を与えても伝わらない。

この先、心から愛してくれる人が現れても、一生わからないのだろう。

「私を置いていったお母様も、お父様も、他の男も……皆そう。私のことなんてどうだっていいのよ……」

取り憑かれたような呟きに重なって、オリヴィアの泣き声が大きくなっていく。

いつからこんな病的な思い込みを抱えていたのか、ローレンスにはわからない。昔からだったのかもしれないし、少しずつ人への不信が増していったのかもしれない。

可哀想な女性だと思う。

ずっと昔から——リリィと出会う前から、ローレンスは精一杯気持ちを注ごうとした。

でも何も受け取れず、何も信じられない女性なのだ。

「誰も、君をはじめから貶《おとし》めたりなんてしていない。それに、いつも謝ってるだろう？　子供のことは、本当に申し訳ないと思ってる。でも――」

何も変えられない無力を噛み締めつつ、再びローズの罵声を覚悟した時だった。

「……ローレンス……？」

子供の頃と変わらない、守ってあげたくなる、柔らかい声。

振り向くと、いつの間に目を覚ましたのか、リリィが身体を起こしかけていた。相変わらず額には汗が光って、虚ろな表情をしている。

「あら、やっとお目覚め？　可愛らしく、寝たふりでもしていたのかしら」

リリィはローズを認めた瞬間、小さく身震いし、泣いているオリヴィアを引き寄せた。潤んだ瞳が、悪夢の続きを予感したように恐怖に染まっている。

「ごめんなさい……お願い、見逃して……全部、私がいけないの……」

「リリィ、駄目だよ、まだ横になっていないと」

「ああ、そう。そうやって被害者ぶって同情を買って、ローレンス様の優しさにつけ込むのがやり方なのね」

リリィの、いくぶん痩せた頬の上を涙が伝った。

熱で意識が混濁しているのか、気絶していた時と同じく、壊れたように「ごめんなさい、許して」と繰り返す。

いつも恥ずかしそうにローレンスを受け入れて、時に気遣い、励まし、勇気づけてくれた彼女は、今や見る影もなかった。

「私たちの仲が壊れた原因は、全部あんたのせいなのよ！　いい加減に本性を見せたらどう!?」

「ごめんなさい……ごめんなさい……。二人に、迷惑はかけないわ。誰にも、何も言わないから
……この子だって、一人で……」

震える手でオリヴィアを抱いたリリィは、背中を丸めて娘を抱きしめ、「泣かないで、大丈夫よ
……ずっと一緒にいるからね」と揺らしてあやす。

ローレンスはその光景を、呆然と見守っていた。

――今、彼女はなんと言ったのだろう……。

――僕たちに、迷惑をかけない？

――娘を、一人で……？

「……リリィ？　何を言ってる？」

リリィはゆっくりと顔を上げて、光の欠けた瞳でローレンスを見つめた。夢でも見ているような、虚ろな表情だ。しばらく見つめあうと、ようやく現実に目覚めたのか、はっと身構えた。

「あ……、違うの、今のは、……」

ローズが「とぼけたふりで、いやらしい」と忌々しげに呟く。

「まさか――その子は、」

「ち、違う……違うわ……！　この子は関係ないの……すぐに街を出てくわ。一生、邪魔なんてし

ないから。許して、見逃して……」

オリヴィアは、栗色の髪と瞳をしていると、嬉しそうに言っていた。

控え目な彼女にしては珍しく強引に、子供を抱いて、触ってほしがって。

あんな時間に、どうして都の外まで散歩に出たのか。

指輪だってしていない。

ローズは、外を探させていると言っていた。そしてリリィは、丘で再会した時から、酷く怯えた様子だった。

「ローズ……君はリリィに、何を言った……何をしたんだ。一体、いつから……」

「何年か前に、私があなたの許嫁だって教えてあげただけよ。この女、無知で謙虚なふりをして、ヴァレリー家の財産も、公爵夫人の立場も、何もかも奪うつもりだったんだから——ローレンス様、早く正気に戻って？」

執念に濡れた視線が、泣いている赤ん坊を捉えた。リリィはベッドの上で後ずさり、逃げ場を探して部屋を見渡す。

「彼女はそんな人じゃない。君の勘違いだ！」

「勘違いですって？　ほんと、誰も、何もわかってないんだから!!」

ローレンスをねじ伏せるように、ローズが全身で叫ぶ。

その時初めて——右手に光る短剣に気付いた。

「ローズ、何を考えてる……」

ローズが妖艶に笑う。

ブロンドが、蝋燭の炎におどろしく煌めいた。

「一度全部、なかったことにしましょ。リセットして、今度はちゃんと二人きりでやり直せばいいわ。そうしたら、子供も授かって――ローレンス様も領民も、皆が幸せになれるもの」

彼女はにっこりとローレンスに微笑むと、リリィへ向き直り、無表情に子供を見つめた。

リリィは全身を震わせながら、娘を守るようにローズに背を向け、目を閉じた。

「誰か……だれか、たすけて――」

昔、彼女を守ると約束したのはローレンスだった。

なのに彼女は今、目の前にいるローレンスの名前を呼ぶこともなく、たった一人で震えている。

「お願い……だれか……」

リリィの目尻から涙が滑り落ちた。

いつまで経っても救われない虚無がある。

自分以外の誰もが望む結婚をしても。

仕事が上手く運んでも。

領民から感謝の言葉を向けられても。

それは失ったリリィの存在で、裏切られた愛の傷だと思っていた。

でも本当に欠けていたのは、自分の愛を信じ抜く強さだったと、ローレンスはやっと気付いた。

ローズが短剣を振りかぶる。

考える前に、身体が動いていた。

何の衝撃もなかった。

肉体というものは、こんなに何の抵抗もなく穴が開くものなのかと思う。

再び振りかぶったローズが目を見開く。

悪鬼のごとき形相だ。とても同じ人間とは思えない。

どうして彼女と結婚をしたのだったっけ、と不思議に思った。

部屋の外に待機させている護衛は、一体何をしているのだろう。

――外に出るといつも追いかけ回してくるくせに。いざという時は全く役に立たないな……。

そう思って、笑ったつもりだった。でも漏れたのは、驚くほど情けない呻き声だ。

遅れて、痛みが――まだ生きている証が、本当の人生がやってきた。

◆◆◆

迫る刃を前に、リリィはきつく目を閉じた。

まだ意識が朦朧《もうろう》としていて、これが現実なのか悪夢の続きなのかわからない。でも、覚悟した痛みは一向にやってこなかった。

だから、ほっとしたのだ。

ずいぶんと生々しく感じるけれど、これは全て夢で、目が覚めたら、きっとあの丘の上で、綺麗な朝日を娘と一緒に眺めるのだろうと。

なのに目を開けて振り向くと、視界いっぱいに、ローレンスの広い背中があった。

ゆっくりと自分の方へ迫ってくる。

肩にぶつかって、リリィの身体と擦れながら、ベッドに倒れ込む。

ローレンスは不思議そうに頭だけを起こして、呼吸を震わせながら自分の腹部を覗き込んだ。

シャツの脇腹が、ぽつりと一点、赤く染まっている。

「……ローレンス……?」

鮮明な色が、みるみるうちに広がっていく。

彼が片手で押さえると、指の隙間から赤い色が溢れた。鼻先を掠めた血の匂いで、リリィはようやく現実に目覚めた。

「リリィ……ごめんね……僕は……」

ずっと聞きたかった優しい声が、悲しく掠れている。

黒髪が、息が乱れて、形の良い唇が、耐えるようにきつく結ばれた。

「何よ——何よ、何よ！　どうしてこんな女に、そこまで——」

背後から影が落ちて、ローズが再び迫ってくる気配がした。ローレンスが、痛みに呻きながら身体を起こして手を伸ばす。それを追って振り向くと、目の前に短剣の切っ先が突き付けられていた。けれどいつまでも自分に届かないのは、ローレンスの手が、振り下ろされた刀身を握り込んでいるからだ。リリィの足に、シーツに、赤い色がぽたぽたと滴っている。

悲鳴を上げたはずだ。でも聞こえなかった。

息が止まって——瞬きすらままならず、それから数秒、意識が飛んだ。

次に気付いた時、複数の男たちに取り押さえられ、金切り声を上げて暴れるローズの姿があった。

「放しなさい！　私を誰だと思ってるの！　公爵夫人よ！　その女が……その女がやったの！　女を捕らえて！」

ローズの叫喚が部屋の外へ遠ざかって消えていく。知らない男の手が伸びてきて、腕の中のオリヴィアごと拘束されかけて、叫んだつもりが、声になっていない。

「彼女に、触れるな……」

目の前で倒れ込んでいるローレンスが命じると、男はすんなり引き下がった。血に染まってぬかるんだシーツの上に、彼がローズから取り上げた短剣が鈍く光っている。

ローレンスは浅く呼吸を繰り返しながら、懐かしむように目を細めて、深く傷ついた手でリリィの足を撫でた。

「リリィ……会いたかった、よ……」

それは夏がくるたび、言ってくれた言葉だった。

目の縁が熱い。

溢れてやっと、涙だと気付く。

「怖い思いをさせて、ごめんね……。……もっと……顔を、よく見せて……」

深く抉れた手が――彼の血の匂いが、鼻腔《びこう》に絡みつく。

薄暗い部屋が、周囲の喧騒が、オリヴィアの泣き声が、誰かが「医師はまだか！」と叫ぶ声が、彼の血の温かさと濃い匂いが、遠ざかっていく。

世界に、自分とローレンスだけが取り残されたみたいだった。

「ローレンス……なんで……どうして……」

オリヴィアを抱いている手を握られる。ぬるついた血の感触。

痛いだろうと思って、思わず手を引こうとしたけれど、怪我を負っているとは思えないほど強い力で握り込まれた。裂けた肉が触れる。彼の手のひらから、命がどくどくと流れ落ちている。

まるで愛されているようで――そんなことはありえないはずで――リリィはもう一度手を引いた。でもやっぱり叶わなかった。

「だめ……だめよ……ねえ、離して。手当てをしなくちゃ、傷が……」

「離さない、二度と」

次に何を言われるのか、わかってしまった。

いつもそんな、穏やかな顔で伝えてくれたから。

「愛してるんだ」

引きつるように息を吸う。

固めた決意がぽろぽろと崩れて、思い出に押し込めた愛が溢れはじめる。

「ごめんね……。僕が守るって、約束したのに……」

一緒に街を出た日。

心細くなっていた時に、彼は手を握って、そう言ってくれた。

でも、そんなことを言ってくれなくたって、とうに恋に落ちていた。

だって家を出る時。初めて自分の着ている服が気になって、初めて家族以外のためにサンドイッチを作った。ローレンスがそれを喜んでくれるかどうか想像するだけで、落ち着かなかった。

「結婚しようって……誓ったのに。何があっても、君を――君への愛を、信じるべきだったのに」

私もよ、と答えたかったけれど、喉が熱く詰まって、頷くことしかできない。

自分だって同じだと思う。

本当に彼を愛して、信じていたのなら、『本当にあなたの言葉を信じていいの？　不安でたまらないわ』と伝えればよかっただけだ。

なのに、心を預けることができなかった。

誰にも頼らず、一人で生きていけることが強さだと信じ切っていた。

それこそが、子供の証だった。

誰かを信じて、弱みをさらけ出し、共に生きることは、決して弱さではなかったのに。

「僕の子、なんだね……？」

ローズの脅しが心の根に深く刻まれていて、すぐに頷けなかった。

それでもローレンスは、微笑んでくれている。

「違うなら……それはそれで、いいんだ。君が、どこかで……幸せにしてくれてたら、十分だから……」

やっぱり、少しだけ勇気が必要だ。

でも今度こそ、ローレンスの愛に全てを委ねて、自分の弱さを、独り善がりな決断を打ち明けた。

「そうよ……あの夜……一緒に、愛しあった時の子よ……」

ローレンスの隣に、泣き止んだオリヴィアを寝かせてやる。

彼はほっと息を吐き、首を傾けて娘に微笑んだ。目尻に涙が光って、それから、

「リリィ……もう一度言わせて」

言葉を紡ぐたび、腹部から溢れた血が、シーツに広がっていく。

もうわかっているのに、ローレンスはどうしても、言わないと気が済まないらしい。

「愛してるんだよ。出会った時から、ずっと。だから、僕と――」

キスをした。

答えなんて決まっていたから。
どんな人生も、自分で選び取ると決めたから。
心に感じる愛だけが、正しい答えだと知ったから。

第七章　十一年目――はじまりの庭

「おとうさま――みて、みて、これ！」

ぱたぱたと執務室に駆け込んできた愛娘《まなむすめ》は、少し前に四歳になったばかりだ。

ローレンスはペンを置いて立ち上がり、見上げてきた娘を抱き上げる。オリヴィアの小さな手には、ネズミの形の小さなぬいぐるみと、青い花が握られていた。

「可愛いぬいぐるみだね。どうしたの？」

「おかあさまが作ったの」

ぬいぐるみは、力いっぱい握りしめているせいで、形がひしゃげている。

「でもこれは……もしかして、弟のために作ったんじゃないかな？」

「……ちがうわ、……わたしのだもん」

「本当？　オリヴィアはこの間、クマを作ってもらって、お母様は『次は弟にね』って言ってなかった？」

「ちがうもん……」

オリヴィアはローレンスの首に抱きついてきた。

去年の春に弟が生まれて以来、オリヴィアは時々、弟のベッドから母親の作ったぬいぐるみを横取りしたがった。最近は、それも少し落ち着いていたはずなのだけれど。

——ここのところ忙しすぎて、娘を構うのは乳母《うば》と妻に任せきりだったから、寂しい思いをさせていたのかもしれないな……。

反省しながら、小さな背中を抱きしめる。

「おとうさま、くるしいわ」

「ごめんごめん」

「それに、みてほしいのは、こっち。中庭で摘んできたのよ。いい匂いなの」

鼻先にぐい、と花弁を押し当てられて、ローレンスは笑いながら顔を横に振った。

「これ、おかあさまにあげたい。おかあさまのお部屋に連れてって」

娘が再び首に抱きついてくる。どうやら、このまま運んでほしいらしい。ローレンスは「仰せの通りに」と娘の頬に口付け、執務室を後にした。

——三年前の晩夏。

ローズに負わされた傷は、幸い致命傷には至らなかった。

帝都の屋敷で療養している間、リリィは姉夫婦の屋敷に移り住み、毎日ローレンスのもとへ通って、甲斐甲斐《かいがい》しく身の回りの世話をしてくれた。

リリィの姉夫婦は、彼女から事情を聞いてもなお、ローレンスに不信感を抱いていたらしい。

けれどリリィの献身的な姿を見るにつれて認識を改め、二人で改めて、出会った頃から深く愛しあっていること、そして一生を添い遂げる覚悟を伝えると、ようやく納得し、祝福してくれた。

そしてローズとの離縁は、誰の反対もなかった。

彼女は結婚直後から横暴な振る舞いをしていたせいで、領民の間では、

『毎晩豪勢なパーティーを開いて贅沢三昧《ざんまい》な上、公爵様まで罵倒して、暴力を振るうらしい。リルバーンを滅ぼしかねない悪女だよ……』

『ローレンス様がなかなか結婚なさらなかったのも納得だ。両家の取り決めとはいえ、お可哀想に』

『いつかあの悪妻の贅沢のために税金が増えるんじゃないか?』

と囁かれ、不安が蔓延していたのだ。そこに刃傷《にんじょう》沙汰とあって、離縁は、誰にとっても朗報でしかなかった。

ローレンスは、ローズには心の病があると見て、彼女を自国で罪に問うことはしなかった。それは『どんな人も傷つけたくない』という、リリィの願いでもあった。

だからかわりに彼女の祖国へ送り返し、二度とリルバーンに足を踏み入れず、自分とリリィに近付かせないよう、彼女の父親と誓約を交わした。その後は療養という建前で地方の別荘へ送られ、医師に見守られながら軟禁生活を送っているらしい。

不本意だったのは、怪我で身動きがとれない最中に、リリィと娘の存在までもが世間に明るみになってしまったことだ。

けれど、一体どこから情報が出回ったのか、

『元は貴族の令嬢なんだろう？　帝国の騎士総長様の義理の妹だって話だし、歴《れっき》とした出自の女性じゃないか』

『しかもローレンス様を思って、身重の体で黙って身を引いたらしい』

『誰も頼らず、自ら働いて身を立てるなんて、贅沢三昧だったローズ様とは大違いだ』

と、まだ家臣にしか打ち明けていない事情までもが広まり、最終的に〝政略結婚によって引き裂かれた純愛〟という、できすぎた美談にまで転じたのだ。

あまりに都合よく世論が展開していくことを不気味に思ったが、実際、これには裏があった。

後になって知ったことだが、それらの噂は、エーギルが人を使って計画的に流布させたものだったのだ。

エーギルはそうとは言わなかったけれど、あの雨の日、話を聞かず、ローレンスを追い返したことへの謝罪の気持ちもあったのかもしれない。いずれにせよ、義妹の幸せを本気で願う彼の心に、どれだけ感謝したかわからない。

おかげで、年が明けて傷が癒え、長旅に耐えられるほどの体力が戻るなり、ローレンスはすぐにリリィとオリヴィアを祖国へ連れ帰ることができた。

帰国後は、真っ先に両親の墓参りをし、この先は自分の選んだ人生を歩むと宣言して――ほどなく、リリィと結婚した。

結婚して、改めてわかったことがある。

リリィは――完璧な女性だった。

当初こそ、エーギルの抜け目ない戦略によって温かく迎え入れられたけれど、それ以降は彼女自身の力で、多くの領民を魅了していったのだ。

ローズのわがままに心を削られ、暴力まで振るわれてきた侍女たちは、誰にも対等に接し、何でも自分でこなそうとするリリィに感動しきりで、彼女の清貧さが領民たちに知れ渡るのはあっという間だった。

リリィはリルバーンの文化に馴染むよう努力し、その上、

『ローレンスや、この国の皆に恥ずかしい思いをさせないように、私ももっと、役立つことをしなくちゃね』

と言って、服飾の仕事を始めたのだ。

『やりたいことは何でも応援するけど、無理をしてまで働く必要はないからね。慈善活動をしたり、賓客をもてなしてくれるだけで十分だから』

心配してそう言った自分を、何度後悔しただろう。

彼女は帝都で働いていた頃、接客や服の製作、経理まで一通りこなしていたらしく、店を開く場所や素材の仕入れ先が決まると、あっという間に小さなオーダーメイドドレスの専門店を開いてしまったのだ。

『公妃様に、帝都で流行のドレスを、一早く作ってもらえるのよ！』

『縫製がとっても綺麗で丁寧なの』

『無茶な注文や相談をしたのに、快く応えてくださったわ』

とたちまち近隣諸国の令嬢たちの間で評判になり、第二子の出産を挟みながらも店は拡大を続け、今も女性の雇用を生み続けている。

——僕には、勿体ない女性だ。

ローレンスは、ことあるごとにそう思う。

自分がどうにかお膳立てをして、上手く結婚の話を進めなくてはと思っていたなんて、どれだけ傲慢だったのだろうと。

でもそう言うと、

『何を言うのよ。いつもローレンスが支えてくれるおかげよ。働いていたのだって、ローレンスと出会って、少しでもあなたに近付きたかったからだもの。昔の私は、とてもこんなことできなかったわ』

と感謝されてしまうから、全く敵わない。

だから、結婚して二年が経った今も、ずっと考えている。

彼女の笑顔のために、自分は何をしてあげられるのだろう、ということを。

「あ、ドアが開いてるわ！」

リリィの仕事部屋の前に着くなり、腕の中のオリヴィアが手を伸ばして、半開きのドアを引っ張った。

「ああ、駄目だよ、部屋に入る時は、ノックをしなくっちゃ。リリィ、突然ごめんね、オリヴィアが花を……」

娘で視界が塞がれていたから、首を傾げて室内を覗き込む。そのまま、言葉を失った。

純白が、晩夏の日差しに煌めいている。

そこには、ウエディングドレスに身を包んだ妻がいた。

「ローレンス……」

振り向いたリリィの声は、二十二歳の今も、出会った頃と変わらず甘かった。腰のくびれを引き立てるように白い裾が広がり、絨毯の上で綺麗な円を描いている。長い赤毛は日差しに輝いて、あらわになった背中や胸元を彩っていた。

隣には姉のティアナと、彼女の息子が立っている。ティアナが慌ててリリィの前に立ち、ローレンスの視界から隠そうとした。

「お姉ちゃん、もう手遅れよ……。完全に見られちゃったわ」

リリィは姉の肩に手を置いて、息を吐く。

ティアナは式の準備を手伝うため、数日前から息子のアーネストを連れて城に滞在している。今日の夜には、彼女の夫、エーギルもやってくるだろう。彼とは、帝都へ赴くたび、皇帝と共に狩りへ連れ立つ仲になっている。

「さっきやっと完成して、試着しているところだったの。明日の式の直前に見せて、驚かせようと思っていたんだけど……」

リリィは、眉尻を下げて肩を竦める。

今年の春、

『色々落ち着いてきたし、今からでも、結婚式を挙げようよ』

そう提案したのはローレンスだった。

というのも、二年前に夫婦となった際、リリィは、

『ローズの気持ちを思うと、すぐに華々しくお祝いをするのは気が進まないわ。結婚したと発表するだけじゃいけないかしら？』

と言って、署名だけの簡素な儀式を望んだのだ。

当時のローレンスは、リリィが後ろ暗い思いをせずに済むよう、領民に早くリリィを紹介したくてたまらなかったし、世論も新しい公妃を歓迎する空気に満ちていたけれど、彼女は聡明《そうめい》だった。

だからこそローレンスは、改めて式を挙げるタイミングをずっと探っていた。

リリィの花嫁姿を見たかったし、帝都を離れて新しい文化に馴染むだけでも大変に違いないのに、愚痴一つこぼさず寄り添ってくれたことに、改めて感謝を伝えたかったのだ。

そして贅沢に興味のないリリィにとって、領民たちからの祝福と笑顔は、何よりも喜んでもらえるものだろうと思う。

「おかあさま、きれい！」

オリヴィアを下ろしてやると、彼女は隠しごとが失敗して意気消沈した母親に駆け寄って、「ごめんなさい。元気をだして」と花を差し出した。五つ年上の従兄弟、アーネストが「その花、どこで摘んできたの？　見たことない」とオリヴィアを見下ろす。

「な……中庭にあるわよ」

普段お転婆《てんば》なオリヴィアは、久々に会った従兄弟と接するのが恥ずかしいのか、緊張気味に答えた。アーネストが歩み出て、「僕にも教えてくれる？」とオリヴィアの手を握る。

ティアナが「私も知りたいわ」と子供二人に微笑み、こっそりローレンスに目配せした。『私たちは退散するから、リリィを慰めてあげてね』と言われているようで、苦笑を返す。

三人が部屋を出ていくと、部屋はしんと静まり返った。

「お姉ちゃん、いつまでも私を子供扱いするんだから。変に気遣ってくれなくてもいいのに……」

リリィは娘から受け取った花を見つめながらそう言って、気まずそうにローレンスを振り向いた。

二年前に署名で誓いを交わした日は、ウエディングドレスではなく、オルグレン地方の伝統的な色彩を取り入れた露出の少ないドレスだった。

『今回のドレスは、自分で決めてもいいかしら？』と目を輝かせた妻に全て任せたけれど、まさか自分で作るとは思わなかった。

「……毎日会うたび、綺麗になっていくね」

昔から、リリィはすぐに顔を赤くする。今日は首の下まで紅潮させているのがわかって、それは夜の営みを思い起こさせた。

胸元の際どいラインに目がいきかけて、慌てて顔を逸らす。リリィはそれを敏感に察知して、しゅんと俯いた。

「正直に言って？　ドレス、似合ってなかったら、別のものにするわ」

「ううん。完璧だよ。ただ……ちょっと、普段より、刺激的だったから、……」

リリィはきょとんとして、自分を見下ろした。胸の谷間を見て、ローレンスの言った意味に気付いたらしく、そうっと鎖骨の下に手を当てる。

「あ、あの、違うの。少し前から、こういうデザインが流行ってるのよ。式には、お店で雇ってる子たちや、帝都で一緒に働いていた知り合いも呼んだから、仕事の参考になればいいと思って……！」

どうやら、こんな時にまで仕事のことを考えているらしい。

彼女の仕事に対する一途《いちず》さは見習うところばかりだ。ローズからは、時によって賄賂を躊躇わないことが有効だと学んだけれど、今は顧客を第一に考えるリリィの姿勢に倣って、昔の正義感を心の片隅に置きながら仕事にあたっている。もちろん、食わせ者ばかりの政界では、全てが綺麗ごとで上手くいきはしないけれど。

「それに、夏の会議の後の晩餐会で、いっぱいいたでしょ？　こういうドレスを着てる方」

「さあ、どうだったかな……いつも、リリィしか見てないから」

リリィの、透き通るほど白い耳の先が、一段と赤く染まった。彼女は、仕切り直すように、んんっ、と咳払いをする。

「あの……、嬉しいわ。お祝いの場を用意してくれて。盛大な儀式なんて、ちょっと贅沢な気もするけど」

「全然贅沢じゃないよ。一緒に街へ下りると、皆から『結婚式はまだ？』ってからかわれるだろ？大勢の人が、リリィの晴れ姿を待っているんだよ」

歩み寄って抱き寄せると、青灰色の瞳がまっすぐ見上げてきた。リリィの手にしていた青い花を髪に挿して短く口付ける。

「……最近は、具合が悪くなったりしていない？　無理していないかい？」

「もう。またそれ？　ローレンスは心配性ね」

リリィが苦笑して、愛らしく色づいた唇を尖らせる。

オリヴィアの出産後から体調不良が続いていると知って以来、ローレンスはことあるごとにそう聞くのが癖になっていた。過保護になっている自覚はあるけれど、こればかりは仕方がないと思う。

「何度も言ったでしょ？　ここにきてから、全然平気なの。お医者様には、空気や水が合っているのかもって言われたけど……不思議よね。生まれた土地に近いからかしら」

「そうならいいんだけど、リリィは全然弱音を吐かないから、心配になるよ」

「じゃあ……もう一回キスしてくれたら……もっと、元気になるわ」

瞳がきらきらと潤んでいるのは、自分から誘うことへの恥じらいだ。本能的な欲情とは少し違うと知っていてもたまらなくそそられて、気持ちのままに口付けた。

燦々《さんさん》と日差しの注ぐ室内に、舌を絡める淫猥《いんわい》な音が響いて、ほんの少し罪悪感を煽《あお》られる。

リリィは懸命に背伸びして、ローレンスの舌を優しく愛撫してくる。丁寧に献身的なキスを返すと、力が抜けてふらついた身体が寄りかかってきた。

「ん、っ……」

支えるふりで、情欲を煽るように腰を撫であげる。唇と舌がお互いの唾液で馴染んで、リリィの鼻から甘い吐息が漏れはじめた。

ほとんど毎日抱きあって離れ離れだった日々を埋めてきたのに、リリィは出会った頃と変わらず、キスだけで敏感に感じてしまうらしい。ずっと味わっていたいと思いながら、さすがに清廉なドレスのままで誘うのは躊躇われて顔を離した。

「あ……、……」

半開きになった唇が濡れて、目が蕩《とろ》けている。

無垢な花嫁衣装を纏っている時にさせていい顔ではないなと思って指先で唇を拭ってあげたのに、指にちゅ、と音を立ててキスをされた。

「……リリィ、そんな可愛いことしたら、いけないよ」

「ん……」

指を唇の中に入れて舌を擽ると、彼女は嫌がるどころか、甘えて吸い付いてくる。

ローレンスはもう、衝動と気持ちのままに身体を繋ごうとするほど未成熟ではない。

今ではリリィを一晩中焦らしたり、泣きじゃくるほどの快楽で喜ばせたり、余裕たっぷりにしていられる――基本的には。

でもリリィは、何度抱いても出会った頃と変わらない愛らしい反応をするものだから、疲れていたり、多忙でリリィを抱けない日が続いていたりすると、うっかり十代の頃の衝動を掻き立てられて参ってしまう。

「昔みたいに簡単に誘惑されずに、気遣える紳士でいたいんだけど……今日は綺麗すぎて、抑えが利かなくなりそうだ」

苦笑して、惜しみつつ腰に回した手を解こうとすると、腕に縋りつかれて上目遣いに見つめられた。

「あの、私も……もう少しだけ……」

特別な衣装を纏いながら、真っ赤に顔を染めて瞳を潤ませる姿はあまりにも可愛くて。彼女から誘われたら、断るなんて考えられなかった。

「いいよ、おいで」

ベッドまで、優しく手を引いた。

リリィは、店の切り盛りやドレスの製作を従業員に任せはじめてから、この作業場で新しいドレスの試作品作りに勤《いそ》しむようになった。あまりにも根を詰めるものだから、少しでも休憩してほしくて買い与えた天蓋付きの立派なベッドだ。

でも結局、こうして時々部屋を訪れ、キスが発展した時に睦みあうための淫らな場所になっている。二度とベッド以外の場所で抱かない、という密《ひそ》かな誓いを破らずに済むのはありがたいけれど、まるでそのために準備したようで少し後ろめたい。

並んでベッドに腰掛けて、しばらく淫らなキスを続けた。

次第にリリィがもじもじと膝を合わせはじめたことに気付いて、ローレンスは彼女を優しく横たえ、たっぷりとしたスカートを捲り上げる。

「あっ……」

脚を軽く開かせると。あらわになった白い下着は案の定、濡れて染みを作っていた。

「ふふ、キスだけで、こんなに求めてくれて、嬉しいな……。今日まで沢山頑張ってくれた分、いっぱい気持ちよくしてあげてもいい？」

リリィは、真っ赤な顔を横に背けつつ、こくんと頷いた。

「大事なドレスだから、汚さないように、抱えていて」

たくし上げたスカートをリリィに抱かせて下着を脱がせ、大きく開脚させる。清廉を象徴する白いドレスとは真逆の淫らな光景に息を呑んだ。

「あ、明るくて、恥ずかしいから……そんなに、広げちゃ……」

「じゃあ、すぐに、もっと欲しくなるようにしてあげるね」

「あっ……！」

ローレンスは返事を待たず、脚の間に屈み込んだ。

しとどに濡れた花弁に吸い付き、ひくひくと蠢《うごめ》く膣口の縁を指先で辿って陰核を舌で虐めると、すぐに嬌声《きょうせい》が上がってたまらなく煽られる。

数え切れないほど愛撫を繰り返しているのに、愛しさは日を追うごとに増していく。はっきりと膨らんで主張する肉芽をもっと可愛がってやりたくて皮を剥いて直接嬲ると、広げた両脚がびくついた。

「ぁ、あっ……！　あっ、だめ、っ……」

リリィが本当に嫌がるのはどんな時か、もう知っている。

だから、容赦はしなかった。

陰核を吸いながら愛液を絡ませた指を挿し込んでいくと、きゅう、と熱い肉襞《にくひだ》に指を包み込まれる。そこは二人も子供を産んでくれたとは思えないほどきつく締まっていて、思わず結合を連想し、下腹部が張り詰めた。

「ぁあ、っ……それ……一緒にされたら、すぐ、っ……ぁあ、あ……っ！」

自分の欲望から目を逸らし、もう一本指を差し込んで、ゆっくり中を擦り上げる。

女の幸せを覚えきったリリィの身体はとても淫らだ。

彼女はスカートをきつく握り、ローレンスの頬に太腿を擦りつけながら腰を浮かせて、あっけなく達した。

指を引くと、愛液が臀部を伝ってシーツに垂れる。

清らかな花嫁衣装で、はしたなく脚を広げてびしょ濡れの陰部を晒す姿は目に毒だ。

スカートを抱えたまま全身で息を継ぐ姿を見て、気遣いが欠けていたことに気付いた。

「ああ……ごめん、これじゃ苦しかったよね。コルセットを解いてあげる」

「んっ……」

優しくうつ伏せにしてドレスの背中のボタンを外し、コルセットの紐《ひも》を少しずつ緩めていくと、リリィがほっと息を吐く。

「ねえ、私だけじゃなくて、ローレンスも一緒に……」

「嬉しいお誘いだけど……今入れたら、ドレスをめちゃくちゃにしちゃいそうだしね？」

「でも……あっ……」

ビスチェの中に手を差し込んで両胸の乳首を捏ねると、起き上がりかけたリリィがくたりとベッドに沈んだ。

指先に触れた突起は、待ちわびていたように硬く凝っている。

「あ、ぁんっ……！」

「こっちも、ご褒美、欲しかった？」

小さく張り詰めた胸の先をきゅうっと摘み、転がしながら、何度も白い肩甲骨に口付けた。シーツに横たわって震える姿を見ていると、ローレンスはいつも、可哀想な場所で処女を奪ってしまったことを思い出して胸が痛む。

この先どれだけ尽くしても、あの記憶を消してあげることはできないと思うと、つい衝動のまま貪りたくなっても――もっともっと優しくしてあげなくてはと思うのだ。

「どんどん硬くなってきて、可愛い」

「あ、あ……！　まって……ローレンス……っ……」

でも、何度も抱かれてきたリリィもまた、ローレンスが一体どうしたら理性を捨ててその気になってくれるのか、わかっているらしい。

「っ……ドレスは、アイロンをかければ平気だから……私、今すぐ、一緒になりたいわ……」

彼女はスカートを抱えたままぎこちなく寝返りを打ち、自ら脚を開いて見上げてきた。赤い茂みの下で濡れた陰部がひくつき、ドレスの胸元は半分下にずれて、形の良い胸がまろび出ている。

「リリィから、そんなに誘ってくれるなんて……止まらなくなりそうだな」

「ほんと……？　ローレンス、最近はそういう気分じゃなさそうで、少し寂しかったから……嬉しいわ」

はにかんだリリィに逸《はや》る気持ちを悟られないよう、ゆっくりとシャツを脱ぎ、ベルトを外す。それからリリィのドレスを丁寧に脱がせていった。ドレス姿で、というのも興奮するけれど、さすがに彼女の仕事の成果を汚すわけにはいかない。

「だって、一日中この部屋に籠もって、仕事をしてただろ？　まさかこんな素敵なドレスを作ってるとは思わなかったけど……とにかく、疲れていそうだったし控えてたんだ。僕だって、触れたくてたまらなかったよ」

「よかった……結婚して、沢山したから、飽きちゃったのかと──あ……」

ズボンと下着を脱ぐと、リリィは少し怯えたように充血した性器を見つめて、「すごい……考えすぎだったみたい」と呟いてそうっと手を伸ばし、優しく撫でてきた。

「っ……駄目だよ、僕も、リリィの中で良くなりたいから……」

伝えた言葉は本心なのに、可愛い愛撫を期待して、ひくひくと性器が揺れてしまうのが情けない。

つっと先走りが糸を引いて、リリィの太腿に垂れた。

腰を落とし、体液で濡れた性器同士をぬるぬると擦りつけ、先走りと愛液を丁寧に混ぜていく。

「はやく……すぐに、いれていいから……」

「わかってる……」

キスをしながら腰を近付けた。

リリィの両脚が腰に絡んできて引き寄せられる。誘われるがまま膣口をこじ開けた後は、媚肉《びにく》の蠕動《ぜんどう》に誘われて、あっという間に根本まで飲み込まれていった。

甘い喘ぎ声と共にリリィの唇が開き、舌を搦《から》め捕りながら最奥まで貫いていく。

「んぅ、あ……ん……んんん……っ！」

熱く充血した肉襞に、軽く痛みを覚えるほど絞られて、ローレンスは低く唸《うな》って射精を耐えた。

「っ……痛く、ない？　少し間が空いただけで、こんなに、狭くなってたなんて……」

「すごい、きもち、い……っ……」

両脚を戦慄《わなな》かせながら、必死に喜びを伝えてくれる姿が愛しくて乳首を摘み上げると、目尻に溜まっていた涙が一筋こぼれた。

「ぁぁあぁ……っ！　あっ、ぁあ……っ」

ぎゅうう、と圧迫されて息を詰める。リリィの足がぴんと伸びて、早くも軽く達したらしいことがわかった。

「もっと、いっぱいよくなろうね……」

余韻をたっぷり味わってほしくて、本能のまま前後しそうになる腰を耐えながら、痙攣する膣壁を、ゆっくりと小刻みに擦り上げる。

「あっ……ぁっ……あぁー……っ」

リリィは奥を突かれるたびにはくはくと口を開け、繰り返しローレンスを締め上げ、弛緩《しかん》し、また緊張して、何度も小さく上り詰めたようだった。

未熟な頃とは違って、喘ぎ、悶え、時には快楽に放心しているリリィを堪能できるこの時間は、あっという間に終わってしまう射精の何倍もの幸せをもたらしてくれると知っている。

糸で吊《つ》られたように全身をびくつかせ、甘い声を上げる姿に満足を覚えて、ローレンスは動きに緩急を付けはじめた。彼女が達したとわかったら動きを緩めて、息が整ったら律動を早め、何度も何度も高みへ押し上げていく。

「あっ……ぁん……っ……！　や、ぁっ、すぐ、また、っあ、あ……っ……！」

「っ、く……」

種をせがむ蠕動に煽られて、今日はいつもほどの余裕がないことに気付いた。

しばらく動きを止め、誤魔化すように汗ばんだ額に口付ける。

髪に挿した青い花が香って微笑むと、快楽に浸りきった顔でリリィが片手を伸ばし、腹部に触れてきた。そこには、三年前の傷跡が消えずに残っている。

「今は……痛く、ない？　だいじょうぶ？」

苦笑しながら、落ちかけていた花を乱れた髪に挿し直し、耳元にキスをする。

「何を言ってるの。もう治ってるよ」

「でも……冬になると、時々、痛んでるみたいだわ」

「……気付いてたのか」

リリィの言う通り、気温が下がりはじめると時々疼いて、どうしても庇う動きになってしまうのだ。

「いいお薬があったらいいんだけど」

「大したことないし、嬉しいから、」

「痛いのが？　変よ、そんなの。私は……申し訳なくて」

腹部の傷跡を辿る指の動きに官能を誘われて、呼吸が乱れる。

雄の形が一層確かになるとリリィが身震いして、ローレンスの体をぎゅっと挟む形で脚をこわばらせた。

「ぁんっ……！　なん、で……」

愛しさが溢れて、微笑みかける。

再び腰を緩やかに前後させ、顔に何度もキスすると、すぐさま膣が蠕動し、追い詰められて腰が震えた。

「っ、だって……このおかげで、今があって。痛みを感じるたび、君への愛しさが増していくから……」

深く収めたまま腰を突き出して、腹部に触れていた手を握る。

手のひらをぴったり沿わせると、今度は短剣を握った時の引きつった傷跡が伝わってしまって、彼女は快楽に押し流されながらも、泣きそうな顔をした。

「ふぁ、っぁ……っ！　やっぱり、へん、よ、そんな……」

「身体も、心も……僕の全部は……リリィのもの、なんだよ」

「あ、あぁあ……！　あーっ……！」

思い切り奥へ突き上げると、部屋の外まで漏れそうな嬌声が響き渡る。

出会った頃、『寝室から、お姉ちゃんの泣き声がするの』と心配していたのに、今は自分が同じ状態にあると、気付いているだろうか。

絶え間なく子宮口を突き上げると、リリィの腰が大きく浮き上がり、ざらざらとした膣壁に亀頭をしゃぶられて息が詰まった。

また動きを止めて、大きな絶頂に感じ入る妻の姿を、引き絞る膣の脈動を堪能する。

白い四肢が震えながらシーツに沈み込む直前、再び激しく腰を打ち付けた。

「きゃ、ぁ、あぁぁあっ、あぁぁ……！」

蜜が飛び散り、べったりと濡れた睾丸《こうがん》と臀部がぶつかりあって、打擲音《ちょうちゃくおん》と嬌声が重なる。ベッドが軋み、いつの間にか、髪に挿した花はシーツに落ちていた。

リリィの体力はもう限界を迎えている様子なのに、膣は貪欲に蠕動して、種をせがんでくるのがたまらない。

「っ……ごめん、もう……もたないかも」

「あ……いい、から……ローレンスも、っ……」

握った手を離して腰を掴んだ。それから本能のままに最奥を貫き続け、子宮口に叩きつけるように射精した。

何度も奥へ穿《うが》ち、一滴も残らず出し切ると、リリィの爪先が痙攣しながらシーツに皺を作っていく。

「あ……ぁ……あつ、い……」

全身で息をしつつそうっと身体を離すと、蕩けきった顔のリリィが見つめてくる。

「リリィ、愛してる……」

言葉では全然伝えきれない気がして口付けると、リリィは目尻に涙を光らせながら、花のように微笑んだ。

「わたしも……大好きよ……」

哀れなほど声が掠れていて、激しくしすぎてしまっただろうかと不安になる。でも、リリィは目尻を下げて、舌足らずに続けた。

「すごく、しあわせ、だわ……」

彼女が毎日隣にいてくれることは、奇跡そのもので。

込み上げる愛おしさで胸が苦しくなる。

「僕もだよ……リリィのおかげで、毎日心から、そう感じるんだ」

淡々と紡がれてゆく日々の暮らしが、当たり前の生活が。初めて丘でデートをした時、心から幸せだとは感じられなかったことの全てが。昔は本心から幸福だと思えなかったことが——今は、この上なく儚いものの上に成り立っていると思える自分がいる。

何度も啄むようなキスを繰り返すと、リリィは恥ずかしそうにはにかんだ。

「すっごくよくて……腰が、……ぬけちゃった、みたい……」

「溢れるほど注いであげたから、また、子供ができるかもしれないね」

腹部を撫でながら耳元で囁くと、リリィは「そうだったら嬉しいわ」と手のひらを重ねてくれた。

傷跡の残る手で握り返して、次は男の子と女の子、どちらがいいか囁きあう。

ローレンスは青い花を拾って花弁に口付け、リリィの赤い髪をもう一度彩った。

エピローグ

屋根なしの豪奢《ごうしゃ》な馬車が、城から続く大通りを下っていく。

リルバーン公国の首都には、祝福の歓声と拍手が広がっていた。

二度目の宣誓の儀式にもかかわらず、大聖堂の前で馬車が止まると、熱狂はいよいよ最高潮に達した。

「ローレンス様、リリィ様！　おめでとうございます！」

「リルバーンの未来に祝福を！」

「リリィ様！　こっちを向いてー！」

リリィが振り向いて手を振ると、また一段と大きな歓声が上がる。

領民たちの喜びようは、もうローズの時と比較してのものではなかった。

リリィはこの二年で店を立ち上げ、第二子を出産し、自分と同じ貧しい生い立ちの子供たちを救うための慈善活動にも取り組んだ。店を通して親しくなった上流階級の人々の人脈を頼り、孤児の里親探しや寄付金を募って、貧しい地区の環境改善に尽力してきたのだ。

その気取らない姿は領民たちの親愛と尊敬を集め、リリィは今や、国境を超えて愛される公妃へと成長を遂げていた。

〝お城の中のお姫様〞という遠い存在ではなく、家庭でも酒場でも、誰もが気軽に話題に上げる、〝愛すべき、領民たちの隣人〞であること。

リリィはそれを、とても誇りに思っている。

「皆、君のファンみたいで、ちょっと嫉妬しちゃうな」

先に馬車を降り、手を差し伸べてくれたローレンスが肩を竦める。そう言いながらも、彼の顔は幸福に満ちて誇らしげだ。

「そんなことないわ。女性は皆、ローレンスを見てたわよ。今日は一段と格好いいもの」

夫の手を借りて大聖堂の前に降り立ち、眩しい日差しを背負った夫を見上げる。

重厚な礼服を纏った姿は、弱冠二十四歳にして、早くも大国の主の風格を漂わせはじめていた。

いつからだろう。ローレンスが周辺国家から辣腕を恐れられ、穏やかな印象からは想像もつかない食わせ物だと噂されるようになったのは。

本人はそれを喜んでいるし、それでずいぶんと仕事もやりやすくなったらしいけれど、リリィはなんだか夫の悪口を言われているようで、ちょっと複雑な気持ちだ。でも、

「本当？　リリィにそう言ってもらえると、嬉しいな」

とはにかんだ顔は昔通りの彼で、心根は何も変わっていないと知っているから、それでよかった。

教会で誓いの儀式を済ませた後は、城へ戻って宴会となる。自室でわずかな休憩を挟み、化粧とドレスを整え直した頃、ローレンスが迎えに現れた。

「そろそろ行こう。皆が待っているし、オリヴィアが、早くご馳走《ちそう》を食べたいって喚《わめ》いてそうだよ」

頷いて立ち上がり、少しふらついたところを、ローレンスが支えてくれた。

「大丈夫？　もしかしてまだ……腰が辛い？」

耳元で囁かれて、リリィは顔を赤らめ、ウエディングブーケをぎゅっと握りしめる。

「べ……別に、平気よ」

昨日はあの後、夜も激しく求められて、足腰が少し危ういのだ。すぐそこに侍女がいるし、これから皆の前に立つのだから、思い出させるようなことは言わないでほしいのに。

リリィは大げさに胸を張って支えられる必要がないことを示し、ローレンスを見上げた。

「ほら、この通り……ね？」

「うん。ドレスも……皺や汚れ一つないしね、完璧だ」

「もうっ……！」

くすくすと笑いながら差し出してくれた腕を取り、部屋を出た。

城内の階段を下り、廊下を進むと、中庭に面した回廊が見えてくる。

伝統に則《のっと》るなら、宴会は城の大広間を使うのが通例らしい。

けれど二人は話しあって、中庭を会場として設《しつら》えてもらうことにした。

晴天の下、秋の予感を含んだ暖かな風が、ベールを揺らしながら頬を掠めていく。

回廊の石柱から覗く庭園の草花は、晩夏の日差しを受けて目映く輝いていた。

「去年も、だいぶ雰囲気が似てきたように思っていたけど……信じられないわ。たった二年で、帝都のお屋敷にあった庭とそっくりね」

ローレンスが、深く頷く。

同時に立ち止まって、二人はしばらく、寄り添いながら庭を眺めた。

帝都で雇っていた庭師を呼び寄せて、帝都の屋敷と同じ庭を再現させようと言ったのは、ローレンスだった。

気候や日当たりの違いは勿論《もちろん》、広さも数倍はあることから、庭師はずいぶん頭を悩ませていたようだったけれど、今は懐かしい印象がそこかしこに見えた。

ちなみに、帝都の庭もまた、庭師の息子の手によって、少しずつ緑が息を吹き返しはじめている。

「出会った頃を思い出すよ。屋敷の中から、庭を覗く君を見つけて……注意しなきゃって、意気込んでた。でも今思えば、ただリリィと話してみたかったんだ。とっても可愛い女の子だったから」

「私はすごく怖くて、ドキドキしてたのに」

リリィは、静謐《せいひつ》とした森に囲まれ、清涼な空気の漂うこの都が――リルバーン公国が大好きだ。

日々この土地に暮らす人々を思い、尽くし、今では時々、ずっと昔からここで暮らしていたような気さえする。

庭の奥に目を凝らすと、オリヴィアや、帝都からはるばる祝いにきてくれた家族や知人、今の仕事や慈善活動を手伝ってくれる仲間たちが、グラスを片手に談笑を交わしていた。

中でも、フリーゼ村の人々の参列は、リリィだけでなく、父と姉にとっても特別に嬉しいことだった。ローズの言葉に騙されて、長らく故郷の人々に恨まれているのだと誤解していたけれど、彼らは元領主の父を恨むどころか、妻を亡くし、弱った父の窮地を救えなかったことを悔いていたらしい。

今では、ローレンスが村に復元してくれた生家を別荘として、休暇のたびに訪れ、以前両親と交流のあった村人たちから昔話を聞き、親交を温めている。

「大好きな庭に、大好きな人たちが集まって、私たちを祝ってくれるなんて……」

二人にとって、庭は人目を忍んで逢瀬を重ねる場所だった。

今はそこに、大勢の人の笑顔がある。

初めて会った日、彼は花を摘んでくれた。

リリィはそれを非難した。

庭で生き生きと輝いているのに、欲しいと思うままに摘み取るなんて、可哀想だと言って。

でも、今は違う。

――愛するままに摘んで、持ち帰って、大切にしてくれる方が幸せなこともあるって、やっとわかったのよ。

「リリィ。僕のもとに来てくれてありがとう」

ローレンスが、昔を彷彿《ほうふつ》とする、幼い表情で囁いた。

「違うわ……お礼を言うのは、私の方よ」

微笑みあって、ゆっくりと歩を進める。

二人が姿を現すと、万雷の拍手と祝福が、愛する庭に響き渡った。

囃《はや》し立てる賓客たちは、主役を置き去りに、早くもほろ酔いの様子だ。でもそんな無礼講が心地よい。

今朝首都に到着した義兄のエーギルは、感動に涙ぐむ姉の肩を抱いて微笑んでいる。オリヴィアも従兄弟と並んで、笑顔で手を振ってくれていた。

彼らの近くでは、最近病の快復がめざましい父や、仕事を教えてくれたドプナーが感動に目を潤ませている。他にも昔の仕事仲間や、リリィの店の常連客で、今は友人でもある国内外の貴族の令嬢たち。そしてローレンスの親族や古くからの知人が、庭いっぱいに溢れていた。

「素晴らしい日ね……」

「夢を見ているみたいだ」

いつも夏が待ち遠しかった。

そして夏はいつも儚かった。

でも今は、日々の暮らしの全てがこの上なく愛おしい。

二つ年上の彼に、気取った仕草で腰を抱き寄せられる。

額に口付けて見下ろしてくる顔は得意げで、少しおかしい。

「違うわ。大人はこうするのよ」

悪戯っぽく笑って、精一杯背伸びをして唇に軽くキスをした。

「ふふっ。ローレンスは何も知らないのね」

つんと顎を上げて大人ぶってみせると、いつだか聞いたような口ぶりで、

「もっと大人がすることを知ってるよ」

と囁かれ、長く深く口付けられた。

もうひとつの初夜

Mouhitotsu no syoya

「あっ……、これ以上、そこ、されたら、おかしく、なっ……あぁっ……」

ローレンスの傷が癒えて、結婚した春のこと。

エヴァーツ城の主寝室で、リリィは腰をがくがくと震わせていた。

フリルのついたネグリジェの中で、脚の間に差し込まれたローレンスの手が小刻みに動き、広い部屋にくちゅくちゅと卑猥《ひわい》な音が響いている。

「リリィ……ほら、だめだよ、ちゃんと脚を開いて。このままもう一回、気持ちよくしてあげるから」

「あっ、あっ、あっ……きちゃう……また、ぁ……くる、の……あ、あ、っぁー……！」

ローレンスの指が奥を探るたび、手のひらで陰核が圧迫される。喉が詰まって、声が引きつる。

夏はまだ少し先なのに、全身から汗が滴り続けて、ぐっしょりと服が濡《ぬ》れていた。

「すごいね……ぎゅうって締まって、気持ちよさそう」

「あっ、ぁぁ、ぁあ……！」

腹部の内側をぐりぐりと擦《こす》られ、つま先がぴんと引きつり、ローレンスの肩に爪を立てる。彼は達した余韻で痙攣《けいれん》する粘膜を、慈しむようにひと撫《な》でしてから指を引き抜いた。

膣《ちつ》の痙攣と共に腰がひくひくと動いてしまうのが恥ずかしくて、リリィはぎゅっとローレンスの首を抱き寄せた。

「ふふ、リリィの大事なところ、いっぱい汚しちゃったね」

「っ、ん……」

こめかみに、頬《ほお》に何度もキスをされる。背中を撫でられてほっと息を吐きながら、リリィはそうっとローレンスの下腹部を覗《のぞ》き込《こ》んだ。

ゆったりとした寝衣の下で、雄が形を作っている。夜だけれど、蝋燭《ろうそく》がいくつも灯《とも》っているから、見間違うはずはない。

「……ねぇ、ローレンス……そろそろ……あの……」

「ん？　眠くなっちゃった？」

「ち、ちがうわ。そうじゃ……あっ」

またもや膝を大きく開かれて、充血しきった秘所をじっくりと見下ろされる。

「あ……あんまり見たら、嫌よ……」

そう言いつつも、少しだけ期待する気持ちがあった。

——恥ずかしいけど、もしかして、やっとその気になってくれたのかしら……。

今日こそ最後まで身体《からだ》を重ねられるのだと期待して、こくんと喉を鳴らす。けれどそれは、すぐに裏切られた。

「綺麗《きれい》にしてあげるね」

「え——？」

——ちがう、ちがうのに。

――私が欲しいのは、そんなのじゃなくて……。

伝えようと思った時には、腰の方へ下っていったローレンスに、濡れた秘所を舐《な》め回《まわ》されていた。

「あぁあぁ……！」

達したばかりの身体には強すぎる刺激だ。これ以上はいらないのに、もっと感じるようにかくかくと腰が浮いてしまう。

「や、っ、あー……っ、あ……！」

「すっごく気持ちよさそう……。明日から旅行へ行くし、宿泊先のベッドは狭いかもしれないから、いっぱいしておいてあげるね」

濡れた場所に吐息がかかって、蕩《とろ》けた襞《ひだ》をまた舐められる。

「きゃ、ぁあ……っ、舌……じゃ、いや、ぁ……っ」

夢中になってしゃぶりついているローレンスには、もう何も聞こえていないみたいだ。リリィは喘《あえ》ぎながら、涙の滲《にじ》んだ視界で天蓋を見上げる。

――私は、一緒に幸せになりたいのにどうして……。

――どうして、身体を繋《つな》げてくれないの？

いくら考えても、答えは出てこない。

オリヴィアを授かった時の、唯一の行為を思い出す。

あんなに気持ちがよくて幸せなことを、リリィは他に知らない。結婚してから、毎晩どんなに彼が指と舌で尽くしてくれても、あの幸福には届かない。満月と、星屑《ほしくず》くらいの違いがある。また繋がりたい。ローレンスがどんなふうに自分を感じてくれるのか知りたい。あの夜は、獣のような吐息と、時折唸《うな》り声《ごえ》が聞こえるばかりで、彼の表情はよく見えなかったから。

でもローレンスにとっては、一番特別な思い出ではなかったのだろうか。

再会してから、彼は一度も最後まで抱いてくれないどころか、昔してくれたように、リリィのお腹《なか》で擦って自分が満足することすらない。

結婚前に一度だけ、思い切って聞いてみたことがある。

『どうして前と同じのをしてくれないの？』

と。

恥ずかしくて曖昧な聞き方になってしまったのがいけなかったのか、ローレンスはすぐにぴんとこなかったらしい。それでも時間をかけて理解して、

『一緒に暮らしてるけど、まだ式の準備中だろ？　婚姻を結ぶ前に二人目ができたら、あまりよくないから。せっかく僕たちの結婚を受け入れる風潮があるのに、風当たりが強くなってしまうかも』

と説明してくれて、その時はもっともなことだと納得した。

でも――つい少し前、やっと教会で署名を交わしたのだ。

豪華な儀式やパーティーはしていないけれど、結婚は結婚だ。だから今度こそ抱いてくれると思っていたのに、ローレンスは前と変わらず、リリィが意識を失うまで、一方的に快楽で責め立て

てくるばかりで。

「あ、あ、あっ……!」

何度目かの絶頂の予感に震え、汗を吸ったネグリジェを握りしめる。真っ白に塗り潰されかけた頭で、どうして、と必死に答えを探す。

もう一度『どうして挿入してくれないの』と聞けばいいだけだ。でも、勇気が足りない。

だってもし、『そんな気が起きない』と言われたり、ローレンスを困らせてしまったりしたら、きっとお互い不幸だから。


静かに溜息《ためいき》を吐《つ》いたつもりだったのに、侍女のカリナは耳聡《みみざと》かった。

「やっぱり、旅先へ持っていくドレスは、別のものになさいますか? 出立まで少し時間がありますし、今ならまだ……」

「ううん、違うわ、荷物は完璧よ。あんなに必要ないくらいだわ」

カリナは、鏡台の前に座るリリィの髪を梳《と》かしながら微笑《ほほえ》んだ。

旅行は結婚前からローレンスが計画していたもので、行き先はリリィの生まれ故郷、フリーゼ村だ。

観光地は他にいくらでもあるのに、どうしてフリーゼ村なのか聞いたけれど、ローレンスは曖昧にはぐらかして理由を教えてくれなかった。

四年前に一人で訪れた時に見た、彼方《かなた》まで続く緑の丘陵地帯と澄んだ空気の素晴らしさは、よく覚えている。

でも前領主の娘かと確かめてきた村人の視線には恨みがこもっているようにも見えて、以来、リリィは故郷を少しだけ怖く思っていた。

だから、気が重い旅であることは確かだ。

ただ、今の溜息の理由は、夜の営みについてだった。

「リリィ様はいつも遠慮なさって、ドレスも何もかもありもので済ませようとなさいますけど、もう少しばかり贅沢《ぜいたく》をした方がいいと思いますわ」

「そうかしら。もう十分、そうしてるつもりなんだけど……」

料理や掃除をしてくれたり、こうして髪を梳かしてもらったり、着替えや沐浴《もくよく》まで手伝われたりすると、少しまどろこしい。

でも、全て自分でやろうとするとカリナが『私に仕事をください』と悲しむから、髪の手入れだけは彼女に任せていた。

「いいえ、倹約家すぎます。ローズ様なんて、毎日のように宝石商を呼び寄せて、何人もの侍女を顎で使って……」

カリナは唇を尖《とが》らせて、前の主人について何か言いかけ――はっと口を閉ざした。

「っ……申し訳ございません。リリィ様がお優しいからつい、友人と話しているような気になって……どうかお許しください」

「カリナ、そんなに畏《かしこ》まらないで。リルバーンに来て一番はじめにお友達になったのはカリナだし、カリナが私のことを褒めて回ってくれたおかげで、すぐにお城の皆と仲良くなれたのよ」

「そんな、もったいないお言葉を……ありがとうございます。でも、リリィ様が国の皆に愛されているのは、リリィ様のご人徳ですわ。お金持ちにも物乞いにも、誰に対する振る舞いも、全く変わらないんですもの」

リリィはカリナのまっすぐな言葉に照れつつも、苦笑するしかなかった。

――国の皆が私を受け入れてくれるのは、とっても嬉《うれ》しいわ。

――でも、一番愛されたい、たった一人の大切な人には……結婚してから、一度も抱いてもらえないなんて。

溜息を押し殺しつつ鏡を見る。

カリナに丁寧に梳かしてもらうと、うねった髪が少しましに見えて感謝が絶えない。昔よく髪をまとめてくれた姉だって、こんなに上手《うま》くはできなかったのに。

カリナは今でこそ親友のように仲良くしているけれど、出会ってしばらくの間は、リリィの一挙手一投足にビクビクしていた。

歴《れっき》とした出自のローズから、突然、庶民の自分に仕えるなんて受け入れ難いのだろう——そう思い、彼女の仕事を増やすまいと、娘と二人暮らしの頃と変わらない行動を心がけていたところ、ある日、

『リリィ様は本当にお優しいんですね。この仕事を辞めなくてよかったです』

とボロボロ泣かれたのだ。

わけを聞いても、彼女は『いえ、なんでもありません、取り乱して申し訳ございません。これからはもっと、お手伝いさせてくださいませ』と言うばかりで、それからはやりすぎだと思うくらい、よく尽くしてくれている。

しばらく不思議に思っていたけれど、この城で働く者たちを観察し、時々耳にする噂話《うわさばなし》を総合して、ようやく涙のわけがわかってきた。

前公妃のローズは、機嫌次第で城勤めのあらゆる人々に酷《ひど》い扱いをしていたらしく、彼女に近い侍女たちは堪《こら》えきれず、何人も辞めていったらしいのだ。

カリナは今や、完全にリリィに心を開いてくれている。

親しくなるうちに、彼女は一つ年上で、フリーゼ村の出身だと知った。長らく故郷に複雑な思いがあったから、彼女によくしてもらえることは特別に嬉しかった。でも村の現状について、彼女に聞いたことはない。話題にするのも怖かったし、彼女もまた、リリィの過去を知っているからか、口にすることもなかった。

「それにしても、リリィ様が帝都からお持ちになったお召し物は、少し珍しいデザインですね」

カリナの指摘は、ずっと気になっていたことだった。

普段着に限らず、社交パーティーで見かけるドレスも、胸元のデザインをはじめ、裾のあしらい方や飾り立て方が、帝都で仕立ててきたものとは少し違うのだ。

「そうね……私もこっちの服に合わせた方がいいかしら？」

そう言うと、カリナは慌てて首を横に振った。

「いいえ、リリィ様がお持ちの服の方がよほど素敵に見えますわ。ここは首都とはいえ、国土が広くて帝都も遠いですから、流行が入ってくるのが遅いんです」

そういえば、とリリィは思い出す。

帝都で働いていた時――特に、会議が催される夏の間は、地方在住で夫についてきた高貴な夫人方から『流行《はや》りの服を作ってほしい』と注文が殺到していた。

――久しく裁縫道具に触れていないし、身の回りのことは皆がやってくれるし。

――ここでも、仕立ての仕事ができないかしら？

ふとそんなことを考えていると、

「それで、何を落ち込んでいらっしゃったんですか？」

と話を戻された。

カリナになら、相談してもいいだろうか。

彼女は昨年結婚したらしく、時々夫との下らない喧嘩《けんか》を面白おかしく語ってくれる。

——喧嘩を笑いながら話せるくらいだから、夫婦仲は良さそうだし、何かアドバイスをもらえるかも……。

「リリィ様。あまり抱え込まず、私でよければ、何だって仰《おっしゃ》ってくださいね。決して誰にも漏らしませんから」

力強く頷《うなず》いてくれる姿に姉が重なって、自然と勇気が湧いてきた。

「実は、ローレンスのことで……」

鏡に映った彼女は、一瞬身構えた。当然だと思う。毎日リリィに尽くしてくれているとはいえ、彼女の雇い主はローレンスなのだから。

「大丈夫ですよ、何でも仰ってくださいまし。私は——何があっても、リリィ様の味方です」

覚悟を決めたらしきカリナにもう一度頷かれて、でも果たして、どう説明したものかわからない。

「その……夜のことなの。寝室の」

「ええ」

それで？　と促すように、カリナが瞬く。

「私は……私たちには、先々のために……男の子が必要でしょう？　でも、その、そういう……」

我ながら、上手く説明できたと思った。

実際は、世継ぎ云々《うんぬん》の前に、ただ身体を繋げてくれないことが不安でたまらなかったのだけれど、説明としては間違っていない。

「私てっきり、ローレンス様はリリィ様を愛していらっしゃるんだと思ってました。だからすぐに再婚なさったんだって。でも――そうじゃなかったということですか？　もしかしてリリィ様、何か他にも、お辛《つら》い思いを……」

「いえ……いえ！　違うの！　カリナの言う通りよ。私たち、愛しあってるわ。ただ……」

「でも――リリィ様が仰ったのは、寝室での営みが一切ないということですよね？　こんなにお美しくて綺麗でいらっしゃるのに……」

「あ……いえ、その……」

昨夜のことを思い出して、顔が熱くなる。触れあいが一切ないわけではない。でも一体、自分ばかりが尽くされる行為を、どう説明すればいいのだろう。

言葉に詰まっていると、カリナは「わかりました」と胸の前で力強く拳を握った。

「大丈夫です！　いつも淑《しと》やかなリリィ様が、私にそんなことを打ち明けてくださって……感動です！　私にお任せください。きっと旅先で、解決するようにいたしますわ！」

「えっ。旅先で？」

「ええ。だってリリィ様、今回のご旅行、あまり気が進まずにいらっしゃるでしょう？　だから、少しでも素敵な思い出にして差し上げたいんです」

もしかしたらカリナだって、幼い頃に故郷の領主が代わったことで、苦労した可能性がある。それでも尽くしてくれる優しさに心を打たれて、リリィは椅子から立ち上がり、手を握った。

「ごめんなさいね。表に出さないようにしてたつもりなんだけど。もしかしてずっと気遣わせてたのかしら」

「何を謝られるんですか。こうしてリリィ様にお仕えできて光栄ですわ」

ここまで忠義を尽くしてくれる彼女なら、故郷の人々が自分をどう思っているか、本当のことを教えてくれるだろうか。

村に着いてから冷たい眼差《まなざ》しを受けるよりは、事前にわかっていた方が、まだましな気がする。

——でも、それは私のわがままだわ。

——私の立場で『率直に教えて』と言ったら、困らせてしまうかも……。

「……ありがとう。でも向こうへ着いたら、私には構わないで、ご実家に顔を出して、ご両親とゆっくり過ごしてね」

「もう！　リリィ様はいつもご自分のことを後回しにして、私を優先なさるんですから……」

彼女は感謝を述べて微笑むと、

「ではそろそろ、馬車へ荷物を運んでおきますね。夜のことは、ご心配なく！」

と明るい表情で退室していった。リリィは改めて鏡を振り向き、自分を見つめる。

カリナは、いつも綺麗だと言ってくれる。お世辞だと思っていたけれど、ちょっとくらいは本当だと信じてみてもいいだろうか。だって彼女は嘘《うそ》をつくような人ではない。

「でも……初めて身体を繋いだ時から、三年も経《た》ってるんだもの。オリヴィアを産んでから、少し体型も変わった気がするし。愛してくれてはいるけど、もう、魅力的じゃなくなったのかもしれないわ……」

リリィは肩を落とした。肉体の魅力ばかりは、どうにもならないことだと思う。

それから、気弱な自分を追い払うように、ふるふるっと顔を横に振る。

――こんなことをカリナに頼って、自分は何もしないなんて駄目だわ。

――旅先で、思い切って話しあってみよう……。

リリィは覚悟を決めて、旅行中、城に残す娘に挨拶をするため部屋を出た。

「いい景色だ――やっぱり来てよかった」

ローレンスは客室の窓を開け、遠くの丘を眺めながらそう言った。

リリィの故郷は、国境沿いにある小さな村だ。宿は一軒しかなく、主人は『まさか、こんな田舎《いなか》に領主様がいらっしゃるなんて』と恐縮していた。ローレンスの従僕やカリナ、護衛に御者も、全員同じ宿に宿泊している。

「他にも部屋を取っておけばよかったかな？　二人一緒で、狭くはない？」

ローレンスがリリィを振り向いて首を傾けた。素朴な部屋にはベッドが二台並び、小さなテーブルと椅子が置いてある。上階の一番広い客室だけれど、城の生活に慣れた彼からしたら狭いと感じるのかもしれない。

「私は十分だわ。……実は私、昔この宿に泊まったことがあるの。一階の食堂のお料理が、とっても美味《おい》しいのよ」

ローレンスの隣に立って景色を眺めると、彼は「……そう。来たことがあったんだ」と歯切れ悪く頷き、躊躇《ためら》いがちにリリィの顔を覗き込んできて、少し不自然にキスをした。

「ん、っ……」

ローレンスは二人きりの時、大抵リリィに触りたがってキスをする。リリィが唇を開こうものなら、すぐ淫らに舌を絡めてくるのだ。

それにしたって、今のはずいぶんと性急で少し驚いた。

「っ……だめ、よ……」

「ほんとに？　だめなの？」

いつもこんなふうに優しく聞いてくるものだから、リリィは参ってしまう。

「僕は、リリィを気持ちよくしてあげるのが、すごく好きなんだけどな」

「でもまだ……明るいから」

——私の望みは、一緒に気持ちよくなることなのに。

少し無理をして微笑むと、ローレンスも困ったように笑い返してくれた。貧しい生活をしていた時は、こうして笑顔を作って、毎日を何とか乗り越えていたことを思い出す。後ろからぎゅっと抱かれて、腹部を撫でられながら一緒に窓の外の景色を眺めた。

柔らかな春風が頬を掠《かす》める。晴天の下、大きく波打つ牧草地の合間にぽつりぽつりと田畑が開かれ、丘陵に道が敷かれている。ゆったりと時間が流れる豊かさに、固まっていた心が少しずつ解《ほど》けるのを感じた。初めてここを訪れた時も、そうだった。一目見て、すぐにこの土地を気に入ったのだ。

けれど、ひときわ高い緑の丘を見つけて、リリィはそっと目を伏せた。姉の言っていた通りなら、あの丘の上に、自分の生家が立っていたらしい。でも今は跡形もなくなっていた。

「……実はね。僕も一度だけ来たことがあるんだ。リリィに出会う前。十歳の誕生日に、父が連れてきてくれて……」

ローレンスは秘密のように囁《ささや》いたけれど、驚きはない。その時にはもう、リルバーン公国の一部になっていたのだから。

リリィはじっと言葉の続きを待ったけれど、それで話は終わりのようだった。視線を感じて振り向きざまに見上げると、触れるだけのキスをされる。また微笑みあって、首や顎を撫でられた。

リリィよりずっと大きくなってしまった手はごつごつしていて、子供の頃とは全く違う。成長を愛《いと》しく思って手を重ね、ナイフを握って守ってくれた時の生々しい傷跡に口付けて、血の匂いを思い出す。

「ずっと馬車に揺られて疲れただろう。少し休むかい？」

「ううん、平気よ。やっぱり、リルバーンに来てから少しずつ具合が良くなってるみたい」

「前もそう言ってたけど……本当に？」

「ええ。だから毎日、暇なくらいで。オリヴィアの面倒だって、乳母《うば》が見てくれているし」

「出立前の夜、調子に乗って沢山触ってしまったけど……それは大丈夫？」

「……へ、平気よ」

「良かった。……月のものがなかったら、本当は、毎晩してあげたいところなんだけど」

——嘘。月のものがきていたって、ずっと胸に触れて、おかしくさせてくるのに……。

——それに、そんなに愛してくれるのに、どうして最後までしてくれないの？

今なら言えるかも、と思うのに、何度息を吸っても切り出せない。

——だって、こんな明るい時間から夜の話をするのは、ちょっとはしたないんじゃないかしら。

数日滞在するんだし、焦らなくても……。

——でもでも、早く言わないと、ずっとこの葛藤を続けることになるわ。

「疲れていないなら、少し外を散歩しようか」

「そ、そうね、そうしましょ」

そそくさと部屋の外へ出ようとした。手を握られて振り向くと、弱り顔で見下ろされる。

「もしかして、ここへ来るのは嫌だった？　故郷の話は、いつもあまりしたがらないから」

「そんなこと……本当に嫌だったら、そう言ってるわ。確かに私は、ここの人たちによく思われてないでしょうけど……」

「よく思われていない？　どうしてそう思うの？」

ローレンスは心底わからない様子だ。でも上手く説明できなかった。なぜなら、これから新しい幸せを築いていくのに、ローズに吹き込まれた嫌な話を持ち出したくない。

「だって、……わからないわ、なんとなくよ。さ、行きましょ」

少し強引に誤魔化《ごまか》すと、ローレンスは少し悲しげな視線を窓の外に投げて、珍しく深刻な面持ちで言った。

「実は……散歩しながら、少し、話したいことがあるんだ」


手を握りあって外へ出ると、暖かい日差しに包まれた。ローレンスは迷いなく道を進み、窓から眺めた景色の中を進んでいく。

すれ違う村人たちは、二人に恭しく頭《こうべ》を垂れる。以前正体を誰何《すいか》された時のように意味深な視線を感じることはなかったが、皆どこか余所余所《よそ》しい様子だ。

——ローレンスと一緒にいるから、敬ってくれているだけで。

——内心は、父のしたことを恨んでいるのかも……。

村を抜けて広大な牧草地へ入ると、いつもぴったりと後ろをついてくる二人の護衛は、危険はないと判断したのか、適度に距離を空けて二人きりにしてくれた。

でも、しばらく会話はなかった。話があると言ったローレンスは、しばらく何かを考え込むように足元を見つめて、やっと口を開く。

「ここに連れてきたのは、政務を忘れてリリィとゆっくりしたいからというのもあったけど……これだけは、打ち明けておかなくちゃと思っていたことがあって」

立ち止まったローレンスを振り向くと、彼は改まった様子でまっすぐに向きあった。

「僕の父は、良くも悪くも野心家で、常に領土の拡大を狙っていた。だから……きっと、フリーゼ村もその一つで。病気になった義父君《ちち》が詐欺に遭っていることを知っていて、潰れるのを待っていたのかもしれない。そういうことが、平気でできる人だったから」

彼はまるで自分が罪を犯したかのように俯《うつむ》いたけれど、詐欺に遭って首が回らなくなったのはリィの父であることには変わらない。

言わずに済むことを打ち明けてくれた彼の誠実さが嬉しくて、リリィはぎゅっと手を握り返した。

「……だとしても、それでよかったのよ。村の人はそれで救われたんだもの。それに、皆ローレンスに感謝しているみたいだわ」

「それは……、そうだといいんだけれど。それにね、伝えたいのはそれだけじゃなくって……」

彼は言葉を濁して、再び歩き出した。

それからまた沈黙が続いた。手を繋いでいて、空は晴れ渡っているのに、なんだか重苦しい。

丘を登りはじめて、屋敷が立っていた場所に近付いていることに気付く。

ローレンスはそれを知っているのだろうか。

とうとう頂上へ登りきって、今度は丘の上から村を眺めた。

沈みはじめた夕日に、世界が赤く染まっている。

風で、夕日よりも赤い髪が優しく揺れた。

自分が生まれたばかりの時、ここにあった屋敷の中で、母は自分を抱いてくれたのだろうかと思う。

——きっと私のお母様は、この景色より綺麗な人で……お父様は、心から愛してたんだわ。

——だからお母様が亡くなった後、お父様は、病気になるほど落ち込んで……。

父は、昔のことを語らない。

でも、母との思い出がある美しい土地を、守りたくなかったはずがない。

「……僕のせいなんだ」

隣のローレンスを仰ぐ。

でも彼はただ、しばらく遠くの村を眩《まぶ》しそうに眺めていた。

この村に、リリィの思い出はない。

きっとこうだったのだろう、という想像があるだけだ。

そして漠然と寂しさを感じるのは、この美しい土地を捨てて、貧しい中で自分を育ててくれた父と姉の決意が、あまりに切ないからで。

「父が誕生日にここに連れてきてくれた時は、まだここに君の屋敷が立っていた。趣のある、立派な佇《たたず》まいでね。この綺麗な風景の中に、ずっと昔からあったように溶け込んでいて。でも、僕が……」

ローレンスの手が、リリィから離れる。

「父から誕生日に欲しいものを聞かれて、僕は何も望まなかった。だから贈り物の代わりに、ここを建て直して別荘にしようって言われたんだ。僕は何も考えずに頷いた。そうしたら父が喜ぶと思って。おかしいよね、父の方が僕を喜ばせたがっていたのに。でも結局、取り壊した後、父の気が変わって、別の場所に建てることに……」

そこまで一息に言って、ローレンスはやっとリリィを振り向いた。

「だから僕が――君の生まれた場所を、壊したんだよ」

息を止めるように唇を閉じて、黒い睫毛《まつげ》が瞬く。

十歳のローレンスは、どんなふうだっただろう、と想像する。

まだ恋を知らなくて。

素直で、大人に言われたことは、何だって信じただろう。

だって、彼に会った時の、十二歳の自分がまさにそうだった。

「ごめんね……」

そんなことを、謝らないでほしい。

と同時に、彼の気持ちは手に取るようにわかった。

きっと彼は許されたいわけでも、打ち明けて楽になりたいわけでもない。

今更告白したところで取り返しの付かないことだとわかっていても、伝えなくてはと思ってくれたのだ。

そうでなければ、わざわざ仕事の合間を縫って、ここまで連れてきてくれる必要なんてない。

「ローレンス……抱きしめて」

彼は涙を堪えるように顔を歪《ゆが》ませた。

自分からではなくて、彼からしてほしかった。

彼からそうすることを、許してあげたかった。

寝室で自信たっぷりに翻弄してくる彼は一体どこへいったのか、ローレンスは恐る恐るリリィに向き直って、背中に両腕を絡めてくれた。リリィは大きな体温を抱き留めて、広い背中を擦りながら囁く。

「ローレンス、教えてくれてありがとう。私には、この土地の思い出が何もないの。だから平気よ。

それに……夫の中に、私の知らない記憶が残ってるって、考えようによっては素敵なことよ」

ローレンスはリリィの小さな肩に顔を埋《うず》めて、首を横に振った。腕に力が籠もって、震えを耐えている。あまりにも力強いものだから、つま先まで浮きそうになって、リリィは笑った。

「ほら……ふふっ、そんなに泣かないで」

「……泣いて、ないよ」

やっぱり泣いていて、くぐもった声だ。

額に落ちた黒髪を耳の方へ流してあげると、上から手を包み込まれた。ローレンスは温《ぬく》もりを確かめるようにリリィの手を頬に押し当て、目を閉じる。

「リリィ、君や義父君が許してくれるなら、ここに建て直そうと思うんだ」

「え……？」

「できれば、義父君や、村の住人で昔屋敷で働いていた者から当時の間取りを聞いて……。それで償おうなんて思ってるわけじゃない。僕がもう一度見たいんだ。ここに屋敷の立っている景色を。君と一緒に」

駄目かな、と不安げに首を傾《かし》げた夫の瞳は、やっぱり潤んでいて、リリィは今度こそ自分から抱きついた。

夕暮れの中、宿へ戻ると、侍女のカリナが玄関の外で待ち構えていた。一体何があったのか、ずいぶんと顔色が悪い。

「ああ、リリィ様！　お帰りなさいませ。あの……ああ、どうしましょう、何から話せばいいのか……」

「どうしたの？　もしかして、ご両親に何かあった？」

「いえ――いえ、違うんです」

「落ち着いて。もしこの間相談したことなら、私、自分で……」

隣に立つローレンスに聞かれたくなくて声を落とす。カリナはちらりとローレンスを仰ぎ見た。何も知らない彼は、不思議そうに顔を傾ける。

「いえ、そちらの準備はばっちりです。そうではなくって……」

ふぅ、と一つ息を吐いてから、カリナはしどろもどろに語りはじめた。

「あの……私、リリィ様は故郷のお話を避けていらっしゃるようでしたから、傷つけるのではないかと思って、ずっと言えなかったことがありまして……。実は私の母は、昔リリィ様の生家で働いていたらしいんです。ただ母は、当時のことを話したがらなかったから、私も詳しいことは知らなくて……」

ずきん、と胸が痛んだ。今までの気遣いが嬉しい一方、申し訳なくも思う。

「……そうだったのね。もし……その、お母様が、私の父のしたことで何か怒ってるなら、私、謝りに行くわ」

「いえ、それがその……今、宿の中で、母が待ってるんです」

思わず、ローレンスと顔を見合わせた。カリナは青褪《あおざ》めて、涙ぐんでいる。

「どうしても、リリィ様に直接お会いして、お伝えしたいことがあるって……。一体何の用なのか、私にも教えてくれなくて。そんな恐れ多いこと良くないわって、精一杯止めたんです。でも、『今を逃したら一生後悔する』って……。私もう一度、帰るように言って聞かせますから、もう少し中に入るのはお待ちいただけませんか」

いつも明るく勇気づけてくれる友人の母親だ。

それでも不安に駆られて再度ローレンスを見上げると、リリィの決断を尊重し、励ますように肩を抱いてくれた。

もしかしたら、酷く詰《なじ》られるのかもしれない。

でも今は何があっても、絶対にローレンスが隣にいてくれる。

リリィは、恐縮しきって項垂《うなだ》れているカリナの手を取った。

「何も泣くことないわ。行きましょ。いつもあなたにお世話になってるんだから、私からご挨拶に伺うべきだったわね」

「リリィ様、でも……」

戸惑うカリナの手を引いて宿屋に入ると、廊下の向こう――階段の前で不安げに佇んでいる中年の女性と目が合った。カリナと同じ髪色で、目鼻立ちが似ている。彼女は目を見開いてリリィを凝視すると、まっすぐに駆け寄ってきて――勢いのまま、リリィに抱きついた。

「きゃっ……！」

予想していなかったことに、リリィは身を硬くする。背後でローレンスが、「待って、大丈夫だから」と護衛を制する声が聞こえた。

「ああ、リリィ様、こんなに大きくなられて……！」

手を握り、顔を覗き込まれて怯《ひる》んでいると、カリナが困惑しながら慌てて間に入ってくる。

「ちょっとお母さん、離れて。公妃様に失礼だわ！」

「そう……そうね。でも、私が初めてお会いした日のマルガレーテ様に生き写しだわ。マルガレーテ様も、お嬢様の成長したお姿を見たら、きっと……」

カリナの母親は手を放して一歩引くと、目尻に浮かんだ涙を指先で拭った。

「あの……お母様を、ご存じなの？」

「ええ、勿論《もちろん》です。私は第一ご息女のティアナ様がお生まれになる前から、ずっとマルガレーテ様の侍女を務めておりました。リリィ様が生まれた日も、昨日のことのように覚えております。ご夫妻は、それはもう大変な喜びようで――」

今度はリリィが驚く番だった。

「お母さん、何よ、それならもっと早く教えてくれたって……。私てっきり、リリィ様に何か失礼なことを……」

カリナが眉を寄せ、母親を非難する。

「どうしても直接お伝えしたかったの。マルガレーテ様との、最後のお約束だったから……」

「約束？」

リリィが首を傾げると、カリナの母は、エプロンのポケットから小さな布袋を取り出して手渡してきた。

袋の紐《ひも》を解いて逆さにすると、同じ石のついた首飾りが二つ、手のひらに滑り落ちる。

「生前、マルガレーテ様から、お嬢様方にとお預かりしていたものです」

「お母様が……？　これを、私とお姉ちゃんに？」

声が掠れた。

鼓動が、指先が熱い。

「はい。ご自身と同じ髪と瞳の色のお嬢様方には、きっとこの石が似合うに違いないから、成人したら必ず私から手渡してほしいと。驚かせたいから、それまでは誰にも黙っているようにと仰られて……。その時には、ご自身の命があとわずかだと悟っていらしたんです」

「お母様が……」

この石に、母も触れたのだろうか。

想像するだけで手のひらが震え、涙で宝石が歪んで煌《きら》めいた。今すぐ、この感動を姉に伝えたい。

「でもまさか、その後……こんなことになるとは思わなくて。風の噂を聞いて、一度だけ帝都へお嬢様方を探しに行ったんです。けれどあの広い都で、私一人ではとても……」

姉のティアナと騎士総長の結婚を知った時は、再び帝都へ旅する蓄えもなく、リリィが四年前にこの村を訪ねた時も、『元領主の娘ではないか』という噂を聞くのが一歩遅かったらしい。かといって、大切な物を人に託すこともできず——彼女は涙ながらにそう語った。

「本当に、本当にありがとう。とっても嬉しいわ。私……村の人には、いい印象がないのかしらって思っていたから……」

カリナの母が、怪訝《けげん》な顔で大きく首を横に振る。

「まさか、そんなことはありません。リリィ様がお戻りになって、皆とっても喜んでいますわ」

「え？　でも……」

それでは、以前受けた、訝しむような視線は何だったのだろう。

「ああ……ご気分を害してしまったようでしたら、私たちの責任です。皆田舎者で人見知りなのに加えて、以前の領主様が大変だった時、何のお役にも立てなかったことを申し訳なく思っていて……。皆、後ろめたさがあるんです」

「そんな。そんなことないわ。だってお父様は、いつも自分がいけなかったって、後悔していたのよ」

ローズにかけられた呪いが、やっと全て解けた気がする。

ネックレスを見つめて、次にローレンスを振り返ると、彼は優しく微笑んでいた。

「お約束を果たせて、やっと肩の荷が下りました。それに娘がリリィ様にお仕えしているなんて、光栄なことです。そそっかしい子ですが、どうか末永くおそばに置いてやってください」

そう言って、カリナの母は深く膝を折った。


「明日の約束が楽しみだわ。お母様が気に入っていた場所や、好きな食べ物や、私がお腹にいた時、毎日どんなふうに過ごしてたか教えてくださるって……そんなこと、一生知ることはないと思っていたから」

リリィは客室の窓辺に立ち、満月に照らされた暗い丘を眺める。

日中よりも親しみ深く感じられるのは、ローレンスと一緒に散歩をした後だからだろうか。

「僕も、リリィの誤解が解けてよかったよ」

「誤解？」

「フリーゼ村の話をすると、いつも暗い顔をしていたから」

「……気付いてたのね」

窓際に寄ってきたローレンスは、「なんとなくね」と肩を竦《すく》めた。

「だからせめて、僕の知っている限りのことを伝えておかなくちゃと思ってたんだ。それに、何か誤解があるなら、それを解くきっかけにもなるかと思って。でもまさか、義父君に非があるとまで思い詰めていたなんて」

「……だってお父様は、ずっと村のことを気に病んでいる様子だったから。なのに、村の人たちは父に感謝していたなんて、思いもしなかったわ」

「立場によって、違うものが見えるからね」

ローレンスはそう言って、また一緒に窓の外を眺める形で、後ろから抱きついてきた。彼の腕に手のひらを添わせて、背中に寄り添ってくれる温もりに身体を預ける。

「早くお父様やお姉ちゃんに、伝えてあげたいわ。連れてきてくれてありがとう。もしローレンスが誘ってくれなかったら、私ずっと……」

ローレンスの腕に力が籠もる。背中で熱が混じって、もう一つの大事なことを思い出す。夜の営みについて、この旅の間に話しあうと決心したのだ。

――伝えるとしたら、今？

――それとも、ベッドへ移動してから？

なかなか決心がつかずにいると、見上げていた星空に思い出を引き出された。

満月と千々の星屑は、過去も今も、どこで見ても変わらない。

それに勇気を得て、思い切って「あの日の夜空みたいね」と呟《つぶや》いた。

「あの日って？　いつのこと？」

「あっ……」

背後から耳元で囁かれる。ネグリジェの上から腹部を撫でてきて、たったそれだけで、脚の間にきゅっと緊張が走ってしまう。

「いつって……」

リリィにとって、星を見ながらローレンスと過ごした夜といったら、初めて身体を繋げた日のことだ。でも仰向《あおむ》けになって星空を見上げていたのは自分だけだから、彼にはわからないのだろう。

「リリィ？　教えて？　いつのことを言ってるの？」

耳元に湿った唇を押し当てられ、耳を軽く食《は》まれる。

「ふぁ、っ……、それ、は……っぁ……」

腹部を擦っていた両手で両胸を優しく揉《も》み込まれて、思わず声が漏れた。ひしゃげるように形を変えられて、ネグリジェで乳首が擦れる。

ローレンスに毎晩愛《め》でられて、気持ちいいと感じる場所がどんどん増えて、今ではちょっとした接触で期待してしまう。

「もうこんなだよ……服の上から、形がわかっちゃう」

「あぅ、ぅ……」

俯くと、指でぴったりと押さえつけられたネグリジェの中で、乳首だけがくっきりと浮き上がっていた。変化を教えるように、尖った先を指先で上下に弾かれて、腰が揺れてしまう。

「リリィ、服の上からこうするの、昔から好きだよね」

「やぁ、っ……言わない、で……」

「そう？　教えてあげると、もっと硬くなるみたいだけど」

刺激が物足りなくなってきたところに、今度は爪で引っかかれて、唇から舌がこぼれた。思うがまま喘いだ方が気持ちいいと教え込まれていたけれど、今日はまだ理性を捨てるわけにもいかなくて、手で口を塞ぐ。

「気のせいかな。なんだか今日は、いい匂いがする」

「この……香り、すき？」

「珍しいね、何の香水？　急にどうしたの？」

昔、リリィの匂いが好きだと言ってくれた彼は満更でもないようで、胸の先へ愛撫《あいぶ》を続けながら首筋に鼻先を寄せて、香りの元を探してくる。

「んっ、んぁぁ……っ、くすぐっ、た、ぃ……っ」

「匂いの理由も、教えてくれない？」

肩から上へ向かって首筋をつーっと舌先で辿《たど》られて、耳を噛《か》まれる。

「ひっ、ぅ……ねぇ……っ、胸、りょうほう、まって、そんな、しちゃ……っ」

「どうして？　ずっと移動続きだったし、疲れただろ？　癒やしてあげるから、僕に委ねて……気持ちよくなっていいんだよ」

じゅく、と下着に蜜が溶け出したのが、はっきりわかった。どんなに下腹部に、膝に力を入れても、一度そうなったら止まらないことを知っている。

「こたえる、から……キスして……」

いつもなら、キスをせがめば、手を休めてじっくりと応えてくれる。でも今日は一切愛撫を止めてくれない上、早くもローレンスの息が荒い。まるで昔、初めて身体に触れてくれた時のように。

「いいよ……こっちを向いて、顎を上げて」

「んんんっ……！」

唇を割られて、きゅうっと胸の先を摘《つま》み上《あ》げて捏《こ》ねながら、本能を押し付けるようなキスをされる。

——もしかしてこの香り、カリナが言ってた通り、ほんとに、効果があるのかしら……？

冷静に考えられたのはそこまでだった。

乳首を繰り返し圧迫し、捻《ひね》られて、絡めあった舌からだんだん力が抜けて、唇の端から唾液が伝う。かくんと膝が折れて、目の前の窓に手をついた。

「きゃっ、ぁ、っ、あー……っ……！」

薄い生地ごと爪で摩擦されると、全身に汗が滲んだ。脚の間はぬかるみきって、蜜がとろりと下着から溢《あふ》れ、太股《ふともも》を伝ったのがわかる。

臀部《でんぶ》に硬い何かがめり込んできて、ローレンスも興奮しているのだと気付いた瞬間、頭の中が熱く溶け落ちた。

「あっ……あっ……ぁ……！」

——ほしい……。

——ローレンスと、一つになりたい——。

ずっと溜《た》め込んでいた望みが膨らんでいく。でも快楽にとことん弱くされてしまった身体は、リリィの心を裏切って、独り善がりに上り詰めていった。

「我慢しないで。もっと可愛《かわい》くなって」

「もっ……ぅ……や……いって、っ、いってる、の……っ」

「ほんと？　リリィ、気持ちよくなるの怖がって、時々嘘つくから……」

「う……うそなんて……ついて、っな、ぁ……っ！　あっ、あ……！」

びく、びくっと全身に緊張が走った。

倒れそうになってやっとローレンスは愛撫を止め、後ろから抱き支えてくれた。

緩く達した気がするのに、何度も引っかかれた乳首はじんじんと痺《しび》れて物足りなさを訴えているし、脚の間は熱く疼《うず》いて酷いことになっている。

「可愛かったよ……」

「あ……ぅ……」

首筋を舌先で辿られると腰が引きつって、愛液が流れ落ちる。

息が乱れているのに、振り向かされて口付けられた。舌を絡めて吸われて、唾液が溢れるまで貪られる。

腹部を抱きしめていたローレンスの手が下へ移動して、ネグリジェの上から脚の間に差し込まれた。布越しに内腿《うちもも》を撫でられ、少しずつ恥部へ近付いてくる。

「あ……っ、ねぇ、待って、っ……」

「体温が上がったせいかな……さっきより、いい匂いがする。ほんとに、何があったの？　香水、苦手じゃなかった？」

すん、ともう一度耳元の香りを嗅がれながら股の間を撫でられると、くちゅりと水音がした。

「ひぁっ……！」

「一度も触ってないのに……こっちも辛かったね。もっと気持ちよくしてあげる」

「きゃっ……！」

膝を掬《すく》って抱き上げられた。シーツに下ろされると、古いベッドが大きく軋《きし》んだ。

「ローレンス、待って。この匂いはね、」

「うん、なぁに？」

知りたがったのはローレンスだ。なのに彼は上から覆《おお》い被《かぶ》さって、首筋にキスをしながら上の空で聞き返してくる。

「んっ……、これは、カリナが……」

「カリナ？　彼女がくれたの？」

「んっ……そう、って……それで……まって……まってっ」

ローレンスはいったん身体を起こすと、容赦なくネグリジェを捲《まく》り上《あ》げてきた。這《は》って逃れようとするも、足を掴《つか》まれて封じられてしまう。

「どうして？　毎晩してあげてる、リリィが大好きなことだよ」

「あっ……」

脚を大きく開かれると、恥ずかしくて仕方がない。案の定、内股はぐしょぐしょに濡れて、太腿の間で愛液が糸を引いていた。そして、あらわになった下着は――。

「……、リリィ、これ……、……どうしたの……」

ローレンスは脚の間を見つめて、硬直している。

「っ……だから、待ってって言ったのに、っ……」

あまりの恥ずかしさに、涙が出てくる。蝋燭を消して、部屋を真っ暗にして、全部なかったことにしてしまいたい。足を閉じようとすると、その分強く掴まれて広げられてしまう。

「やぁっ……もう、見ないで……」

リリィはとうとう両手で顔を隠して、か細く震えた声で懇願した。

ごく、とローレンスが息を呑《の》む音が聞こえる。

「こんな、いやらしい下着……まさか……これも、カリナが？」

両手で顔を覆ったまま、何度もこくこくと頷いた。

カリナの母親と話を終えた後――カリナはリリィを自分の部屋へ呼び、二つのものを見せてくれた。

一つは、香油の入った小瓶だ。

『オレンジの花の香りで、催淫作用があると言われているんですよ。これを、首筋や胸元、腹部に塗ってくださいさい』

『さいいんさよう？』と、リリィは聞き慣れない言葉を繰り返した。

意味を聞いて納得したけれど、そもそもローレンスはいつも興奮してくれている。だから効果があるのだろうかと思ったけれど、侍女の厚意を拒むわけにもいかず――加えてとても良い香りで、普段も使いたいと思えるくらいだったので――言われた通り、肌に擦りつけた。

そして、次に渡された下着が問題だった。

薄手の小さな生地で、両サイドをリボンで結ぶデザインの、かなりセクシーなものだ。

それだけでも恥ずかしかったのに、よく見ると――一番隠すべき場所に、穴が開いていたのだ。

男女の営みに疎いリリィだったけれど、意味は理解できた。

つまりこの穴は――下着を身につけたまま、いつでも男性を受け入れることを可能にするものだと。

顔を真っ赤にしていると、カリナは胸を張って、自信たっぷりに言った。

『香りで誘惑して、この下着を見せれば、何も口にしなくても、リリィ様の望みが伝わりますわ！』

本当に、そうだろうか。

だとしても、こんな下着を身につけるなんて恥ずかしすぎるし、それならまだ、悩みを素直に伝えた方がましな気がする。

でも出立直前にこれを用意してくれたカリナの優しさを思うと、やっぱり断れなかった。

そんなわけだから、ローレンスに下着を見られる前に、きちんと気持ちを伝えておこうと思っていたのに。

「あ……リリィ、ごめん。泣かないで」

顔を覆った指の隙間からローレンスを見上げる。

謝っているのに、彼の視線は脚の間に張り付いたまま動かない。大きく脚を開かされているせいで、愛液で濡れた下着の間から陰唇が覗いているはずだ。

「ひどい、わ……。待ってって言ったのに……ローレンスが、いそいで、あし、ひろげるから……っ……」

「本当にごめん。だってなんだか……いい香りがして、いつもより……その、僕も……」

ローレンスは先ほどより更に息を荒らげている。リリィも視線に感じて、更に愛液が溢れてどうしようもない。さっさと悩みを打ち明けてしまえば、こんなに恥ずかしい思いはせずに済んだのにと唇を噛む。

「ローレンスが、してくれないせいよ……」

「してくれないって？　何か足りなかった？　僕、まだ下手かな？」

「ち、ちがうわ。そうじゃなくて……説明するから。足、はなして……っ」

「あ……、……ごめん」

ようやく解放されて脚を閉じ、ネグリジェを下ろしつつ身体を起こす。

「ねえ……ローレンスは、昔の私の方が好きだった？　子供を産んで、私、どこか変わっちゃった？」

「急にどうしたの。そんなわけないだろ？」

「じゃあ、なんで……なんで、い……っ、いれて、くれないの？」

とうとう聞いてしまった。

予期せぬ問いかけだったのか、ローレンスは戸惑いつつも、

「ごめん、まさかそんなことで悩ませてたなんて。満足してくれてるとばかり思ってた」

と言い、頬を流れる涙を指先で拭ってくれた。

「リリィ、違うんだ。ずっと辛い思いをさせたから、沢山気持ちよくしてあげたいって思ってただけだよ」

「何よそれ……。私ばっかりなんて、いらないわ」

きっぱり言い切ると、ローレンスは「でも……」と視線を泳がせる。

「初めての時、あんな場所で……少ししか触れあったこともないまま、最後までして……。終わった後、君は泣いてただろ？　だから二度目は、ちゃんと準備しておきたくて」

「何を言うの。すごく優しくしてくれたじゃない。あの時私は嬉しかったし、とっても幸せだったのよ」

ローレンスはにわかに信じがたい様子で、しげしげとリリィを見つめてきた。

「泣いたのだって、私が誤解してたからで……今、星を見て思い出したのも、あの夜のことだったの。ローレンスの後ろで、いっぱい星が輝いてたから」

歯痒《はがゆ》い気持ちで思い出を語ると、彼は「でも外で。硬いベンチの上だったよ」と悲しみに眉を歪ませる。

「そうね、でも外だったから、星が見えたの。忘れられない、素敵な思い出よ」

彼はもうすぐ、二十二歳になる。

お互い身体は男と女に成長したのに、こうして二人きりで向きあうと、出会った頃から何も変わっていない気がした。

「でも、本当に……いいの？　大丈夫？　今日ここで、最後までする？」

「わたし、こんな恥ずかしい下着をつけてきたのよ……なのに、まだそんなことを聞くの？」

恥ずかしさを耐えて見上げると、「だって、ここのベッドはいつもより硬いから」と弱った顔をされて、また顔が熱くなる。

「それは……そんなにいっぱい、求めてくれるってこと？」

上目遣いに窺《うかが》うと、ローレンスはもう躊躇わなかった。

再び押し倒され、すぐにネグリジェを捲られて、脚の間を撫で上げられる。

「太腿まで濡れてる」

「っ……、う……ん、……」

少しずつ秘裂に指が近付いてくる。ぱっくりと割れた下着の間で、太い指が陰唇を捏ねて、くちゅくちゅと音を立てた。

「すぐに直接触れて……すごく便利だ」

「ああっ……！」

膨らんだ陰核を摘まれて、腰がくっと軽く浮き上がる。ぬるぬると指の間で弄ばれると、あっという間に息が弾みはじめた。

「それに、いい匂いだし……今日はカリナに、沢山感謝しなくちゃね」

「やぁ、んっ……！」

耳を舌で嬲《なぶ》られながら、指が一本、中に滑り込んでくる。簡単に侵入を許して気持ちよくなってしまうのは、毎晩毎晩、指で解して、熱心に愛してくれているからだ。

「あっ……、もっと、っ、して、いい、からぁ……っ」

とうとう望みが叶《かな》うとわかると――また一緒にあの幸福を味わえると思うと、恥じらいと躊躇いが消えていく。

「いつもはもう少し、慣らしてからだけど……」

ローレンスは不安げに、けれどリリィの望み通りすぐに二本目の指を入れてくれた。狭い入り口を広げられる快感にうっとりと目を閉じて、シーツに頬を擦り寄せる。

「あ、っ……奥まで、へいき、だから……」

「ほんとに？　痛くない？」

頷くと、硬い指がずりずりと襞を押し上げながら、根本まで侵入してきた。

「あぅ、っ……」

「本当に、いい匂い。ずっと嗅いでいたいな」

耳元で囁かれ、膣孔を擦られると愛液が溢れて、下着と彼の手を汚してしまう。ネグリジェの内側は、汗でじっとりと湿り気を帯びていた。

「また一緒になれるのは嬉しいけど……やっぱり、痛い思いをさせないか心配だ」

ローレンスの指が、ちゅぷちゅぷと音を立てて出入りしはじめた。奥までぐっと差し込まれるたびに陰核まで圧迫されて、声が止まらなくなってしまう。

「っぁは、ぁあっ、あっ……今日はもう、いいから……っ、おねがい……はやく、いっしょに……」

まった。

「っ……、僕も……」


ねだると、すぐさま指を引き抜かれ、あっという間にネグリジェを剥《む》き、下着の紐を解かれてし
「カリナには悪いけど、これはまた今度使わせてもらおうか」

苦笑しながらリリィの濡れた下着を放り、自らも脱ぎはじめたローレンスを見守る。

「裸を見るの、初めて……。いつもローレンスは、服、着てたから」

「そういえば、そうだね」

ズボンから飛び出した性器の大きさに息を呑む。

引き締まった腹筋の凹凸は、自分にはないものだ。思わず指先で辿ると、臍《へそ》の下の性器がびくっと反応して、慌てて手を離す。

お互い一糸纏わぬ姿になると、片足を開かせ、腰を近付けてきたローレンスは、もう『いい？』とも、『痛いかもしれないよ』とも言わなかった。

包み込むように微笑んで、何度も唇にキスをしながら濡れた性器を軽く擦りあわせて、ゆっくりと厳かに、リリィの中へ入ってくる。

「あ……あ……っ」

出産だってしたし、二度目の行為でもあるのに、指とは比べ物にならない太さが、少しだけ怖い。

でも、毎日熱心に指で慣らしてくれていたおかげで、一切の痛みなく受け入れていた。ローレン

スは先端を食い込ませただけで息を乱し、全身から汗を滴らせている。

耳に唇が近付いてきて、彼の泣きそうな吐息が耳の内側に触れると、『大丈夫？　やめておく？』と言われそうな気がして涙ぐむ。

「まだ……もう少し、あるからね」

予感とは真逆のことを囁かれて、求められる喜びに、ぞくぞくっと背中が震えた。

「あぁ、っ、あ……っ」

愛液のぬめりを借りて、隘路《あいろ》をずりずりと押し上げながら、熱い塊が侵入してくる。すぐにお腹の奥まで犯されて、つま先が引きつった。

「あ、っ……ぁ……！」

「っ……、わかる？　根元まで、入ったよ……ひとつに、なってる……」

お腹の中でローレンスを感じるのは、三年ぶりだった。

あの特別な夜のことはまざまざと覚えているのに、何もかも初めてのような感動がある。

目の前がちかちかして、また幸せで涙が溢れて、ローレンスの顔がよく見えない。彼は何もかもわかってくれているように、唇で涙を拭ってくれた。

「リリィ……？　大丈夫？　どこか痛い？　ちゃんと言ってね？」

怖々と聞いてきたローレンスを見て、やっと気付いた。

彼にとって、別れのきっかけとなった初めての時のことは、少しトラウマになっているのかもしれないと。

「言った、でしょ。初めての時も、今も……、泣けるくらい、幸せなのよ」

ローレンスの表情から、ふっと緊張が消えた。額にキスをして、もっと幸せにしてくれる。

「よかった……。これから、いっぱい、一緒に気持ち良くなろうね」

そう言ってくれたローレンスの呼吸は乱れて、リリィのお腹にきゅっと緊張が走るたび、涙を耐えるように睫毛が震えている。

彼もいっぱいいっぱいな様子なのに、自分のために頑張ってくれているのだと思うと、一層愛しさが込み上げた。

「ずっと……上手に、優しくできなくて、ごめんね。かっこよくできなくて、ごめん……」

――格好良いから、好きになったんじゃないのに。

――そんなふうに想《おも》ってくれる、優しい人だから、好きになったのに……。

そう伝えたいのに、息を継ぐだけで精一杯なのがもどかしい。

「愛してるんだよ……リリィが思ってるより、ずっと」

何度も頷くと、やっとローレンスが微笑んで――ゆっくりと、腰を引いた。

「ぁ、あ……！」

内臓を押し上げられるような圧迫感が消えて、でもまたすぐに、たっぷりとお腹の中を満たされる。

お互いの体液が混じり、泡立ち、じゅぷじゅぷと卑猥な音がしはじめて、少しずつ速度が上がっていった。

「あっ……あっ、あ……」

突き上げられると勝手に声が上がって、ベッドが軋んだ音を立てる。

胸が揺れて、もう触られていない乳首が硬く尖っていく。毎晩指で与えてくれた快感をはるかに超える幸せを受け止めきれず、身体が抵抗するように引きつって、でもローレンスは両手をシーツに押さえつけ、奥の奥まで暴いてくれた。

激しい摩擦と共に、子宮口がひしゃげるほど押し入れられる。快楽に顔を歪め、必死に腰を振り立てる彼が愛おしくてたまらない。

名前を呼びたい。

でも、必要ないとも思う。

愛してると言いたいけれど、それも余計だ。

目を閉じると、元から一つの命を分けあって、別々の身体に引き裂かれて生まれてきたような気さえした。

もっともっと繋がりたくて、震える脚を絡めて引き寄せた瞬間、お腹の奥に熱い飛沫《しぶき》を感じ取る。

けれどローレンスは止まることなく、更に腰の動きを速めて、一層激しく突き立ててきた。

「あっ、あっ、あっ……！」

ただ、愛だけが伝わってくる。

二度、三度と繰り返し官能に攫《さら》われて、汗が噴き出し、愛を感じる〝わたし〟すら消えていく。

リリィは幾度も意識を飛ばしながら、この世のものとは思えない幸福を味わった。

ローレンスはぎこちなく腰の角度を変えて、甘い声を上げるところばかりを責め立ててくる。彼が腰を引くたびに愛液と精液が掻《か》き出《だ》され、浮き上がった臀部を伝って、とろとろとシーツに滴った。

「あ、あ、……あー……！」

乾いた唇が声もなくはくはくと動いて、体力が尽きはじめてもなお、糸で吊《つ》られたように身体が引きつる。

ローレンスの動きが少しずつ本能的なものに取って変わって、最後は両腕で全身を閉じ込められ、真上から腰を叩《たた》きつけられた。

「リリィ、リリィ……っ」

「きゃ、っ、ぁ、ぁあ、ぁー……！」

汗ばんだ肌がぶつかりあう音と、リリィの悲鳴が狭い部屋に響き渡る。

ローレンスの、低い唸り声。

もう、子供の頃の声は聞けない。

彼だけ先に大人になって、置いていかれてしまった気がして、少しだけ悲しかったことを思い出す。

ローレンスが呻《うめ》くのと同時に、再び濡れた熱を腹部に感じて、リリィはうっとりと目を閉じた。

「あ……ぁ……んっ……」

口付けられて、緩やかに、律動が止まっていく。

奥まで含んだ腹部を撫でながら、何度も腰を押しつけて、絞り出した精液を塗り込まれる。

長いキスを受けるうち、膣に受ける圧迫感が少しずつ消えて、彼の身体も落ち着いてきたことがわかった。

「ローレンス……だいすき、よ……」

微笑むと、彼は切なげにくしゃりと笑った。

ローレンスは身体を繋げたまま、脱力したリリィの身体を抱き寄せ、向かいあう形で横になる。

汗ばんだ肌が吸い付いて、溶けて混じりあうような心地よさに目を閉じた。

「僕も。大好きだよ……」

「ん、っ……」

腰を撫でられ、再びお腹の中の彼が兆しているのを感じたけれど、もう瞼《まぶた》を開ける力も残っていない。

ローレンスはまるで、猫が甘えるように額を擦り寄せてきた。

彼の呼吸を感じるだけで、愛おしさが込み上げる。

「次は、男の子がいいな……」

――きっとまた、ローレンスが願ってくれた通りになるわ……。

リリィはそう確信し、微笑みながら意識を手放した。


目が覚めたのは正午過ぎで、前日同様、のどかな春晴れだった。

カリナの母親と約束した時間はとうに過ぎているのに、ローレンスは隣に横たわって、のんびりと自分の寝顔を眺めていたらしい。

「どうして起こしてくれなかったの、約束を破っちゃったわ」

「ごめんね。でも――」

半泣きになってベッドから起き上がろうとしたけれど、腰の違和感に、すぐにくたりと沈み込んでしまった。もちろん、いつもよりベッドが硬かったせいではない。昨夜の濃密な行為ゆえだ。それにまだ、脚の間に何か挟まっているような違和感があって落ち着かない。

――さすがに、毎晩あんなに激しくは、しないわよね……？

リリィはどこまでも初心《うぶ》だった。それが楽観に過ぎないと知るのは、この日の夜のことだ。そして、昨夜はまだ我慢して気遣って、控え目にしてくれていたのだと知る日も、そう遠くはなかった。

なんとか上半身を起こして――更に下半身の違和感に気付き、ひっと息を止める。

「っ、やだ……」

ぎゅ、と毛布を抱き寄せて身体を隠すと、寝そべっていたローレンスも身体を起こして首を傾げた。

「リリィ？　今更恥ずかしがること……。身体、辛いだろ？　休んでいていいんだよ」

自分はまだ全裸だというのに、きっちりと服を着込んでいるローレンスが恨めしい。リリィは首を横に振って俯いた。

「違うの……あの、ローレンスの、が……」

そう言っている間にも、どろどろと流れ落ちて、更にシーツを汚している感触がある。恐る恐る見上げると、彼もまた珍しく顔を赤くしていた。

「ごめん、待っていて、拭いてあげるから。さっきカリナに、水桶《みずおけ》と布を持ってくるように頼んだんだ」

「え……？」

ローレンスがベッドを立つと、部屋のドアが叩かれた。リリィは慌ててもう一度布団に潜り込む。素早く動くと腰が痛んで、「うぅ」と情けない呻き声が出た。

「ローレンス様、遅くなって申し訳ありません、なかなか宿の方にお湯をいただけなくって――あっ……」

まだリリィは就寝中だと思っていたのだろう。囁きながら部屋へ入ってきたカリナは、リリィと

目が合うと顔を赤らめた。それからローレンスに盥《たらい》を手渡すと、

「あの、母には、約束を午後に変更したいと伝えておきましたので……もう少ししたらお食事をお持ちいたしますわ！」

と早口に言って、去り際、『上手くいってよかったですね』とばかりにリリィに目配せした。

「ねえ、僕も一緒に話を聞いてもいい？　リリィのお母様のこと、僕も知りたいんだ」

「それはいいけど――あっ……」

ローレンスが毛布を剥《は》いで、身体を拭こうとしてくる。リリィは慌てて、濡れた布を取り上げた。

「じ、自分で拭くわ」

「……そうだね、その方がいいかも」

いつもなら『僕に拭かせて』と食い下がってくるのに、と不思議に思っていると、

「また可愛がりたくなって、約束に遅れたら本当に怒られそうだしね」

と悪戯《いたずら》っぽく笑って額にキスを落とされた。

身支度を整えて遅い朝食を摂《と》った後、カリナの母親と村の広場で落ちあって、彼女が屋敷で働いていた頃の思い出話を聞きながら、村や周辺の案内を受けた。

時々、ローレンスが心配そうに腰を撫でて支えてくれる。そのたび、癒やされるというよりは、脚の間の違和感を思い出して赤面してしまった。

一通り案内を受けた頃、日が傾きはじめた。

鮮やかな青空が橙《だいだい》に染まりゆく様を眺めながら、母が気に入っていたという散歩道をゆっくりと上っていく。

「ここから見る景色が、一番村が美しく見えると仰って。リリィ様をご懐妊中も、毎日のようにここへ足を運ばれていました」

三人は丘の頂点で足を止めて、夕日に目を細めた。

役場のある中央広場も、泊まっている宿も、人々の働く畑も、村の全景が見渡せる。

その向こうの一番高い丘は、昨日訪れた、昔屋敷が立っていた場所だ。

そして手前には、今歩いてきたばかりの小径《こみち》が、丘をうねる形で続いていた。

「そうそう、マルガレーテ様は針仕事がとてもお上手だったんですよ。妊娠中は、手持ち無沙汰だからと色々とお作りになって……」

じわりと、胸が疼いた。

偶然とはいえ、自分も縫製に携わっていたことが、なんだか嬉しくて。

「……私、また仕立ての仕事をしようかしら。そうしたら、この景色も、お母様のことも思い出せるし……リルバーンの人たちの役に立つことができるわ」

「すごく素敵だ」

ローレンスが、力強く手を握ってくれる。

見つめあうと、優しく口付けられた。

「それに時々、ここで旦那様とお二人で、デートを……」

斜め前に立っていたカリナの母が振り向くのを感じて慌てて離れ、今日一日の感謝を伝える。

「私はお先に失礼した方が良さそうですわね」

彼女は優しく微笑んで、来た道を戻っていった。

首元で、母親の遺《のこ》してくれた小さな石が、夕日を吸い込んで煌めいている。

人生にも、夫にも、カリナや彼女の母親にも。貧しかった過去にも、そして母にも、父と姉にも
——全ての人に感謝を伝えても、まだ足りない気がする。

——もし神様がいるなら、神様にお願いすれば、世界中の人に届けてくれるかしら……。

草原に腰を下ろし、沈みゆく夕日を二人で眺めた。

「ずっと、こうしてたいわ……」

「うん。リリィの作ったサンドイッチがあったら、もっといい」

肩を抱かれて、笑いあう。

「あの丘に屋敷が建ったら、お義母様が見ていた通りの——完璧な美しさだ」

同じことを考えていた。

もう一度キスをして、日が沈むまで寄り添いあった。

あとがき

とても久しぶりの、シリアス&ファンタジーをお届けいたします！

ネタバレを含むあとがきとなっておりますので、未読の方はご注意くださいませ。

今作は、投稿サイトで連載していた『夏の階段 ―子供の恋は、もう終わり―』の書籍化で、デビュー作『騎士皇子の蜜と罰』と『元令嬢は憧れの騎士様に抱かれたくて嘘《うそ》をつく』（共にティアラ文庫）と世界観を同じくする、スピンオフ作品となっております。

執筆のきっかけは、リリィの姉夫婦の馴《な》れ初《そ》め話『元令嬢は憧れの騎士様に～』を書き終えた後、なんとなく、一章冒頭の庭のシーンが浮かんだことでした。

そこから思いつくままに書き進め、ラブシーンに辿《たど》り着《つ》いたところで、これは妊娠する話なんだ!?　と気付き……。急にハードだし収拾がつくのかなぁと不安になったのですが、主役の二人が懸命に成長していく力に引っ張られて、何とか書き上げることができました。

リリィはひたすら無垢《むく》で健気《けなげ》な一方、ローレンスは大人の世界に翻弄され、思春期の衝動や若者らしい正義感を持て余している等身大の男の子なので、連載当時、彼の未熟さも含めて楽しんでいただけたことは、とても嬉《うれ》しい驚きでした。

でもこの先は、夫として領主として、もっともっと良い男に成長していくんだろうなぁと！

ローズも、〝悪〟の一言では片付け難い、過酷な環境を背負っていたりするので、いつか彼女が救われる話も書きたいところです。一体どんなヒーローなら彼女を救えるのだろうか……！

ちなみに、今作のみでもお楽しみいただけますが、『騎士皇子の蜜と罰』ではリリィとローレンスが初めてキスをした丘が観光地となったエピソードが。『元令嬢は憧れの騎士様に～』ではローレンスと出会う直前の、貧民街で暮らすリリィが出てきます。どちらのお話にも〝好き！〟を沢山詰め込んでおりますので、併せて読んでいただけたら嬉《うれ》しいです。ドアマットヒロインがお好きな方には、きっと楽しんでいただけるはず……！

装画をお引き受けくださった小島《こじま》きいち先生には、多方面にわたって助けていただき、心から感謝しております。作品イメージを凝縮してくださったカバーイラストは感動しきりです。紙の書籍でお手に取ってくださった方は、帯を外してみてくださいね！　そしてぜひぜひ、小島先生にファンレターを。

また、編集部の皆様をはじめ、今作に携わってくださった全ての皆様に感謝いたします。

何より、この本をお手に取ってくださった読者様。ここまでお読みくださってありがとうございました。幼かった二人の、長い長い初恋の軌跡、いかがでしたでしょうか？　ほんのわずかでも、日常の雑事を忘れて作品世界に浸っていただけたら、これ以上の喜びはありません。

願わくば、また新しい作品でお会いできますように！

桜《さくら》しんり

19才
ベタ惚
初体験
成人
結婚式ver.
細部は表紙構図によって変えます。

ローレンス
初稿
小島さっち
15才 暗かんくも
トーン処理
大人リリィより少し
背が高いくらい??
14才 くり毛
白処理

リリィ
初稿
古着ver.
産後.
あまり変化させない
表紙・結婚式ver.
細部は表紙構図によって変えます。
青い花.

髪は年齢に合わせて伸びていく。
ハーフアップが
高めの位置
ハーフアップ下め
17才
ネグリジェver.
初体験
12才

Ruhuna

お買い上げいただきありがとうございます。
作品へのご意見・ご感想は右下のQRコードよりお送りくださいませ。
ファンレターにつきましては以下までお願いいたします。

〒162-0822
東京都新宿区下宮比町2-26 KDX飯田橋ビル 5階
株式会社MUGENUP ルフナ編集部 気付
「桜しんり先生」／「小島きいち先生」

初恋の君に、永遠を捧げる
一途な公爵は運命を超えて最愛を貫く

2023年11月24日　第1刷発行

著者：桜しんり

イラスト：小島きいち

発行人　伊藤勝悟
発行所　株式会社MUGENUP
〒162-0822 東京都新宿区下宮比町2-26 KDX飯田橋ビル 5階
TEL：03-6265-0808（代表）　FAX：050-3488-9054
発売所　株式会社星雲社（共同出版社・流通責任出版社）
〒112-0005 東京都文京区水道1-3-30
TEL：03-3868-3275　FAX：03-3868-6588
印刷所　株式会社暁印刷

カバーデザイン：カナイデザイン室
本文・フォーマットデザイン：株式会社RUHIA

本書は、小説投稿サイト「ムーンライトノベルズ」に掲載されていたものを、改題・改稿のうえ書籍化したものです。

Printed in Japan
ISBN 978-4-434-32770-4 C0093